Knave of Hearts

by Shari Anton

Published by Harlequin K.K., Tokyo, 2003

天駆ける騎士

シャーリー・アントン 作

小長光弘美 訳

ハーレクイン・ヒストリカル・ロマンス

東京・ロンドン・トロント・パリ・ニューヨーク・アテネ・アムステルダム
ハンブルク・ストックホルム・ミラノ・シドニー・マドリッド
ワルシャワ・ブダペスト・プラハ

主要登場人物

スティーヴン……ウィルモントの男爵の末弟。
マリアン・ド・レーシー……下級領主の娘。
キャロリン・ド・グラース……マリアンの従姉。
ウィリアム・ド・グラース……マリアンの伯父。
リチャード……スティーヴンの異母兄。
ジェラード……スティーヴンの兄　ウィルモントの男爵。
アーディス……ジェラードの妻。
エドウィン……キャロリンの求婚者。
オードラとリサ……マリアンの双子の娘　五歳。

プロローグ

一一〇九年、四月

不機嫌に黙りこむリチャードを元気づけてやれたらとスティーヴンは思った。その努力はしたが、空振りに終わっていた。それはおそらく、異母兄のリチャードが問題を抱えるはめになったそもそもの原因が、かっとなってヘンリー王と対峙《たいじ》したスティーヴンにもあるからだろう。

　ウェストミンスター宮殿の中にある豪華な家具を備えたウィルモント一族の部屋の中、リチャードは背もたれの高い椅子にどっかりと体を預け、指先でつかんだ葡萄《ぶどう》酒のゴブレットを揺らしながら、眉間《みけん》にしわを寄せていた。無理もない。彼はある未亡人と息子の後見人としての役目を無理やり承諾させられたのだ。夫人の亡き夫はウィルモント一族にとって憎んでも憎みきれない仇《かたき》で、かつてリチャード殺害を企てて、あと一歩で失敗した男だった。

　こんな妙な事態になったことが、今でも容易には信じられなかった。だがヘンリー王の決意は固く、彼らはこの不快な状況に精いっぱい対処しなければならないのだ。スティーヴンは明日、日の出とともにノルマンディに発《た》つ。年若いフィリップの領地を見分して、その子の親戚《しんせき》からの邪魔立てがないか確認するためだ。ひと月はかかるだろう。もしかすると、一、二週間余計にかかるかもしれない。

　そんなわけで、キャロリン・ド・グラースとの婚約を取り結ぶ時間は、今夜しかなかった。将来莫大《ばくだい》な富を相続する彼女は、宮殿内の下の階にある寝室でスティーヴンを待っている。

彼はリチャードの肩を優しく揺すった。「寝ておけよ。明日の朝会おう」

「災難の種には近づかないほうがいいぞ」

腹を立てるのはやめた。立て続けに飲んだ葡萄酒が言わせている言葉だ。兄二人のうち、ウィルモントで権勢を誇る長男の男爵、ジェラードのほうがさらに高圧的で、すぐに厳しい非難をする。過保護の感がある二人だが、たとえ王国の富すべてを差し出すと言われても、スティーヴンにはこの二人の兄のほうが大切だった。

ただ、現実離れした気まぐれで行動すると、ことあるごとに指摘してくるのは困りものだ。彼らはそこがスティーヴンの欠点だと思っている。まったく。義務に縛られた兄たちは、どこに降下するのかを見たいがために空の鷲《わし》を追うゆとりも、そうする意欲も持ち合わせていない。二人とも真面目《まじめ》な堅物なのだ。スティーヴンに言わせれば、これは断固として逃れたいぞっとするような生き方だった。

リチャードに文句を言った。「聞かせてもらいたいね。結婚したいと思う女と一夜を過ごして、どうやって災難に巻きこまれるんだ」

何時間かぶりにリチャードの口もとが楽しげにゆがんだ。「まあ、一つ二つの展開は考えられるな」

「心配無用だ。いい印象を与えたい女は、これまで例外なく完璧《かんぺき》に楽しませてきている」自慢したつもりが、兄からはにんまりとした顔とまさかと言いたげなうなり声が返ってきた。「もう行くよ。許婚《いいなずけ》との逢引《あいびき》に遅れるとやっかいだ」

「レディ・キャロリンはまだ許婚じゃないだろう」

「一時間待っててみろ、彼女のほうが結婚してほしいと私に泣きついてくるさ」

スティーヴンはリチャードの励ますような静かな笑い声の響くウィルモントの部屋を出て、廊下と階段を急いだ。ジェラードがここにいてリチャードを助けてやれたらどんなにいいだろう。

あいにく、ジェラードは現在ヘンリー王と折り合いが悪い。だからこそスティーヴンとリチャードが代理としてウェストミンスターの宮廷に送り出されたのだ。イングランドの貴族が大勢集う場所には力関係の変化がつきものだが、スティーヴンはどんな変化も見逃すまいと注意を払う一方で、相続権のある未婚女性たちの品定めも怠らなかった。

彼のような立場では結婚を避けては通れない。家系を絶やさず、財産を継ぐ子供を作るためだ。スティーヴンも務めは果たすつもりでいる。ただし、自分流のやり方でと決めていた。キャロリン・ド・グラースという完璧に近い女性とついに出会えたのは、神のおぼしめしだと思っている。

キャロリンは二十二歳のスティーヴンよりいくつか上で、二度目の伴侶《はんりょ》を最近失い、三人目には若くて精力的な夫をと望んでいた。ベッドで彼女を喜ばせ、子供を授けてくれる男だ。しかし、夫から口出しされずに自分の土地を監督できるよう、ほかのときにはそばから消えていてほしいという。

〝消えていてほしい〟との条件を、スティーヴンは心にしっかりと銘記した。彼の考え方にもっとも合う部分だった。家族への義務を果たし、自分の財産を相続する後継者を作りながらも、真面目で退屈な生活は送らずにすむ。

キャロリンには昨日、得意の能力を見せつけて、ぐったりするまで満足させてあったから、今晩の結果については心配はしていない。これからもう一度楽しませ、しばらく遠出をすることになったと説明し、自分が不在のあいだにほかの男を夫に迎えないよう彼女に確約させる。ノルマンディから戻ったら、彼女の父親に結婚の許しをもらうつもりだった。

近くの修道院から、朝課の時間を告げる深い鐘の音が響いてきた。真夜中。約束の時間だ。軽く部屋の扉を叩《たた》き、そっとキャロリンの名を呼んだ。返事がないので扉を押すと、かんぬきがかかっていなかったので、そのままゆっくりと押しあけた。

太い獣脂の蝋燭《ろうそく》の炎が放つ柔らかな光で、中の様子は充分に見渡せた。殺風景だな、と少ない家具調度を見てスティーヴンは思った。ベッドの真ん中に毛織りの上掛けをかぶってしっかと丸まった人らしきふくらみがなかったら、実際、使われてない部屋だと思ったことだろう。

キャロリンが寝てしまったとは幸先《さいさき》がよくない。期待に胸ふくらませて待っていると思っていた。とはいえ、かんぬきを外したままで彼のために蝋燭の明かりもともしてくれている。こうしてちゃんとベッドで待っているじゃないか。

気をそそる起こし方をしてやろうと、まずはかんぬきをかけ、それからチュニックとシャツを脱いで小さな樫《かし》のテーブルに放《ほう》った。部屋にあるただ一つの椅子に座って片方のブーツを脱いだとき、ベッドのほうから小さく息をのむ声が聞こえた。

上半身裸で手にブーツを持ったまま、スティーヴンはベッドの女性に目を凝らした。片肘を立てて身を起こしている。瞬間的に褐色の髪が目に入った。とび色の髪ではない。肌も象牙《ぞうげ》色で磁器色ではない。

まずい。キャロリンじゃないぞ。

磨かれた錫《すず》のような灰青色の瞳で見つめてくる女性に、スティーヴンは見覚えがあった。五年、いや六年ぶりだ。しかし、その美しい女性の名前は自分の名前のようにしっかりと記憶している。

マリアン・ド・レーシー。

彼とマリアンとは、かつてマリアンの父親の厩《きゅう》舎《しゃ》でともに初めての行為に及んだ。良識をも忘れさせる若さゆえの情欲にかられて密会を重ね、互いの体を熱くまさぐり合ううちに、未熟ではあっても、激しく交わる歓《よろこ》びを体で知った。

スティーヴンは驚きで言葉が出ないのをなんとかしようとあせったが、うなずいて彼女の名前を口にするのがやっとだった。

「マリアン」

彼女は戸口を、そして脱ぎ捨てられた服を見た。

「驚いたわ、スティーヴン。何してるの」声をひそめて強い口調で尋ねる。

女に詳しいスティーヴンの考え方として、ここで本当のことを言うのは賢明ではない。昔のベッドの相手に向かって別の女を抱きにきたと言えば、平穏無事にすまないのはわかりきっている。

「いや……その……」

マリアンはしっと言ってスティーヴンを黙らせ、上掛けを乱雑な山にしながらそっとベッドを下りた。立ち上がると褐色の髪が肩からお尻の下まで流れて魅力的な体の線がわずかに隠れた。着ているのはクリーム色の麻のシュミーズ。袖《そで》がなく、深い襟ぐりから胸がのぞいて、裾《すそ》はふくらはぎのはるか上だ。

記憶にある姿よりも腰が丸みを帯びて、胸もふっくらとしている。マリアンは裸足《はだし》のまま、すばやく静かな足取りで近づいてきた。眠そうな顔がとても魅力的だ。これで波打って流れる髪に干し草がついていれば、厩舎で互いの体を楽しんでいた当時の状況そのままだった。

股間《こかん》がざわついた。裸に近い女を目の前にしたときのおなじみの自然な反応だったが、昔これと同じ薄いシュミーズを彼女から性急に脱がせた記憶があるからなおさら具合が悪い。脱がせては、硬い褐色の頂を持つ乳房を愛撫《あいぶ》していた。なめらかな肌を自分に重ねた。猛《たけ》り狂ったものを、ベルベットを思わせる滑りやすく柔らかい場所に落ち着けた。

スティーヴンは持っていたブーツを床に落として立ち上がり、抱擁を誘うように両手を上げた。マリアンは彼の手の届かない場所で足を止めると、扉を指し示した。

「出ていって」押し殺した声が、怒鳴り声のようにはっきりと響いた。

心震える再会もこれまでか。

スティーヴンは両手を腰に当て、マリアンの視線を自分の腰から下へと引きつけた。あれこれ想像した証《あかし》がズボンを押し上げている。彼女はふくらみを長いあいだ見つめた。その様子から、最後に会ったときに二人がふけっていた騒々しい行為を思い出しているのだとわかった。

「それが旧友への挨拶《あいさつ》かい？」

「しいっ、静かに」

しつこく声を落とさせるのはなぜなのか。「どうして小声で話さなきゃならない」

マリアンは肩越しにベッドを振り返った。「娘が起きるわ」

上掛けが盛り上がっている。あそこに子供が、小さな女の子が寝ているのだろう。一瞬よぎった不安を、マリアンとのあいだに子供はできなかったと思い出して、大きな安堵《あんど》とともに払いのけた。情を交わしてしばらくは、そういう結果を心配した。マリアンの父親が結婚しろとウィルモントに怒鳴りこんできたら、いや、スティーヴンの首をよこせと言ってきたらどうしようかと。しかし、恐れた事態にはならず、スティーヴンは面倒を免れていた。

この過去を一つの戒めとして、以来、種をまく場所には常に気をつけるようにしている。

ベッドの小山が動いた。あれは別の男の種でできた子供だ。

マリアンは結婚したのだろう。彼の不意の出現にここまで怒るのも無理はない。事実、勝手に侵入した。キャロリンを捜して独断で部屋に入ったのだ。

もしや、彼とキャロリンとが逢引の約束をしたのちに、宮殿の執事が彼女を別の部屋に移してここにマリアンを入れたのでは？　マリアンの夫も一緒に。だから扉にかんぬきがかかっていなかったのか？

　スティーヴンは座ってブーツを履いた。これまで夫のいる婦人と危険な関係になったことはないし、今から始めるつもりもない。それに、キャロリンを見つけ出して今夜は結婚の約束をしなければ。

　キャロリンの移った部屋を知らないか、思いきってマリアンにきいてみようか。気を悪くされたらそそくさと逃げ出すつもりで、椅子から立ってシャツとチュニックを着た。

「勝手に入ってすまなかった、マリアン。部屋を間違えたんだ。前にこの部屋にいた人がどこに行ったか、ひょっとして君、知らないか」

　マリアンは鋭い視線でしげしげとスティーヴンを見つめた。「キャロリンを捜しているの？」

　用心深くうなずいた。

　昔の恋人なら驚いたりむっとしたりしそうなところだが、そんなそぶりはまるでない。「だったらここで間違いないわ。あいにく従姉《いとこ》は出かけてるけど」マリアンは扉を示した。「待つなら外でお願いしたいわね」

　マリアンとキャロリンが従姉妹《いとこ》？　部屋を共有していた？　浮かんでくる質問は脇《わき》に押しやった。質問すべき相手はキャロリンで、マリアンではない。

「わかった。君に迷惑をかけるつもりはなかったんだ。ただキャロリンと話したいだけで」

「話なの？」マリアンはあざけった。

「そうだよ、話さ。思い出してくれるかな、君と私も機会を見つけて話をしていた」

「あなたが話して、私は聞き役だったわね。一生懸命あなたを見てたのに、あなたはさよならも言わずに私を捨てた」

　確かにそうだった。マリアンは彼が訪れたさまざまな土地の話にうっとりと聞き入っていた。これから行きたい土地の話にはとりわけ興味を示した。彼女がすばらしい聞き役だったのを忘れていた。だがマリアンの存在自体、何年も思い出さなかったのだから仕方がない。彼女に話した見知らぬ土地を旅するのに忙しかった。ただ、冷たく捨てたというくだりは間違っている。彼女の父親の地所から突然消えた理由は、誰かにちゃんと聞いているはずだ。

「我々にはきちんと別れを言う機会がなかった。それは残念に思っている」

一歩そばに寄った。触れてはいけないとわかっていながら、目にかかりそうな彼女のつややかな髪に触れた。マリアンはさっと体を引いて顔をそむけた。ショックだった。意外なほど、深く鋭い胸の痛みを覚えた。伸ばした指を拳《こぶし》に握った。

「謝罪するには遅すぎないかしら」

そうらしい。それもまた残念に思った。

「じゃ、元気で、マリアン」

1

一一〇九年、七月

小屋に入ってきたのが双子の娘のうちのどちらなのか、マリアンには刺繍《ししゅう》から目を上げずともわかった。オードラの履いた革サンダルが、押し固められた土間に五歳の子とはとても思えない決然としたリズムを響かせる。これがリサのほうなら、すばやく軽やかな歩き方になったはずだ。

オードラは渡烏《わたりがらす》のように真っ黒な三つ編をぽんと後ろに払うと、テーブルについて両手で頬杖《づえ》をついた。娘の不機嫌な顔を見慣れているマリアンは、唇をすぼめて笑いを抑えた。リサがオードラの気に入らないことをしているらしい。いつものことだ。

　仕方なしに尋ねた。「リサは？」

「石垣に乗って遊んでる」いかにも叱《しか》ってほしそうな口調だが、マリアンは叱りたくなかった。リサの大胆な行動に何も問題がないとは言わないけれど、彼女の生活にある数少ない楽しみの一つを取り上げるのはとてもつらい。

　二人の娘は、さながら昼と夜のように違っている。外見こそたいていの人がとまどうほどそっくりだが、気性は体つきとは違ってそれぞれ個性的だ。オードラは石垣によじ登ってその上を歩いたりは決してしない。落ちるのが怖いのではなく、そういう男勝りの行動を軽蔑《けいべつ》しているのだ。対してリサは、石垣に登りたいとか、どろどろの水たまりを走り抜けたいとか、オードラを怒らせようなどと思ったが最後、気取りも何もかなぐり捨てる。

　だが、たいていの場合、二人はバランスが取れていた。ときにはリサもオードラの注意に耳を貸すから、やんちゃがすぎて大事に至るということはない。オードラもときにはリサの陽気さに取りこまれるから、生真面目《きまじめ》がすぎて陰気になったりはしない。

　ゆうべのようにリサが頭痛を訴えて目の輝きを失ったときには、オードラがいつも藁《わら》布団の横に座って静かにリサの手を握ってやっている。

　マリアンは胸の内でため息をついた。リサを連れてウェストミンスターまで苦しい長旅をしたのに、結局だめだった。肉体的につらいうえ、オードラを残して旅する悲しみにも、キャロリンと始終一緒にいるうっとうしさにも耐えたのに、全部無駄だった。ロンドンの医者ならリサの頭痛が治せると大きな期待を寄せていたのに。リサは医者が効くと言った粉末と薬草を混ぜた薬を文句も言わずにのんだが、頭痛は相変わらずひどくて、いつも突然にやってくる。家に戻ってからの三カ月で、リサはどんな手当ても空《むな》しい二度の発作に見舞われていた。

今朝、リサが石垣の上を歩くくらい気分がいいのなら、必要でない限り叱らずにおこう。

マリアンはまっさらの白い麻布に針をくぐらせた。この祭壇布を放《ほう》り出して娘たちと外で遊べたらどんなにいいだろう。しかし、今刺繍している祭壇布は伯父であるウィリアム・ド・グラースからヨークの大司教への贈り物で、今日中に仕上げてブランウィック城に持っていかなければならない。

そうしますとマリアンは約束していた。伯父は彼女を庇護《ひご》しながら見返りをほとんど求めない。これは、マリアンが保護と援助をひたすら求めていたときに平穏な生活ができるよう配慮してくれた彼への、せめてもの恩返しだ。

「心配しないの、オードラ。そのうちリサも下りてくるわ。仕事のほうは終わったの？」

オードラは首を縦に動かした。「うん。私は鶏に餌《えさ》をやったし、リサは山羊《やぎ》をつないで草を食べさせたわ。母様の刺繍が終わったらお城に行ける。リサにおうちに入って用意しなさいって言おうか」

「まだよ」ここでも笑いをこらえたのは、オードラがため息をついたからだった。「お日様の下で遊んでおいで。仕事が終わったら呼びますからね」

オードラはゆっくり戸口へと歩きだしたが、ふと足を止めて振り返った。「伯父様に卵を持っていこうかな。伯父様って卵が好きなんでしょう？」

好きなのは百も承知で言っている。リサを石垣から下ろそうとするオードラの計画は、うまくいくかもしれないとマリアンは思った。ウィリアムが卵の贈り物を喜んでくれるというので誘いに魅力が増す。

「そうね、オードラ、大喜びすると思うわ」

オードラはさっそく籠《かご》を手につかむと、リサの名を呼びながら外へと走り出ていった。

マリアンは楽しい気分と好奇心に負けた。祭壇布を脇《わき》に置き、開いた戸口から外が見えて、しかし、すぐには気づかれないところまで数歩移動した。リサが卵捜しの餌に飛びついて、急いで石垣から下りてきた。娘たちは黒いお下げを茶色いチュニックの背中で弾ませながら、卵の一つ二つくらいは見つかりそうな庭の向こうの丈の長い草地のほうへと、連れ立って駆けていく。

一人で育てるのは大変だけれど、子供たちは本当にいとしい。今ではあの子たちのいない生活など考えられない。それでも、まだ世間を知らない少女だったころは、全然違った生活を思い描いていた。

マリアンはかぶりを振った。過去は過去よ。双子が生まれる前のことなど、たいてい何週間も忘れたままに暮らせていた。けれど最近は違う。思い出が頭をよぎる回数が増えたのは、スティーヴンに再会したせいだ。

スティーヴン――彼は宮殿の寝室で目の前に現れた。上半身裸で、両腕を広げて。

ひどい男。つい最近別れたわけでも、最高にいい関係のまま別れたわけでもないのに、マリアンが胸に飛びこんでいくと本気で思っていたのだ。彼の魅力は充分に知っているし、最近の色恋話はキャロリンから聞いている。スティーヴンは女性からの崇拝を当然と考えているのに違いない。

幸い、再会したときはただ驚き、リサを守ることで頭がいっぱいだったから、彼の思惑どおりにならずにすんだ。でも、状況が違っていたら……。やめよう。あんな悲しみは二度と自分から呼びこみたくはない。

深呼吸で気持ちを静めてから、祭壇布を手に取って刺繍に戻った。最後の金色の十字架があと少しで仕上がる。

眠っていてもできる手慣れた作業を続けているとすぐにいつもの落ち着きが戻ってきて、意識するのは布を滑る針と糸の動きだけになった。十字架を仕上げるのに一生懸命で、馬具の音に気づいたのは、旅人が門にさしかかろうかというときだった。

　誰なのだろう、娘たちが大声で挨拶《あいさつ》している。マリアンは祭壇布を置いて様子を見に立った。

　その人物を見たとたん、呆然《ぼうぜん》として脚がすくんだ。とても平静ではいられず、喉がつまりそうになった。息をして！　体の叫びにかろうじて従った。

　見事な黒馬にまたがったウィルモントのスティーヴンが娘二人に笑いかけている。娘たちは興味津々という表情だ。

　娘たちに小屋に戻りなさいと、もしくはスティーヴンに向かって早く行ってと叫びたい衝動を、マリアンは抑えこんだ。子供たちにしろスティーヴンにしろ、三人一緒のところを見て激しく動揺している彼女の気持ちを理解することはできない。

　不安にのまれそうになったマリアンは、逃げ場を求めて護衛のほうに目を移した。

　鎖帷子《かたびら》を身につけた騎士が二人、茶色がかった赤毛の馬に乗っていた。スティーヴンの馬と同じ、世に知られたウィルモント産の馬だ。兜《かぶと》を装着し槍《やり》と盾を携えた六人の歩兵が、力強い数頭の牛が引く二台の荷車の脇についている。行く先の城に長逗《とう》留《りゅう》する場合多くの貴族がそうするように、スティーヴンも大箱や樽《たる》をいくつも運んでいた。中には身のまわり品をはじめ、予備の食糧や相手方への贈り物がつまっているのだ。家具を積んでいるのも見えた。後方の荷車から円テーブルの半分がのぞいている。一番上に太く突き出ているのは紛れもない、大きなベッドの――スティーヴンのベッドの四本柱だ。

　娘たちが笑った。リサのほうが石垣によじ登った。笑顔で見下ろすスティーヴンと会話するには好位置だ。オードラは頑張って二、三個の石に足をかけ、どういう用件でか隊を止めて声をかけてきた高貴な人物をよく見ようとしている。

マリアンはまだ動けなかった。不安を克服することができず、出ていく勇気が持てなかった。しかし、スティーヴンには子供たちを傷つける理由がない。農民の子でないと疑う理由もないはずよ。そう思うと幾分落ち着いた。

話の内容をしっかり聞き取りたかったが、耳に届くのはスティーヴンの深みのある声と娘たちの甲高い声の調子だけだ。

なぜ彼はもっと別の楽しみを見つけてくれなかったのだろう。ここにはいつまでも、できれば永久に、来てほしくなかった。ひと月が過ぎ、ふた月が過ぎたとき、これはもう好きな女性が別に現れて、キャロリンとの結婚はやめる気なのだと思っていた。

なのに、ウェストミンスターでの再会から丸三カ月たった今になって、スティーヴンは華々しく現れた。キャロリンをめとるためらしい。それも歓迎されると信じて長逗留のためにベッドまで持参して。

彼がこの日の服装に大いに気をつかったのは明らかだった。印象をよくしようとの試みは確かに成功している。暗赤色の長袖《そで》のシャツの上に、金で縁を飾った黒い絹のチュニック。腰には金を編んだ飾り帯が二重に巻かれている。見事な体格を誇る男のすばらしく高貴な装いだ。

スティーヴンには財産がある。キャロリンにそう聞いた。彼の兄の男爵がスティーヴンと彼らの異母兄弟であるリチャードに、収益の得られる地所を譲渡したのだ。伯父のウィリアムがスティーヴンからの結婚の申し込みを真剣に考えるほどの財産だ。もっとも、彼に会ってほしいというキャロリンの願いを伯父が聞き入れたのは、スティーヴンの兄が権力を持つ男爵だという点が気に入ったからではないかと、マリアンは思っている。

対して当のキャロリンは、スティーヴンの財産にも地位にもほとんど頓着《とんちゃく》していなかった。端整な容貌《ようぼう》と申し分のない体格を兼ね備え、加えてブランウィックを相続したら一人で管理したいという彼女の願いを尊重してくれる若者のことを、キャロリンは夢見がちな顔で、才能あふれる美しい殿方と表現した。

実際、マリアンのかつての恋人は男としての魅力を存分に開花させていた。背は高くなり、胸は広く腰は引き締まっている。ノルマンの貴族としてはめずらしく髪をサクソンふうに長く伸ばし、風に揺れる黒い毛先が広い肩をかすめている。

美しい顔立ちに子供っぽい無邪気さはかけらも残っていない。きれいに髭《ひげ》をそった顎が、意志の強さを物語るように、しかし傲慢《ごうまん》さを感じさせない角度で突き出ている。気品ある額の下のくぼんだ眼窩《がんか》、そこできらめく若草色の瞳。人を虜《とりこ》にして離さないその瞳は、熱い欲情が高じるとほとんどエメラルド色にまで変化する。口もとはすぐにほころび、ふっくらとした温かい唇が動いて……。

胸の鼓動が乱れて、マリアンは思い知らされた。スティーヴンと熱くたわむれた日々は、鮮明に記憶に残っている。庭一つ挟んでいても自分はこんなに動揺してしまう。年月がたっても同じなのだ。いざとなれば動じずに再会する心の準備はできているつもりだった。彼の魅力に屈しないと固く心に誓ったはずだった。一つも思いどおりにならなかったのが、とても腹立たしい。

オードラが手のひらを上にしてすっと後ろに手を上げ、この小屋を示した。家に誘うつもり？

ああ、お願い、それはやめて！

スティーヴンが戸口のほうを一瞥《いちべつ》した。マリアンは後ろに下がった。滑稽《こっけい》な行為とわかっていた。道からこんな家の奥までのぞけるはずがない。

意気地なし。小うるさい心の声が叱りつける。スティーヴンがこの地に滞在するなら、キャロリンと結婚するのなら、マリアンの住まいも、双子が彼女の子供だということもそのうち知れる。避けられない事態を先延ばしにしてなんの意味があるの。

秘密を知られる心配はない。誰にも打ち明けていないのだし、二人の娘もスティーヴンもつややかな黒髪だけれど、そのただ一つの共通点に気づいたくらいでは、誰にも真実はわからないはずだ。

一歩前に踏み出した。

スティーヴンが困った笑みを浮かべてかぶりを振った。娘たちにうやうやしく一礼すると、彼は石垣から離れて護衛に合図をし、再びブランウィック城へと馬を進めた。

マリアンはぐったりと椅子に腰かけ、両手で顔を覆った。ほっとするあまり低く声が漏れた。

双子が駆け足で家に入ってきた。

「母様、あの人だったよ！」リサが元気に言った。「ウィルモントのスティーヴンがキャロリンをお嫁さんにしにきたの！」

「ウィリアム様に結婚するお許しをもらいにきたのよ」オードラが言い方を訂正し、召し使いの噂《うわさ》話をそっくり耳に入れていることをここでも証明した。彼女は卵の入った籠をテーブルに置いた。「母様、伯父様はエドウィンよりスティーヴンがいいって思うかな、キャロリンみたいに」

頭の痛いことに、キャロリンはティンフィールドのエドウィンよりも、ウィルモントのスティーヴンと結婚したがっている。確かに前の二人の夫に比べればスティーヴンは若い。それにキャロリンは寡婦として手にした亡き夫の土地に加えて、のちにはブランウィックも統治できるが、その地位を奪おうという欲が彼にはない。これがエドウィンならやりかねないところだとキャロリンは危惧《きぐ》している。さらに、スティーヴンはベッドで喜ばせてくれるらしい。

この点についてキャロリンは、父親には言えなくとも、マリアンの前では熱っぽく語ってくれた。

　エドウィンという長年好意を持っていた男性が夫候補にいても、キャロリンの選択に迷いはない。

　ウィリアムは、娘の三度目となる結婚について当人の意見も聞こうという気になっていた。最初の二回とも夫となる人物を選んだのは彼で、二度とも早々に悲惨な結末を迎えていたからだ。

「それは伯父様の考えしだいね」マリアンは娘の質問に答えた。

「もう行けるの、母様？　卵はあるわ！」リサが得意げに言った。

　マリアンは祭壇布を見やった。「まだよ」少し猶予があるのがありがたかった。

　運命が味方してくれれば、ブランウィック城に誰にも気づかれず、特にスティーヴンには知られずに、こっそり入ってこっそり帰れるかもしれない。これ以上思い煩っても仕方ない。どうせすぐにも降りかかってくる苦しみだ。

　ブランウィック城が視界に入ると、スティーヴンは馬上で体を動かし、チュニックとズボンについた道中の埃《ほこり》を払った。ブーツはどうしようもないので、そのままにする。

「緊張なさっておいでですか」

　声をかけてきたのは、スティーヴンの右横で馬に乗っているアーマンド。兄のジェラードお気に入りの従者の一人で、長旅の好ましい道連れだ。

　スティーヴンは、大したことはないというように肩をすくめた。「それほどでもないな」

　同じノルマンの貴族であれば、考え方や行動は非常に似通っているものだ。彼は日ごろから男爵や伯爵の肩書きを持つ者、さらには王国でもっとも頑固なノルマン人であるヘンリー王ともうまくつき合ってきた。確かに腹立たしくも、王との最後の謁見は散々だった。しかし、ブランウィック領主のウィリアム・ド・グラース相手に難儀するとは思えない。

「結婚したい婦人の父親とあと少しで対決する。これから値踏みされるのかと思うと、私だったら緊張しますね」アーマンドは身を震わせた。

ウィリアムは体調が悪く、かなり弱っている。キャロリンについてウェストミンスターに行かなかったのもそのためだ。こちらの意思を押し通すのは容易だとスティーヴンは踏んでいた。

「対決にはならないだろう。むしろ、意見の一致を見ると思うがな」

「あちらは受け入れがたいお気持ちになっているかもしれませんよ。訪問が遅れましたから」

ずいぶん遅れていた。それも何週間も。ノルマンディでは滞在を延ばすはめになった。そこからさらに数週間をリチャードの手助けをして費やし、次にウィルモントでジェラードに報告した。四週間から六週間と考えた当初の予定が、結果として丸三カ月に延びてしまっている。長く放っておかれたキャロリンは不満かもしれないが、リチャードのためを思えばこうするしかなかった。

リチャードにはいい貢献ができた。異母兄は今、コリングウッドに落ち着いて領主をしている。被後見人の男の子とは仲がよく、母親のほうとも少々行きすぎかと思うほど睦《むつ》まじい。二人の関係について、スティーヴンは口出しせずにいた。彼女と一つベッドで寝るも寝ないも、リチャードの判断しだいだ。

それはさておき、やはり遅れたスティーヴンにキャロリンはいやな顔をしかねない。

「となると、領主殿を懐柔する手立てがいるな。まあバーガンディ産の葡萄《ぶどう》酒の樽があれば、許してもらえるだろう」スティーヴンは笑顔を見せた。「それとも、オードラの誘いを受けて小屋で休息を取るべきだったか。領主を喜ばせる秘策を両親に聞けたかもしれない」

アーマンドが苦笑いした。「おそれ多くもノルマンの貴族様がお立ち寄りになるんですよ。彼らがどんなに驚くかおわかりですか。小作人夫婦は心の臓が麻痺《まひ》してぽっくり逝《い》ったかもしれません」

スティーヴンの左側で、白髭を蓄えた短気な老騎士、ハーランが声をとがらせた。「尋常ではありませんな。小作人の子供があんなふうに家に招待なんぞ。それも、上流ぶった振る舞いで。親があのような奇行を許しておれば、そのうち災難を招きます」

もっともな意見だと思った。立場をわきまえない小作人が地位ある者の怒りを買えば、まずもって深刻なとがめを受ける。オードラの行為をスティーヴンはおもしろいと感じたが、別の貴族なら無礼だと手の甲で顔をはたいていたか、もっとひどい事態になる可能性もあったのだ。彼が悩むべき問題ではないが、幼い娘が責められている場面を想像すると、どうにも落ち着かない。

スティーヴンはオードラの奇妙な振る舞いに理由を探そうとした。「あの娘たちがどこかの屋敷で使用人としての教育を受けていて、ああいう作法を教わったのだとしたらどうだ？」

アーマンドが声をあげて笑った。「だとしたら、リサは覚えが悪い。大した跳ねっ返りですよ」

ハーランが首を振る。「絶対にありえません。双子ですぞ。どこの貴族が家に置きましょう」

一人思い当たる人物はいた。「ジェラードならウィルモントに住まわせそうだ」

「ほかのお名前をどうぞ」

スティーヴンは彼の意見を認めざるを得なかった。大半の貴族は双子にまつわる迷信を気にして、家に彼女たちを受け入れまい。忌むべきものとして恐れるあまり、出産時に片方を処分するという行為が、貴族、下層民にかかわらずふつうに繰り返されている。オードラとリサの両親は彼女たちが悪魔の手先になるとは考えず、二人そろって生かしたようだ。

似たような両親を持つ双子はほかにもいた。親友のコーウィンにはアーディスという双子の妹がいる。アーディスは兄のジェラードと結婚した。ウィルモントで二人を悪魔の手先と責める者はいない。少なくとも面と向かっては誰も言わない。あの女の子たちがそこまでの幸運に恵まれるだろうか。

かわいい子たちだった。愛らしい女性になる顔だ。父親が目を光らせて守ってやらねば、成長した折には、気に入った相手なら双子だろうと問題にしない好色な若造たちがきっとまわりに寄ってくる。

「こちらに気づいたようです」アーマンドが言い、スティーヴンの物思いを中断させた。

ブランウィック城は見事な木の矢来で周囲を固めていた。城門のそばに数人の衛兵が集まり、一行の到着を見守っている。

「ハーラン、荷車同士、距離をあけさせるな。入城したら兵士と荷車は外庭で止めろ。あとの指示は、私とアーマンドが奥に進んだのちに使いを送る」

「仰せのままに」

スティーヴンは今一度、さっとチュニックの埃を払った。今日の彼は果たすべき務めに、つまり思いを伝えにきた裕福な貴族としての役割にふさわしい装いを整えている。チュニックに光る金糸。革の馬《ば》勒《ろく》と鞍《くら》につけられた明るい輝きを放つ銀の飾り鋲《びょう》。嫌みなく充分に裕福さを印象づけられるはずだ。

本来は一人で、もしくは相棒を一人だけ連れてという旅のほうがはるかに好みだったが、ジェラードに護衛と荷車いっぱいの積み荷を押しつけられて、スティーヴンは渋々折れた。男爵気取りの兄の態度は虫が好かないが、ジェラードは見通しのつかない状況での対処法に長《た》けている。

侮辱されたと思った女の反応ほど、見通しのつかないものはない。ブランウィックへの訪問がこうも遅れたというので、キャロリンの反感を買っている可能性も大いにあった。

　何しろ、別れの言葉がなかったと、マリアンがあの怒りようだったのだ。それも六年前の話で！　この三カ月、彼女の反応を思い返してみたが、どうすればこれほど長く悪感情を維持できるのか、いまだに理解できない。さよならはなかった。しかし、彼のせいでもなかったのだ。

　怒ってなお美しいマリアンを頭から追いやり、スティーヴンは矢来を囲む深い堀にかかる橋を渡った。衛兵たちが身振りで門の中へと促す。

「いい兆候じゃないか？」スティーヴンはアーマンドにきいた。「我々を通すなという指示がマリアンから出てやしまいかと、一瞬不安だったがね」

「まだ外庭に入っただけです」アーマンドはおどけた口調で答えた。「ご息女に広間に通されるまでは、まだ歓迎されたとは言えませんよ」

　荷車のきしる音がやんだ。あとは行き場の指示があるまで、ハーランが兵士と荷車とを監督する。

　イングランドにあるほかのノルマンの城の例に漏れず、ブランウィックの外庭は人であふれていた。商人の店に鍛冶《かじ》場、さらに厩舎《きゅうしゃ》が矢来にそって並び、矢来の高みに取りつけられた厚板の上を、衛兵が見まわっている。馬上槍試合場では、武装した兵士が剣や棍棒《こんぼう》や槍の稽古を行っていた。

　内壁の門を抜けて中庭に入ると、肉を焼くおいしそうな匂《にお》いが厨房《ちゅうぼう》から漂っていた。日中の仕事に召し使いたちがあたふたと忙しく立ち働いている。何人かが新たな訪問者に気づいたようだ。

　高い丘に築かれた三階建ての石造りの城が、ブランウィック領主とその娘が暮らす住居であり避難場所だった。最初の二人の夫から未亡人の分として土地を手に入れているキャロリンだったが、彼女はブランウィックでの生活を好んだ。ここはいつの日か彼女が相続し、彼女の子供が引き継ぐ。万事順調にいけば、その子はスティーヴンの子供だ。

スティーヴンは二階の大広間に続く外階段まで馬を進めた。馬を降りたとき、小柄でやせた髪の白い男が、階段を小走りに駆け下りてきた。

ウィリアム・ド・グラースか？　違うな。キャロリンは確か、父親は床から離れられないほどの弱りようで、冬からずっと具合が悪いと言っていた。

下りてきた男は軽く会釈した。「ブランウィックの家令のアイヴォと申します。ウィルモントのスティーヴン様ですね」

スティーヴンは手綱をアーマンドに渡した。「そうだが、なぜわかった」

「はい、レディ・キャロリンからあなた様のお姿について詳細に聞かされております。ですから、門を守る衛兵もすぐに気づいて知らせてくれました」

「ならば、彼女も私の到着を知っているのだな」

「もちろんです。お嬢様は広間でお待ちです」

丁寧な応対ながら、家令の口調はどことなく、何かの不都合があると警告しているようで、スティーヴンはもしやという不安にとらわれた。

アーマンドを見やると、彼はもう厩《うまや》番に自分たちの馬を任せて、鎖頭巾《ずきん》を後ろに押しのけるところだった。砂色の髪をかき上げて、訳知り顔のにやにや笑いを形だけこらえようとしている。

「そうと聞けば、いつまでも待たせてはおけまい」

スティーヴンは家令に言って階段に進んだ。アイヴォとアーマンドがすぐ後ろに続く。

彼は階段を上りきって大きな樫《かし》の扉をあけ、大広間に入ってキャロリンを捜した。キャロリンは広間の一番奥、高壇のテーブルについて、銀のゴブレットを口もとに運んでいた。隣に男が座っているが、彼女はあまり注意を払っていない。入ってきたスティーヴンを見るなり席を立ってテーブルの前まで進み出たが、あとはじっと立ち止まってスティーヴンが来るのを待っている。

　彼の未来の妻が持つ美しさの前では、どんな男も息をのむだろう。物腰が生む優美さと相まって、サファイア色のガウンが肌の色やその姿を大いに引き立てている。前に垂らしたつややかなとび色の三つ編みが、胸から腰の下まで続いている。額を包むのは、金糸で縫い取りをした硬いサファイア色の帯布だ。スティーヴンは弓形の唇が笑みを浮かべるのを待ったが、結果は空しかった。

　しかし、怒っているにしては無表情の仮面でごまかすのがうまい。そばに寄って初めて、彼はキャロリンの見せるかすかな苛立《いらだ》ちの気配に気がついた。

「やっと来てくださったのね」

　スティーヴンは彼女のきゃしゃな手を取ってキスをした。「役目が終わって一目散に飛んできたよ。心配させてすまなかった」

　キャロリンは目を見開いた。「心配なんてしていませんわ、スティーヴン。殿方の身を案じても無駄なだけだと悟ってます」手を引き抜いて言う。「あなたもお供の方もまずはゆっくりなさって」

　彼はキャロリンの堅苦しい態度に苛立ち、ふだんの自分の魅力を表に出すのにやっきになった。小首をかしげ、人を引きつけずにはおかない笑みを投げかけた。「そのあと、またあらためて君と話を――」

「できたら、夕食のあとにしてくださるかしら」キャロリンはさっきまで隣に座っていた高壇の男を手招きした。

　黒っぽい髪が急速に白くなりつつあるこの男は、呼ばれてゆったりと動いた。自信のある物腰と着ている上品なチュニックから、ノルマン人だとスティーヴンは判断した。若くはないが、心も体もそうやわではなさそうだ。

　年配の男を見上げて、キャロリンは優しく微笑《ほほえ》んだ。「エドウィンと乗馬をしにいくところでしたの。そうでしょう、エドウィン？」

　エドウィンが肩をすくめたところを見ると、彼には初耳の計画だったようだが、拒むまでもないといったふうだ。

　キャロリンは笑みを引っこめた。「部屋を気に入ってもらえればいいのですけれど。ご用はアイヴォに言ってくださいね」

　信じられない思いでスティーヴンは二人を見送った。エドウィンがキャロリンのあとをついていく。

「興味深い」アーマンドがさらりと言った。

スティーヴンも同意した。「エドウィンとは？」

　アイヴォは露骨におもしろがっている。「ティンフィールドのエドウィン様。あなた様と同じく、レディ・キャロリンを奥方にと望んでおいでです」

2

スティーヴンは徐々に落ち着きを取り戻した。キャロリンをめぐって自分と張り合う男がいたとは。それも老境に入りかけた男だ。ティンフィールドのエドウィンが若さを保っているのは認めるが、それでも髪のほうはどんどん白くなっているじゃないか。

　キャロリンは年配の男に嫁ぐのをいやがっている。本気でエドウィンを相手にしているとは思えなかった。いや、本気なのか？　ずいぶん愛想よく笑いかけていた。やつが好きだから？　それとも、今ごろ現れた求婚者への嫌みのつもりなのか。

　それより、ティンフィールドのエドウィンは、ウイリアム・ド・グラースの承認を得られたのか。

「領主殿にお会いしたい」アイヴォに告げた。

家令は広間のはるか奥、垂れ布が引かれたベッドのある隅のほうを示した。「旦那《だんな》様はおやすみです。夕食の前にはお話ができるかと。それまでは部屋でくつろいでいただきましょう。よろしければ、お持ち物を塔のほうへ運ばせますが」

命令を軽くあしらわれた苛立《いらだ》ちを、スティーヴンは胸の内におさめた。領主も含めてブランウィックの誰より高位にある彼だが、家令を叱《しか》りつけても益はない。いつ下の者の善意が必要になるかもわからないのだ。

アイヴォにうなずき、外庭に止まったままの荷車を動かす許可を与えた。

広間の隅のベッドをしげしげと眺めやって、スティーヴンは思った。上階の部屋ではなく、なぜこの広間にベッドを置いているのだろう。病のためにウィリアムは娘とウェストミンスターに行くことができなかったというが、どうやら同じ症状にいまだひどく苦しんでいるようだ。

キャロリンが親と一緒でなかったため、宮廷ではいつになく自由に彼女を追いまわすことができた。ただ一人同行していた親戚《しんせき》筋はスティーヴンの障害にはならなかった。それがマリアンだ。

マリアンはキャロリンを従姉《いとこ》だと言った。スティーヴンはイングランドの貴族の系譜には詳しく、そこから考えるに二人は母親同士が姉妹なのだ。それでもウィリアムは、娘を夫妻の手にゆだねて旅させるほど、マリアンか彼女の夫を高く評価しているとみえる。

宮廷でマリアンと別れてからは、彼女の夫について尋ねる時間も尋ねたいと思う気持ちもなく、キャロリンを捜し出すのがやっとだった。彼女は宮廷の葡萄《ぶどう》酒でかなり酔っており、せっかくの機会だったが、このときは部屋まで送るだけにして、途中ノルマンディに出かけなければならない事情を説明した。まだ理解力のあったキャロリンは、スティーヴンの結婚の意思を父親に伝えると約束してくれた。

正直なところ、キャロリンが逢引《あいびき》を楽しむ状況になくて彼はほっとした。マリアンの思い出の数々、彼女の甘い言動、熱く求めてきた体、そんなものがあのときは頭から離れなかった。別の女性とのみだらな場面を思い出しながらキャロリンとの行為に及ぼうとすれば、大失敗をしていた可能性もある。

ここブランウィックでは、マリアンははるか彼方《かなた》の存在だ。どこか遠くの館《やかた》か城で子供や夫と平和に暮らしているのだから、宮廷でのような心配はない。これでキャロリンがむくれておらず、エドウィンという邪魔がいなければどんなにいいか。

「さて、どうしますか」アーマンドが尋ねた。

思ったような形で迎えられていないとはっきりした以上、アーマンドに城を離れる準備をしろと言いたい気持ちもあったが、その考えは捨て去った。確かにキャロリンはエドウィンと乗馬に出てスティーヴンを侮辱した。しかし、ほとんど世話のいらない妻というのは、彼の望みと完璧《かんぺき》に合致している。それに、帰郷して兄たちにどんな顔をして話せばいいのだ。キャロリンが選んだのは彼の倍ほども年を取っていて彼より位の低い男だなどと言おうものなら、いい笑い物だ。

「ウィリアムが目を覚ますか、キャロリンが戻ってくるのを待とう」ほかに選択肢はない。

「ずいぶん物わかりがいいんですね」

この点もまあ仕方ないと思えた。キャロリンを追いかけるのは見苦しいし、ベッドの垂れ布を引きあけて未来の義理の父君を揺り起こすのもまずい。

「困難があってこそ人生は楽しいんだ。退屈せずにすむ。さて、荷車が来たようだ」

音がしたとおり、ハーランが荷車を率いてやってきた。アイヴォの指示のもと、ウィルモントの兵士とブランウィックの召し使いとが、狭いらせん階段を通ってスティーヴンの持ち物を運んでいく。行き着いた塔の三階、つまり最上階には明るくて広い寝室があった。かすかにかび臭く、しばらく使われてなかったようだ。壁のタペストリーや大きな火鉢、凝った調度から考えて、ベッドこそ見当たらないが、おそらくここが領主の寝室なのだろう。

スティーヴンは希望を持った。大事な客でなければ、ウィリアム・ド・グラースの部屋を使う特権は与えられまい。結局のところ、キャロリンに軽んじられてはいないのかもしれない。

ハーランによれば、彼とウィルモントの兵士たちは、ブランウィックの衛兵ともども武器庫に寝所を与えられたという。馬と牛は厩舎《きゅうしゃ》で世話をされる。食料はすでに厨房《ちゅうぼう》に運ばれ、バーガンディ産の良質な葡萄酒の樽《たる》もすべて貯蔵室に収められた。

スティーヴンの従者としてつき添っているアーマンドは、床の藁《わら》布団で眠る。藁布団ならば、スティーヴンが人払いしたいと思ったときに簡単に部屋から移動できる。

いくらもたたないうちに、部屋にはスティーヴンとアーマンドと若い女中だけになった。アーマンドはしゃがんでベッド用の麻布と毛皮の上掛けを衣装箱から取り出し、女中に渡した。スティーヴンはアーマンドの背中越しに箱をのぞきこんだ。

「贈り物はここに入ってるのか?」

「もうレディ・キャロリンに渡すおつもりですか」

「一つだけさ。一番の贈り物はまだ残しておいて、婚約が整ったときに渡す」スティーヴンは優美な真《しん》鍮《ちゅう》の蝶番《ちょうつがい》と留め金がついた木製の箱を引き出した。蓋《ふた》に美しい花模様が彫刻されている。「この箱を見たら、私が中身に何を持ってきたのかキャロリンは知りたくなるはずだ」

「抜け目のない作戦ですね」

「だといいが」

アーマンドは腰を上げて衣装箱の蓋を閉めた。女中が動きまわってベッドの支度を整えた。

「ほかにご用はございますか」彼女がきく。

その表情が見せる誘いかけにスティーヴンは気がついた。これまでにも、生まれの貴賤《きせん》にかかわらず女の見せる同じ表情は数えきれないほど目にしてきた。奇妙なのは、かわいらしい女中の視線がまっすぐにアーマンドを見ていることだ。アーマンドの頬がほんのり赤らんだ。

ほう、おもしろい！　ほかで寝てくれと頼む夜があっても、アーマンドは一人寝をせずにすむわけだ。

「今のところはないな」スティーヴンの言葉で女中は彼を見た。「用があるときは、すぐにアーマンドを君のところに行かせるよ」

女中は膝を曲げてお辞儀をした。「いつでもうかがいます」小生意気な魅力を漂わせてゆっくりと戸口まで歩き、はにかんだような気をそそるような表情をアーマンドに見せてから部屋を下がった。

ああいう誘いには応《こた》えてやらなければ。とてもかわいらしい娘だし、アーマンドと刺激的な関係を持つにはちょうどいい年ごろだ。かつてマリアンの魅力的な笑顔にスティーヴンが大喜びで応えた、あのころの彼女と同じくらいの年齢だろう。

マリアンは成熟して期待に満ちていた。スティーヴンは興奮していつでも応じられる状態だった。一つ違うのはマリアンは女中ではなかったことだ。ノルマン人騎士のヒューゴ・ド・レーシーの娘だった。

アーマンドが咳払《せきばら》いをした。「エドウィンはどんな贈り物をしたんでしょう」

未来の妻の話へと意識を引き戻された。「私と同じようなものじゃないか？　ご馳走《ちそう》やら、ちょっとした装身具やら。エドウィンのより私の持ってきた小物のほうを気に入ってくれるといいが」

「あの飾りピンは絶対に気に入ります。ご自分ではあまり飾り物を身につけないのに、アーディス奥様はすばらしく趣味がいいんですから」

「その点は私も認める」兄嫁からしつこいほどに言われて買い入れた光り輝く銀の飾りピンを、スティーヴンは思い浮かべた。

　アーディスはすばらしい女性だ。彼女はスティーヴンの親友であるコーウィンの妹で、三年前にジェラードと結婚した。ジェラードは一度として彼女に贈り物攻勢をする必要はなかった。アーディスはジェラードの愛情を宝物のように思っている。彼に愛されていればそれだけで幸せなのだ。

　スティーヴンに言わせれば、兄夫婦は貴族の一般的な結婚形態に逆らっている。愛情で結ばれた夫婦は珍しい。多くの場合、縁組みをするのは家同士を結びつけるか、または富を確保するためだ。自分は便宜結婚をすると、スティーヴンは何年も前に割りきっていた。両親の縁組みがそうだったように。

　両親の結婚生活は楽しいものではなかった。むしろ、互いにぎりぎりのところで耐えていた。問題は事前の認識にある。少なくとも、スティーヴンはそう思った。二人はたいそう若くして結婚した。式の当日が初対面で、どちらも相手に何を期待していいのかわかっていなかったのだ。

　キャロリンとの場合、結婚は愛情に基づいてはいないが、どういう生活になるのか互いに理解している。誤解が生まれる余地はない。ゆえに落胆もない。結婚によって彼はキャロリンに安定した生活を与え、子を産ませる。それから、キャロリンが望んだようにどこへでも姿を消させてもらう。

　少なくとも彼の側からすれば、願ってもない好条件だ。とにかく、兄たちのようにはなりたくなかった。兄たちはほとんどの時間を一人の女とひとところで暮らし、来る日も来る日も、季節が変わっても、ひたすら同じことをしてすごしている。

　寝室が急に狭く、息苦しく感じられた。

スティーヴンは装飾の施された箱を、衣装箱の上に置いた。「下に行ってウィリアムが目を覚ましたかどうか、見てこようじゃないか」

　二人の娘を脇《わき》に従え、祭壇布を腕に抱えて、マリアンはブランウィックの城に入った。大広間をさっと見渡したが、スティーヴンはここにはいないようだった。ほっと息をついた。急いで用事を済ませれば、顔を合わさずに帰れるのではないか。

　ブランウィックの家令に話しかけた。「こんにちは、アイヴォ。旦那様は起きてらっしゃる？」

「はい。いいときに来ていただきました。どうか旦那様を元気づけてあげてください」

　心配そうな表情が、ウィリアムのふさぎは、病がもたらすいつもの苛立ち以上に深刻だと告げている。

「何があったの」

「先ほどお嬢様が礼儀に欠けた振る舞いをなされたんです。お客様への挨拶《あいさつ》もそこそこにエドウィン様と乗馬にお出かけで、それで旦那様は不機嫌に」

　お客とはスティーヴンのことだろう。彼が来て何があったのか、あれこれききたいのをマリアンは我慢した。自分がキャロリンの行動に口を挟むのはおかしい。それに、どんな形であれキャロリンとスティーヴンの問題にかかわるのは避けたかった。ただ、ふと思ったが、キャロリンの無愛想は、スティーヴンの求婚にとってはよくない兆しだ。まんざら都合の悪い話ではない。

「そのお客様というのは？」

「ウィルモントのスティーヴンです」アイヴォは階段に目をやった。「旦那様と話がしたいそうなので、あなた様のあとでお連れするつもりです」

相手がそれと知らずに与えてくれた情報と時間の猶予をありがたく思いながら、マリアンは伯父が日々の大半をすごしているベッドへと急いだ。伯父はいつも白い麻のシャツだけを着て、枕《まくら》を背中に当てている。彼女はベッドの足もとで立ち止まった。

「ウィリアム伯父様？」

「ああ、マリアンか、入りなさい」

　ウィリアムの右側の垂れ布を脇に引いた。あまり卒中の影響の出ていない側だ。髪の毛と同じ、白いもじゃもじゃな眉毛の下で、茶色の目が知性と好奇心とをのぞかせて輝いた。

「なんの用だ」これは彼の口癖で、マリアンはしばらく来ていなかったことに良心の呵責《かしゃく》を感じた。伯父は来られない理由を納得してくれている。

「もちろん、祭壇布です。今日ほしいとおっしゃっていたんじゃありません？」

　返答を待たずに手早く布を振り、ウィリアムの脚を覆う毛織りの毛布の上に広げた。彼は利くほうの腕を動かし、弱々しい手つきで布をなでた。

「まあまあだな」

「まあまあ、ですか？　伯父様、天国へ行く資格を手になさりたいのなら、大司教への贈り物がまあまあの質では役に立たないでしょう」

「きれいにできてるわ、母様」オードラが言った。

　リサがオードラをぐいと肘でつつき、オードラの持っている籠《かご》の卵が揺れた。「もうっ。伯父様はわかってるわ、オードラ。母様をからかってるの」

　ウィリアムはリサを見て、もじゃもじゃの眉を片方、上げた。「そうかな？」低いしゃがれ声できく。リサは自信満々ではいと答えた。ウィリアムは少し前屈《かが》みになると、はっきりした声でささやきかけた。

「おまえの言うとおりかもしれん。だが、母様に言ってはだめだ。あんまりほめると、わしの頼んだ仕事で気を抜いて、わしが天国に行けなくなるからな」

リサは笑った。彼はオードラを手招きした。「その籠には何が入っとるのかね」

オードラはベッドに籠を置いた。「卵よ。六個あります」自慢げな言い方だ。

ウィリアムはぎょっとした顔で背をそらした。

「六個！　そんなにあったら、誰に食べるのを手伝ってもらおうかの」

オードラがひそかな笑みを浮かべて、ちらとリサを見やった。「料理する人が固くゆでてくれたら、私たちが手伝えます」

「そうかい！　じゃ、厨房に持っていっておくれ。料理人に固くゆでてほしいと言うんだぞ」

本当に立派な態度だとマリアンは思った。ウィリアムは子供たちにとてもよくしてくれている。二人が五歳になった今でも、間違いを恐れてめったに名前を呼ばない。ほかの人たちと違って双子を受け入れてくれている。ブランウィックの城で生まれた子供たちだ。まわりももう見慣れているはずなのに、多くの者は敬遠して寄りつかなかった。二人がまるきり同じ顔だから、怖くて近づけないのだ。

迷信と戦うのは難しい。ゆえにマリアンと娘たちはほとんど家に引きこもり、恐怖で判断力の鈍った人々とはかかわらないように暮らしていた。

「伯父様はウィルモントのスティーヴンをどう思いますか」リサが尋ねた。

これにはウィリアムも、そしてマリアンも驚かされた。

「さあてな。まだ話したことがないんだよ。そんな質問をするからには、何か意見があるようだな」

リサはこくりとうなずいた。「うちの石垣のところで挨拶してくれたの。とってもかっこよくて、優しそうに笑うんです」

「それと丁寧でした」オードラも言う。「きっとお金持ちだわ。絹のチュニックを着てて、馬には銀の飾り鋲《びょう》がついてるんです」

マリアンは口を閉じて黙っていた。ウィリアムは娘たちに意見を求めた。あまり即座に反応して黙らせようとすれば、伯父はいぶかるだろう。体の弱い伯父だが、頭の鋭さは衰えていない。

彼は娘を順に見やった。「わかった。おまえたちの意見も胸にとめておくとしよう。さてと、そろそろ卵のほうを頼めるかな」

娘二人はさっと膝を折ってお辞儀をすると、言われた仕事をこなすために部屋を出ていった。マリアンは祭壇布をたたんだ。

「私もこれで。出来を認めてもらいましたから、布を運搬用に包んでおきましょう」

「ウィルモントの一族を知っているか？」

否定しても無駄だと思った。嘘《うそ》をついても、たぶん簡単に見破られてしまう。

「父がウィルモントの馬を買い入れました」

「あそこの馬はいい」

「ええ」ウィルモントの領臣は名馬を繁殖させている。それも王国一の見事な馬だ。高額な代金を用意できる者で、ここの馬を買わない者はいない。「もうすぐ食事どきだわ。ここに運ばせましょうか」

「卵ができたらな。まあ、座らんか、マリアン」

退出の許しをもらうまでは、ここを出られない。アイヴォがさっきの言葉どおり、自分が帰るまでスティーヴンを連れてきませんようにと願いながら、マリアンはベッドの端に腰かけた。

「ウェストミンスターから帰ってこっち、ウィルモントのスティーヴンと結婚したがっているキャロリンについて、おまえは何も意見を言っとらんな。おまえとて思うところはあろう」

あるにはあるが、口に出したくはなかった。大事なのは結局キャロリンがどうしたいかだ。だから、内心の不安とは折り合いをつけた。縁組みが成立したのちには、スティーヴンに彼女を遠くの領地に連れていってほしいと思っている。そうすれば、夫婦となった二人を長いこと見ずにすむ。

「誰と結婚しようと、私には関係ありません。決めるのはキャロリンと伯父様です」

「ウェストミンスターで彼に会ったかね」

　かっと体が熱くなったマリアンは、赤面して内心を悟られないことを願った。宮殿ではスティーヴンのなめらかな裸の胸板をいやというほど見せられた。すぐそばにいて彼の欲情にも気がついた。いつでもベッドでひと暴れできる状態だった。相手となるのはキャロリンだ。

「はい」

「それで？」

「伯父様、ご自分で判断なさったほうがいいわ。私に先入観を植えつけられてしまいます」

「おまえは気に入っておらんようだな」

　私は彼を愛していた――どうしようもなく。

　マリアンは立ち上がり、うっかり顔に出てしまうかもしれない胸の痛みをごまかそうと横を向いた。スティーヴンの記憶が、一緒にすごした思い出が、次々と鮮やかによみがえってくる。

　マリアンはスティーヴンの情欲を愛と勘違いした。あれほど心を通わせたのに、いやそれは思いこみだったのだろうが、彼は黙って消えたきり戻ってこなかった。マリアンは恥と不面目にまみれて――。

　不当な仕打ちを受けた怒りを、マリアンは抑えこんだ。彼女とて正当な対処をせずにきたのだ。妊娠に気がついたとき、相手の名は言うまいと心に決めた。口にすれば父は結婚を命じただろう。そのころ彼女はもう気づいていた。スティーヴンをつなぎ止めるのは、風を捕まえるのと同じ。誰にも束縛されない彼は、強引な結婚を嫌悪するだろうと。

　たとえ結婚してくれても、彼は誠実で真面目《まじめ》な夫にはならない。人生の喜びや悲しみを喜んで分かち合ってくれる伴侶《はんりょ》にはならない。

夫になりたくない夫を持つくらいなら、一人でいるほうがましだった。必要なときにそばにいてくれない父親なら、はじめからいないほうがいい。

決心を後悔したことは一度もなかった。ふしだらで傲慢《ごうまん》だと父に追い出されたときでさえも……。ありがたいことに、そんな惨めな転落ぶりを見てキャロリンが仲介に入り、反抗的でおなかの大きなマリアンをブランウィックに連れ帰ってくれた。

ここブランウィックでそういう事情を知っているのは、キャロリンとウィリアムだけだ。その二人にしても子供の父親の名は知らない。一度もきかれなかったし、こちらも決して口にはしなかった。

マリアンは恩人である伯父に向きなおった。うまく冷静な表情が作れていればいいのだが。

「エヴァラート男爵と息子のスティーヴンには、マーウェイスまで馬を運んでこられたときにお会いしたんです。スティーヴンはぶしつけで、ならず者みたいで、それに旅への欲求に支配されてました」

ウィリアムは顔の片側だけで笑った。「ろくでなしか？ 娘の求める資質だ」そう言って考えこんだ。「スティーヴンの父親には一、二度会った。権力者ながら礼儀を知った人だった。長男のジェラードは評判のいい男だ。スティーヴンのことは知らんが、いくらか分別のある男と思っていいかね」

マリアンは黙っていた。スティーヴンの性格についてこれ以上意見を言いたくはなかった。長い年月のあいだに性格が変わったとは思わないが、マリアン自身、彼を悪く言う立場にはない。それに、スティーヴンについてどこまで詳しいのかと、ウィリアムに好奇心を抱かせる結果になっても困る。

「ご自分で判断なさってください、伯父様」

「そうだな」ウィリアムは枕に当てた体をわずかに

動かした。「アイヴォにそば仕えをよこすよう言ってくれ。食事前に着替えたい。おまえも残るな?」

マリアンはパニックと格闘した。ウィリアムはテーブルまで自分を連れていかせて、主人役を務める気だ。おそらくスティーヴンのために。優しい心がけだけれど、私は何もかかわりたくない。

でも、子供たちは卵をゆでてもらっている。ウィリアムと一緒に食べられないと聞かされたら、どんなに落ちこむか。それに、ここ最近、伯父に顔を見せていないという負い目もある。

スティーヴンを避け続けるのは無理だと結論を出しはしたが、接触はなるべく避けたかった。いや、彼がキャロリンを楽しませ、ウィリアムに好印象を与えるのに精いっぱいで、マリアンや娘たちに気づかない可能性もある。わずかな可能性だけれど。でも、ウィリアムの純粋な要求はとても断れない。

気づまりな夜を覚悟して、ウィリアムに言った。

「アイヴォに伝えます」

垂れ布をもとに戻し、ベッドの足もとにまわったところで、はっとして足を止めた。

高壇の近く、アイヴォの隣に、どこから見てもりりしい、高貴な貴族とわかるスティーヴンがいた。

自分の動揺がスティーヴンほど表に出ていないことを祈った。スティーヴンは若草色の目を見開き、アイヴォとの会話を中断させた。

胸のざわめきを、マリアンは魅力的な男性を前にした健全な女性の反応だと片づけた。スティーヴンを愛していると思ったときもあったけれど、今は違う。今なら性欲と愛の違いがわかる。磁石に引きつけられる鉄のように彼の体にひかれても、もう二度と人生をだいなしにされるような隙《すき》は見せない。

この場は早く終わらせるのが得策だ。このノルマン貴族とかかわったら、ブランウィックで手にした平和な生活を失いかねないと肝に銘じなくては。

3

　マリアンがブランウィックで何をしてる?

　どこか遠くの領地で夫と子供と暮らしていると思っていた。はるか遠くにいるのだから、心を乱されることもないと。

　なのに、とんだ乱されようだ。彼女は紫がかった灰色のガウンを着ている。織りの粗いふだん着用のガウン。優雅な足取りで近づいてくる。なんて美しいんだ。初めて見たとき――マーウェイスの階段で母親の横に立ち、ウィルモントから来た男爵と末の息子に挨拶《あいさつ》しようと待っている彼女の姿を見たときから、そう思っていた。

　お互い一瞬で強烈にひかれ合い、気持ちを抑えるのに苦労したものだ。しかし、三日目には体を求め合った。一度足を踏み出すと、あとは楽になった。

「スティーヴン、伯父様と会うのはもう少し待ってくださいな」味気ないが歌うような声がした。彼女はアイヴォを見た。「旦那《だんな》様は夕食の席につきたいそうよ。そば仕えをよこすようにおっしゃったわ」

「すぐにうかがわせます。お客様とはお知り合いでいらっしゃるのですね」

　マリアンはちらとスティーヴンを見てから答えた。

「ええ」

　確かに知り合いだ。何年も前に出会った。いい出会いだった。あのときは二日のあいだ、機会を見つけては、じれた手と熱い唇で互いの体に触れ合っていた。本当にいい関係だった。

　彼女のほうに頭を下げた。「レディ・マリアンとは何年も前からの知り合いなんだ。領主殿の支度が整うまで、旧交を温め合うとするかな」

アイヴォは眉を上げた。「つい今しがたまで、旦那様のベッドの垂れ布を破りかねないご様子でしたのに」

　さっきまでのあせりは肩をすくめて振り払った。ウィリアムと話したいのはやまやまだが、マリアンの存在が気になって、確かめずにはいられない。彼女はブランウィックを訪問している。しかし、なんの用で？　滞在期間は？　子供と夫も一緒なのか？　彼女は夫と干し草でたわむれたことがあるだろうか。スティーヴンが気にするのも妙な話だが、それより妙なのは、自分がマリアン以外の女と干し草ではしゃいだ経験がないと認識したことだった。

「都合の悪いときに領主殿を煩わせても、なんにもなるまい」アイヴォに言った。「私と会う準備がしっかりできるまで待たせてもらうよ」

　アイヴォは部屋を下がった。

　スティーヴンは深く息を吸い、マリアンと最後に会話したときの居心地の悪さを思い出した。あのとき感じた不安には、あらわな格好で、寝室に二人きりという状況が確かに関係していた。しかし、ブランウィックの居間にいてまわりで召し使いたちが食事の準備に忙しく立ち働いていても、アーマンドがそばにいても、やはりスティーヴンの心と体は、目の前の女性に強く魅了されている。

「何年も会わなかったが、今になって君は思いもかけない場所ばかりに現れる」そう言ったあと、スティーヴンはしまったと歯噛《はが》みしたい思いだった。マリアンがかすかに頬を赤らめていた。

　前にも一度、彼女が真っ赤になるのを見たことがあった。顔も胸も一面に赤かった。そのとき彼女はスティーヴンに馬乗りになっていた。当時は何が起こったのかわからなかったが、今はわかる。あれは女が最高の快感を得ている印だ。スティーヴンは抑えきれない誇らしさを感じた。何をしているかわからないまま、自分はマリアンを歓喜の極みへと押し上げていた。当時はまるで自覚がなく——ということは、マリアンはベッドを共にした男が大した努力をせずとも喜びが得られる女だったのだ。

誇れる話でもなかったか。

マリアンの夫が少しでもこういう点を気にかける人物なら、彼はこれだけ感度のいい女を妻にして喜んでいるだろう。大半の男は女の喜びに無頓着《むとんちゃく》だが、これはおかしい。歓《よろこ》びを教えられた女は、ベッドの中で積極的になるものだ。

「キャロリンにすげなくされたんですって?」

マリアンのとげとげしい言葉は、寝室での再会を思い出させた彼を責めると同時に、話題をキャロリンへと引き戻した。キャロリンのつれない態度はいろんな人物が目撃していたため、すぐに話が城中に広まったのだろう。

夕食が終わるまでにはキャロリンの好意も戻ると、スティーヴンは確信していた。マリアン——こちらは気に入られるのが難しそうだ——の存在にかかわりなく、そうなるように仕向けなければ。

事実ではないと承知の上で、彼は未来の花嫁にわざと置き去りにされたのを誰にも認めたくないばかりに、こうごまかした。「午後に乗馬をするつもりだったキャロリンの予定を邪魔したようだ」

「ウィリアムとのときはうまくいくんじゃないかしら。あなたを残して席を立ったりできないもの」

マリアンは立ち去るそぶりを見せた。

「ウィリアムはどんな様子なんだい」今の機嫌を事前に知っておきたい気持ちが半分、キャロリンに背を向けられたうえ、マリアンにまで同じ屈辱を味わわされたくない気持ちが半分で尋ねた。

「知りたいのは彼の機嫌? 体の調子?」

「両方だ」

「機嫌はまずまずよ、体調はよくなってきてるわ」

もう話題がない。

「この先ずっと寝たきりになるわけじゃないんだろう?」

マリアンは少しためらってから答えた。「卒中のせいで体力が落ちてるし、体もうまく動かない。召し使いの手を借りて動きたくないから、今はほとんどベッドにいるわ。体がひどくやられてるんでしょうね、ちゃんと耳を傾けていないと言葉が聞き取りにくいけど、でも勘違いしないで。発音が不明瞭《ふめいりょう》なのは知性が劣っているからじゃないわ」

「教えてもらって助かるよ」

「あなたのために言ったんじゃない、ウィリアムのためよ。配慮に欠けた言動で伯父を動揺させるのは、絶対にやめてほしいの」

マリアンの警告はスティーヴンの胸を突いた。確かに彼女は私をよく知っている。実際、不当に反抗されれば激高するし、貴族として相手には相応の敬意を期待する。しかしだ、病気に影響されているウィリアムを見下げるほど慢心してはいない。

視野の隅で、二人の若者が垂れ幕の内に身を滑らせるのが見えた。一人が水差しと手洗い桶《おけ》を持ち、もう一人が衣服らしきものを持っている。二人の手助けで、じきにウィリアムの身支度も整うだろう。

「余計な忠告だ」

「そう? あなたが飛び抜けて思いやり深い人だったという記憶はないけど」

スティーヴンはうんざりした。六年近く前の非礼を――彼のせいではないあやまちを、マリアンはまだ許してくれない。かといって、遅ればせながら心からの謝罪を伝えても、遅すぎると言って受け入れなかった。私のことを愚かで心ない人間だとでも思っているのか。

二度と謝罪などするものか。若いころの不幸について私が悪いと責めるなら責めればいい。マリアンによく思われる必要はない。口説き落とす対象はキャロリンであって彼女ではないのだ。

「ウィリアム・ド・グラースに対しては、その地位と教養にふさわしい接し方をするつもりだ。彼を軽んじても私の得にはならない」

マリアンはぱちりと瞬《まばた》きしてから、穏やかに言った。「そうね。あなたは地位のある人を軽視したりはしない。そのくらいわかってるべきだったわ」

どう答えていいかとまどったが、それ以前に、答える機会も与えられなかった。マリアンはきびすを返して扉へと歩きだした。

「今日はご婦人方のあしらいがずいぶんうまくいってますね」アーマンドが言った。

スティーヴンは顔をしかめた。アーマンドが声の届く場所にいるのを忘れていた。この若者が、今度の失敗を口外しないと信用できる男でよかった。

女か。スティーヴンは女を、彼女たちの考え方を理解しているつもりだった。実際のところ、自分は女性と完璧《かんぺき》に理にかなった会話ができると、今日まで信じて疑わなかった。一日で二人の女性相手にここまでしくじるとは、いったいどういうことなんだ。

アイヴォがそばに来た。「旦那様がお待ちです」

次は良識的な合意が得られそうだと安堵《あんど》したスティーヴンは、家令についてベッドの右側に近づいた。

キャロリンの父親は、思っていたとおりの外見だった。年を重ねた、髪の白い枯れた老人。しかし、マリアンに言われたせいだろう、スティーヴンは落ちくぼんだ茶色の目を見て気がついた。瞳がくっきりと澄み、そこには明らかな自信が見て取れる。キャロリンは父親の目と知性と、そして何より頑固な性格を受け継いでいるようだ。

スティーヴンはウィリアム・ド・グラースにうなずきかけた。ウィリアムは玉座におさまった王のごとき威厳をたたえてベッドにいた。「よかった、ウイリアム。ようやく会うことができた」

「寝室は気に入ってもらえましたかな」言葉がかすかに乱れている。

「イングランドの内外を広く旅してきたが、ブランウィックのもてなしに不足はない」

ほめられてウィリアムの頭がわずかに上下した。彼は右腕を折って動かない左腕に重ねた。「ウィルモントのスティーヴン、そなたは留守をした期間があまりに長かった。それゆえ、娘は礼儀を忘れて不機嫌に広間を出ていった。今日の無作法については娘によく言い聞かせる。まあ、そなたが娘の辛抱をつらいやり方で試したのは事実じゃがな」

キャロリンの非礼は見逃すように言いたいのを、スティーヴンは我慢した。性別や年に関係なく、子を叱《しか》るのは親の権利だ。あとは叱責《しっせき》が軽く、キャロリンが今以上に腹を立てないことを願うしかない。

しかしながら、兄を助けた自分の行動は、この父親にも娘にも謝るつもりはなかった。

「キャロリンの気持ちはともかく、私は兄のリチャードのためにある仕事を引き受けたのだ。それが思ったよりも長引いてしまった」

ウィリアムは無言のまま、ただスティーヴンを見て次の言葉を待っている。きちんと説明するほうがいいかもしれない。男なら女が理解できない話でも理解できるのでは? それに、キャロリンのかたくなな感情を思えば、ウィリアムからはどうしてもいい返事をもらいたかった。

「ヘンリー王が兄のリチャードを、片親を亡くした子供の後見人に定めた。それで私は、自分がノルマンディに行ってその子の領地を視察し、父方の親戚《しんせき》が干渉してくる予兆はないか調べると申し出た。親戚からの反発はあったが、それは子供がどうこうではなく、子供の相続した財産や地代の管理をめぐっての反感だった」

「そなたが取引の段取りを組んだのか？」

そう。ただ、リチャードは取引に難色を示した。あのとき、フィリップの伯父をイングランドに連れてきたのはスティーヴンだった。フィリップの代わりにと、その親戚はリチャードですら一度には手にできないと思うほどの膨大な量の金品を差し出した。だが兄はすでにフィリップが気に入っており、手放そうとしなかったのだ。

「いや、ただ双方を引き合わせて取引ができるようにしただけだ」

「では、兄上の問題は解決したのだな」

「おそらく」

ウィリアムは眉根を寄せた。「わからないと？」

非難めいた口調が引っかかった。

「最後にその親戚の姿を見たとき、彼は甥《おい》を連れずにノルマンディに戻るところだった。リチャードはそれで解決したと考え、だから私もウィルモントへと発《た》った。長兄のジェラードにどんな状況か報告しなければならなかったので」

「なるほど」

声が納得していない。いくらウィリアムの快諾が必要でも、助けがいるかもしれない兄を見捨てて帰ったと思われるのは心外だ。しかしスティーヴンは腹立ちを抑えた。リチャードを厄介な事態に引きこんだのも、自分がかっとなったせいだった。ただでさえ問題の多い今、余計な面倒は起こすまい。

「この先万一助けがいるとしても、リチャードはジェラードに使いを送るだけでいい。事実とあらば、ジェラードはウィルモント領内で調達できるものはなんであろうと送りこむ。私が必要なら、ジェラードは私の居場所も知っている。兄の心配をしてもらってありがたいが、心配には及ばない」

ウィリアムは空中で手をひらひらと振った。「ウィルモントのジェラードならば、どんな問題が起こってもしっかりと対処できよう。わしが疑問を感じておるのはそなたのほうなのだ、スティーヴン」

安定した名声がないのは重々承知だった。キャロリンが求婚を前向きに考えた理由の一つもそこにある。スティーヴンは慎重に尋ねた。「というと？」

「娘にはふさわしくない、と言っておこうか」

ふさわしくない？　私はウィルモントの騎士、王国でも屈指の勢力を誇る一族の男だぞ。所持する財産はウィリアム・ド・グラースをはるかにしのぐ。その気になれば、ありあまる兵士を召集してブランウィックを包囲し奪取することもできる。お粗末なティンフィールドのエドウィンよりも娘にはふさわしいとわかっているはずだろう。

それとも、マリアンを含め、ブランウィックの誰もが認めたがらないほどに、ウィリアムは卒中で頭をやられているのか。

「あなたの娘はふさわしいと思ってくれている」

「娘はブランウィックや寡婦として手にした土地を、一人だけで切り盛りできるとも思っておる」ウィリアムは首をかしげた。「キャロリンがエドウィンよりそなたをふさわしいと考えるなら、なぜそなたの相手をせずに乗馬に出ておるんじゃろうな」

自分や父親の領地を管理できるキャロリンの能力については言葉がないが、エドウィンを外に引っ張り出した理由なら、十中八九見当がついている。

「私の決意を試すためだ。すぐに怒りだすのか知りたいのだ。そして彼女の思いの強さに私が応《こた》えてやれるのかも。年のいった二人の夫には、おそらく無理だったのだろう」

ウィリアムの口の端がぴくりと動いた。「そなたはできると思っておるようだ」

「もちろん、思っている」

「そのうち、わかろうて」

藺草《いぐさ》の上を力強く歩くかわいい足音がして、ウィリアムがさっとそちらを見やった。

スティーヴンが振り返ると、双子がアーマンドの後ろでぴたりと立ち止まるところだった。オードラとリサ。今日見かけた小作人の子供たちだ。

とっさに思ったのは、話の邪魔をされた領主の怒りから二人を守らねばということだった。ウィリアムはにこりと笑い、怒りの気配を覆い隠した。

驚いたことに、ウィリアムは子供たちを手招きした。「早かったじゃないか」

リサがうなずいた。「料理人さんがお鍋《なべ》に入れてゆでてくれました」

子供たちの闖入《ちんにゅう》が許されたのを知って呆然《ぼうぜん》としながら、スティーヴンはオードラが手にしている籠《かご》を見た。中には固ゆでの卵が六つ入っていた。

ウィリアムが子供の後ろを見やった。「母様はどうしたね」

「布を包んでるの」オードラが籠を持ち上げた。「これ、あったかいうちに食べませんか」

ウィリアムがぽんぽんとベッドを叩《たた》くと、子供たちは喜んで誘いに応じた。ベッドに上る前に、リサがスティーヴンに明るく笑いかけた。

「一緒に食べますか、スティーヴン様？」

イエスと言えばウィリアムはいやがるだろう。スティーヴンは彼の機嫌がいいうちに部屋をしりぞくことにした。リサの顎の下をなでてやった。ブランウィックで少なくとも一人の女性に敬意を払われたのがうれしかった。

「ありがとう、お嬢ちゃん。でも、君のご馳走《ちそう》を取るわけにはいかない。ウィリアム、話はまたのちほど」

スティーヴンはベッドのそばを離れた。アーマンドが後ろに続く。頭をすっきりさせようと、スティーヴンはきびきびとした足取りで扉に向かった。

どうやら、ウィリアム・ド・グラースは私についての情報を、それも悪い情報ばかりをどこかで仕入れたようだ。出所はキャロリンか？　ありうる話だ。マリアンか？　腹立ちがおさまらずに、伯父の前で私を悪く言ったのか。根拠はないが、彼にはマリアンが執念深い女だとは思えなかった。

あの女の子たちは、なぜ母親の監督なしに大広間での自由が許されているのだろう。奇妙だった。子供が領主の邪魔をするのは、いかなる場合でも許されない。なのに、あの双子はウィリアムに喜んで迎えられた。

まるでリチャードと彼が保護している子供かジェラードと彼の息子たちのようだ。もしや……。

「アーマンド、キャロリンに私の知らない腹違いの姉妹がいないか調べてくれ」

二人の娘ともども高壇の近くに座る資格があるのは承知で、マリアンはあえて扉近くのテーブルについた。この食事が終わったら――終わるのはもうすぐだ――大して周囲の目をひかずに立ち去ることができる。

子供たちに目を配って行儀よく食べさせるために、彼女は二人の子の真ん中に座っていた。子供のことだけ考えていようと決め、それでだいたいのところはうまくいったが、やはり、高壇の四人のほうにどうしても視線がちらちらと行ってしまう。

ウィリアムは紐《ひも》で体を椅子に固定し、いつになく元気な様子を見せて料理の上に半身を傾けていた。今夜は長時間ぐっすりと眠ることだろう。ウィリアムの左がティンフィールドのエドウィンで、話をしているのはもっぱら彼だった。二人は長年の知り合いだから、話題には事欠かない。

ウィリアムの右側にはキャロリン、キャロリンの隣にスティーヴンが座っている。

食事の最初のほうでは強く反発していたキャロリ

ンだったが、彼女の機嫌もなおりつつあった。

驚くには当たらなかった。スティーヴンがどんなにやすやすと相手を魅了するか、マリアンは経験として知っている。その彼が今夜はキャロリンの気をひこうと頑張っているのだ。彼の笑顔、礼儀正しい振る舞い、操る言葉の数々。それらをもってすれば、どんなにかたくなな女性でも心を動かされる。

自分の魅力だけでは心もとないと思うのか、彼はキャロリンに贈り物を渡していた。木製の箱だった。今はキャロリンの目の前、テーブルの上にある。よほど美しいのだろう、彼女はしょっちゅう上面をなでたり、蓋《ふた》をあけたりしている。まだスティーヴンに笑顔を向けてはいないが、最後に折れるのはわかりきっていた。その前にここを出たい。

些細《ささい》な問題なのはわかっていた。けれど、こうして従姉《いとこ》と昔の恋人との食事風景を見せられるのは、思ったよりもつらかった。動揺したわけでは絶対にない。スティーヴンとはつき合いたくない、彼は自分の求める結婚相手ではないと、とうの昔に心の整理はついている。スティーヴンの求婚を真剣に受け止めたキャロリンを腹立たしく思うはずもなければ、彼女を美人で将来の妻にふさわしいと考えたスティーヴンにむっとするはずもないのだ。

気づいた限り、彼がこっちを見たのはたったの一度きりだが、そのことに怒っているのでもない。視線が合ったとき、マリアンは横を向いて関心のなさを示した。けれど、あれこれ考えると、食事がほとんど喉を通らなかった。あの美しい緑の目はその後もこっちを見ただろうか。どのくらい見ていたのか。見た光景をどう思ったろう。

ばかげた意味のない思考。でも、考えてしまうのだから仕方ない。

「母様?」オードラが小声で話しかけてきた。

マリアンが顔を向けると、オードラはリサのほうへと注意を促した。リサの閉じかけた目を見たとたん、スティーヴンのことは頭から消えていた。不注意だったと内心舌打ちをした。彼女のおしゃべりが聞こえないのをなんとも思わなかったとは。

リサを膝に乗せて頭を自分の肩口にもたれさせた。

「オードラ、そっと高壇まで行って、伯父様にもう帰りますって伝えてきてちょうだい」

オードラはベンチから滑り下りると、高壇のほうに歩いた。ウィリアムが気づいて手招きした。マリアンは座ったまま向きを変え、オードラが戻ってきたらすぐに立ち上がれるよう準備した。

「どうして痛いって言わないの」娘の耳もとで声をかけた。

「早く帰りたくなかったの」涙が一筋頬にこぼれた。「アプリコット・タルトが作ってあったもん」

マリアンは内心ため息をついてリサを抱き締めた。そんなことで痛みを我慢して、とは言えなかった。おいしいものがあると知れば、子供はまともな考えができなくなる。小さな頭が痛みではちきれそうになっていればなおさらだ。

オードラの走ってくる足音がして顔を上げると、娘の後ろにキャロリンとエドウィンの姿も見えた。こっそり帰ろうと思ったのにだめだった。今や大広間にいるみんながこちらを注目している。

最上級の優しい笑みを浮かべたキャロリンが、屈《かが》んでリサの額に手を置いた。「もう帰るの？」

リサはため息をついた。「タルトまで待とうって頑張ったんだけど」

キャロリンの笑みが大きくなった。「タルト？　そうね、それなら一つ二つ残しておけると思うわ。次に来たときに食べられるんじゃないかしら」

「オードラもいい？」

「もちろんよ」

「明日でも？」

「それはあとで考えましょう」マリアンは母親として釘《くぎ》を刺した。

キャロリンが体を起こした。「リサの様子を教えてね。お父様が知りたがるわ」

マリアンはうなずいて立ち上がろうとした。

「いいですかな?」エドウィンが両腕を広げた。マリアンに代わってリサを抱えようというのだ。

「いえ、大丈夫――」

「領主殿に手伝うよう言われたのだよ。喜んで手を貸そう」

キャロリンがエドウィンの腕に手をかけた。「荷車を使ったほうがいいんじゃない?」

エドウィンは腕組みをして、濃い眉を片方、上げた。「キャロリン、言っておくが、私の体はまだ小さな女の子一人、寝床に運ぶのに苦労するほど弱ってはおらんぞ。たとえその寝床が村にあってもだ」

「お父様が手伝うよう言ったのは、きっとリサを運んでくれる召し使いを手配しろということよ。あなたが自分で運ぶことはないわ」

エドウィンはリサに笑いかけた。「この子なら羽根をつめた袋を抱えるようなものだろう」もう一度腕を差し出すと、すぐにリサが動きだし、彼の首に抱きついて肩にもたれた。「ほうら、全然重くない」

キャロリンは両方の手のひらを上に向けて一歩下がった。「好きになさって。だけど、腰を痛めてその子を落としたりしないでね」

エドウィンは目をぐるりとまわして天を仰いだ。

「マリアン、先導を頼む」

マリアンはベンチから立った。オードラは抱いていったほうが早く歩けるだろう。

「いや、待ってくれ」

スティーヴンの声が低く体に響き、マリアンは手を伸ばしかけたまま高壇を見た。伯父もありがた迷惑な助《すけ》っ人《と》ばかりよこさないでほしい。

スティーヴンがオードラに頭を下げた。「お嬢さん、私に家まで送らせてもらえますか」

オードラはくすくす笑い、礼儀正しくちょこんと膝を曲げた。「はい、親切な騎士様。母様がいいって言ってくれたらいいです」

マリアンは目の前が暗くなった。だが、どうしようもない。それに、言い合いをしても時間をとるだけだ。今はリサを藁《わら》布団に寝かせることが先決だ。

「いいわ」だめだと言えたらどんなにいいか。スティーヴンがオードラを脇《わき》に抱えたのを見ると、余計にその思いが強くなった。

こんなのは間違ってる。こんな光景、決して見ることはないと思っていた。スティーヴンに心地よく抱かれているオードラ。マリアンは強いて目をそらし、子供を抱いた二人を暗い外へと先導した。

門まで来たところで衛兵所から松明《たいまつ》を取ってきた。二人が城に戻るときには、これがないと足もとが暗いだろう。そこからは早足で家へと急いだ。

後ろでスティーヴンとオードラが話をしていた。風に乗って声は聞こえるが、くぐもっていて内容はわからない。二人を引き離したい気持ちから歩幅が大きくなった。男たちはなんの苦もなくついてくる。

今朝スティーヴンが立ち止まった石垣の横を通った。彼はここで娘たちに声をかけて、母親の平和をかき乱したのだ。マリアンは戸口へと走り、中に入るとテーブルの蝋燭《ろうそく》に火をともした。

エドウィンが入ってきて中を見まわした。

マリアンはリサの藁布団を示した。「そこです」

スティーヴンがオードラを連れて入ってくると、ただでさえ狭い部屋がとたんに窮屈になった。彼は場所を取りすぎる。空気も薄くなった気がする。彼もまた視線をめぐらせたが、エドウィンよりゆっくりした動きだった。きっと、家具が少なくて質素な部屋だと思ってるんだわ。

エドウィンが優しくリサを寝かせた。スティーヴンはまだオードラを抱えたままだ。オードラのほうも早く下ろしてもらいたいふうではない。

松明をエドウィンに渡したマリアンは、忙しくリサの枕《まくら》と毛布を整えた。「お二人には感謝します。真っ暗にならないうちに戻ったほうがいいわ」

「タルトもなくなっちゃうし」オードラが言った。

スティーヴンはオードラの三つ編を引っ張った。

「本当だ。自分の分を取って、それからキャロリンが君たちの分を残してくれてるか確かめないと」

彼はようやくオードラを床に下ろした。

男二人が別れの言葉を言い、扉が閉まった。マリアンは大きく息を吸った。いつもの落ち着く匂《にお》い。ただ少し違和感があった。独特の男の匂いが――スティーヴンの匂いが残っているのだ。明日になったら扉を大きくあけて夏の風を入れよう。明日には我が家の平和と安全を取り戻そう。

4

エドウィンが松明《たいまつ》を持ち、スティーヴンは彼の横をただ黙って、わだちを避けながら歩いた。頭の中でマリアンについて考えていたが、疑問はふくらむばかりだった。

思いきってエドウィンにきいてみるか？

エドウィンとキャロリンとが乗馬から戻ったとき、ウィリアムは娘に求婚する恋敵同士を紹介したうえで、これはとうにおまえがやっているべきことだと、キャロリンを叱責《しっせき》した。それからの彼女は、不機嫌ではあるにせよ、父親の城の模範的な女主人だった。

紹介を受けてからこっち、エドウィンは一言も話しかけてこない。スティーヴンのほうとて、親交を深めようと思っているわけではなかった。キャロリンの求婚者としての彼の有利な点と不利な点、それらを判断するのに必要なことだけわかれば、あとは格別興味はない。

食事中の親しげな様子から、ウィリアムがエドウィンのほうを気に入っているのは明らかだった。この争いには絶対に勝つと、スティーヴンは決意を固めていた。老いた求婚者が絶望するほど、キャロリンの心を完璧《かんぺき》につかんでみせる。食事のときの贈り物ですでに成果は上がっていた。彼女が贈り物を気に入り、わざわざエドウィンにも見せたのだ。

ところが、エドウィンはそう簡単に落胆する男ではなさそうだった。

キャロリンをめとるという共通の目的を持ち出して会話に引きこむのがいいのだろうが、どうしてもマリアンのことが気にかかってしまう。

「かわいい子たちだ」スティーヴンは言った。

エドウィンはちらとも視線を返さない。「ああ」

「リサの頭痛は気の毒だな」

「ああいう痛みがよく襲ってくるそうだ」

その意味するところを思うと、スティーヴンは娘にも母親にも同情して深く胸を突かれた。いたいけな子供がそんなに苦しんではいけない。娘の苦しみを見ているマリアンもさぞかしつらいだろう。

マリアンの娘。

双子はウィリアムの孫ではないかという予測は、夕食の席で裏切られた。二人のかわいい顔はマリアンとそっくりで、彼女の子供でないと思うほうが難しい。しかし三人一緒にテーブルについた姿を見るまで、似ているとは気づかなかった。キャロリンも双子を自分の姪《めい》だと言っていたのだ。

なぜマリアンの家族は村に住んでいるのか。ウィリアムとの血縁関係からして、城に住んでいても当然のはずだ。ウィリアムがマリアンの夫を心底嫌っているのなら話は別だが。

その父親はどこにいる。今日だって家族と一緒に夕食の席についているべきだった。明らかに、彼はこの地を離れているのだ。

スティーヴンは石を蹴《け》った。石は松明の明かりの届かない場所まで転がっていった。「治療法は見つかっていないのか」

「努力はしているがね。マリアンはリサをロンドンの医者に診せた。その医者の薬でも頭痛の再発は抑えられず、痛みにも効いておらんようだ」

ということは、宮殿のマリアンのベッドで毛布にくるまれていたあれはリサだったのだ。オードラは母親とリサが医者にかかっているあいだ、ブランウィックに残っていたのに違いない。

「おまえは以前からマリアンを知っているのか」

エドウィンがようやくスティーヴンを一瞥《いちべつ》した。

「数年前からだ。なぜそう気にする」

「私は少女のころのマリアンを知っているが、最近は会っていなかった。気がかりなのは——」スティーヴンは立ち止まって小屋を振り返った。見えないところまで来たと知り、マリアンの小屋を辞してからずっと気になっている言葉を口にした。「マリアンと子供をあんな場所に置いておくのはどうかと思う。賢明じゃない。どこかのごろつきが夫の留守をねらってきたらどうする。夜は母子三人、城にとどまればよかったんだ」

「マリアンは夫を亡くしている。母子だけでもう何年もあの小屋で暮らしているのだ」

未亡人？　夫がいない？　子供は誰が守るんだ。

「だったらなおさら城に住むべきだ」

「村に住むのは彼女の意思だと聞いている。ウィリアムが許しているのも妙だが、妙といえば、彼女がブランウィックに来た事情からすっきりしない」

「というと？」

「夫が死に、その後キャロリンが彼女をブランウィックに連れてきた。子供はここで生まれ、何カ月かして、ウィリアムがあの小屋での生活を許した」エドウィンは一呼吸置いて続けた。「なぜマーウェイスに戻らないのかと、よく不思議に思ったものだ。おそらく、家族と何か確執があるんだろう」

　スティーヴンの知るヒューゴ・ド・レーシーは誇り高く幾分尊大な男で、夫人はとても感じのよい人だった。親子にいさかいがある様子はなかった。

「だったら、結婚したころに何かが起こって、そこで親子に亀裂《きれつ》が入ったんだな。私の記憶にある三人は仲がよかった」

「マリアンとは古い友だちか？」

　エドウィンの口調にある何かが、スティーヴンの頭で渦巻く数々の質問にストップをかけた。自分たちがどれほど仲がよかったか、マリアンはブランウィックにいる者に知られたくはないだろう。スティーヴンも同じ気持ちだった。キャロリンはもちろんのこと、競争相手には絶対に知られたくない。

「マリアンの父親が私の父から馬を買った」

　それ以上の説明をする気はなかった。再び歩きだしたスティーヴンは、早く城に戻ってアーマンドがどんな情報を仕入れたか確かめたくなった。

　エドウィンがついてこないので歩を止めた。「どうかしたか？」

「おまえに勝ち目はない。荷物をまとめて、来た道をどこへなりと帰ったほうがいい」

　戦いならイングランドでもノルマンディでも十二分に経験してきた。負けるかもしれないと相手に思わせる——この手の戦術はお見通しだ。

「悪いがエドウィン、急いで帰る予定はないよ。キャロリンが心を決めるまで、運んできたベッドを動かすつもりはない」

「大事なのはキャロリンの気持ちだけではない。父親が認めなければ、彼女は結婚できんのだからな」

　スティーヴンは平気だと思わせるように肩をすくめた。「君にはウィリアムとのつき合いが長いという強みがある。好感を持たれてもいるようだ。だけれど私には若さがある」にっこり笑って手で髪を乱した。「ほうら、白髪は一本もないだろう」

　エドウィンはあははと笑って首を振ると、また歩きはじめた。スティーヴンも松明の明かりから外れないように歩く。やはりエドウィンは簡単に落胆する男ではないのだ。

「少し白髪があるほうが役に立つものだ」

「キャロリンに対してか？　それはないな」

「どうとでも信じるさ」

　スティーヴンには違うと信じる根拠があった。キャロリン自身が、三人目の夫は若いほうがいいとはっきり言ったのだ。しかし、エドウィンは年など関係ないと思っている。好きに思わせておこう。それが彼の失敗につながる。

　衛兵に松明を戻してから二人が大広間に入ると、夜なのでテーブルはすべてたたんで壁に重ねてあった。ハーランとウィルモントの兵士が何人か、ブランウィックの衛兵たちとともに床に座り、エールの杯を手にさいころを振っている。

　ウィリアムはまだ体を椅子に固定させたまま、今度は炉のそばに落ち着いていた。キャロリンが近くのベンチに座って本を開いている。

　平和な場所。静かで――退屈だ。

　音楽か、娯楽か、格闘の試合でもほしいところだ。少なくともハーランはさいころを使った楽しみを見つけている。アーマンドはどこかとあたりを見まわしたが、どこにも姿が見えない。彼もまた、もっと楽しい遊びを見つけたのに違いなかった。

「これはどういうことかな」エドウィンが不満げに言い、キャロリンがさっと顔を起こした。「せめてタルトを食べようと戻ったのに」

「卑しいわよ、エドウィン。マリアンの子供たちの分と一緒に、あなたたち二人の分も取ってあります」キャロリンは手を振って給仕係の娘を呼び止めた。「お客様二人にタルトとエールを」

娘はお辞儀をして、急いでその場を離れた。

スティーヴンはキャロリンの横にすっと座った。エドウィンが眉を上げたが、気づかないふりをした。

「君はなんて優しいんだ。君の父上にも話したが、ブランウィックのもてなしは第一級だよ」

「それはどうも」

ほめ言葉が、キャロリンから軽い微笑を引き出した。夕食のときの不機嫌さからすれば一歩前進だ。

スティーヴンは彼女の持っている本に視線を落とした。祈祷《きとう》書だが見事な作りのものだった。

「君の詩篇《しへん》書は絵がすばらしいね」本心から言った。文字の形はシンプルかつ優美。天使に囲まれた聖母が、巧みな筆遣いで愛情を込めて描かれている。

「どこで買ったんだい」

「エドウィンからの贈り物よ」

さぞや値が張っただろう。しかし、男が求婚相手に贈る品物ではない。エドウィンは女について無知なのか。いや、特定の一人の女について、スティーヴンの知らない何かを知っているのかもしれない。

キャロリンが暇な時間に詩篇書を読むのが好きだとは考えもつかなかったが、実際キャロリンは大広間に座って本を読んでいた。自分の部屋にこもって新しい木箱にどの飾り物をしまおうかと悩んでいたのではない。

「スイスのサンガルにある修道院が、美しい挿絵本を作るので有名なんだ」エドウィンが言った。

「行ったことないな。いつか訪ねてみるとしよう」

「詩篇書がほしいのか、スティーヴン？」

「いや、だが母上へのいい贈り物になりそうだ。母上は宗教的な芸術品が好きだから」度を超した傾倒ぶりだと思っていることは胸の内におさめた。

タルトとエールが運ばれてきた。エドウィンが、マリアン母子が無事家に帰ったことをウィリアムに伝えた。スティーヴンはキャロリンと二人だけで話したいと考えたが、まだ早いと思いなおした。彼女の機嫌は完璧になおったわけではない。それに、エドウィンがいる場所で二人きりになろうとするのは、あまりにあからさまなやり口だ。

「お疲れのようですね」エドウィンがウィリアムに声をかけた。

老齢の領主は気遣いを手振りでしりぞけた。「ベッドではいやというほどすごしておる。それに、今はキャロリンがブランウィックで実行したがっている改善案について話していたところだ」

キャロリンは詩篇書を閉じた。「私の提案はちゃんと筋が通ってるわ、お父様」

「何度もきくが、そういう改善にかかる資金をいったいどうやって調達するんだ」

「そりゃあ、お父様は金貸しが大嫌いで――」

ウィリアムは吐き捨てた。「やつらは盗《ぬす》っ人《と》だ」

「でも、冬が来る前に補修の必要なところがたくさんあるわ。一部は羊毛を売るまで待ってもいい。そのうち値も上がるでしょうし――」

「上がらなかったら、借金の返済はどうする」

キャロリンが口をとがらせたのを見て、彼女の主張もここまでかとスティーヴンは一瞬思った。もっと頑張れ、負けるなと心の中で声援した。彼自身、何度兄のジェラードの前で言葉をつくし、こちらの言い分をわからせようとやっきになったことだろう。ときにはそれがうまくいった。うれしいことに、キャロリンがきっと顔を上げた。

「人から情報や意見を聞いても、なかなか決定を下せないのはわかります。でもお父様だって、もし馬に乗って土地をまわることができれば、私の書き出した項目全部に緊急の対策が必要だって認めるわ」

「全部のはずはない」

「アイヴォは私に賛成してくれてます」

「かわいそうに、家令はおまえの意見に折れて自分の才覚を隠そうとするのだ。だが、おまえの言うとおり、わしは視察ができん分、人の意見に頼らざるを得ない。エドウィンと検討したが――」

「私に黙って？　お父様は私よりもエドウィンの意見を尊重なさるの？」

ウィリアムは答えず、ただキャロリンを見据えた。彼女が怒りを抑えているのは明らかだった。気持ちがわかるだけに、スティーヴンはキャロリンを弁護したいとの思いにかられた。しかしながら、まだ助けは不要だった。彼女は立派に踏んばっている。

「わかりました」ようやく出てきた言葉は、静かだが張りつめていた。「お父様はもう心を決めてらっしゃるということね？」

「まだだ。もう一人別の人物の意見を聞きたい」挑戦的な視線がくるりと周囲を見渡した。「どうだね、若いスティーヴン。そなたには土地利用や農業について、意見を言えるだけの知識がおありかな」

答えてみろと侮辱を込めて発せられた問いだった。老齢の領主は、スティーヴンが夫の立場からキャロリンにどう助言するのか知りたいのだ。明らかな点はもう一つある。ウィリアムは娘の知識を不完全だとみなしているが、スティーヴンについても知識に裏打ちされた意見がないと思っている。

土地の運営ならば、スティーヴンは完璧な知識を持っていた。しかも、複数の地所についてだ。所有する領地はすべて問題なく潤ってもいる。

「どういう問題に意見を求めておられるのか」

「金貸しについて、意見を聞きたい」

スティーヴンの答えは、かたや借金を急ぐキャロリン、かたや金貸しは盗っ人であって一切かかわりたくないというウィリアムのちょうど中間にあたった。父娘《おやこ》ともに満足させようと思うなら、単純なイエス、ノーでは不充分だ。

「私はまだ金貸しの世話になった経験はないが、すぐにも金が入用ならば借金も考慮に入れるべきだろう。私はロンドンで二人のユダヤ人を知っている。私の家族が緊急に物入りになった場合に契約を交わす者たちだ。二人とも腹蔵なく交渉を進め、自分たちの実入りもそこそこの額で満足している」

ウィリアムが鋭く目を細めた。「ブランウィックを失う危険をおかすのかね」

「とんでもない。金貸しを相手にするのは、手持ちが不足していて、そのためにブランウィックがすでに危機的状態にある場合のみだ。キャロリンの提案している個々の改善案や、あなたの財政状況がまるでわからないうちに、ブランウィックに何が必要かを判断するのは差し控えたい」

危ないところをうまく切り抜けたと思っていると、ウィリアムが話を続けた。

「キャロリンにさえぎられて言いそびれたが、エドウィンとはひき臼《うす》の取り替えを検討していた。ひどくひびが入っていて収穫期を乗りきれるか危うい状態なのだ。手痛い出費だが、冬に小麦粉を切らさないためには放《ほう》ってはおけん。ほかの項目についてはまだ考慮中だ」ウィリアムはキャロリンを見た。

「明日、エドウィンとスティーヴンにおまえの作った一覧表の写しを渡しなさい。二人のうちのどちらかが、わしの許せる金額の範囲内で、おまえの希望すべてを叶《かな》える方法を考えつくかもしれん」

簡潔な何気ない言い方だが、ウィリアムは知恵比べを言い渡したのだ。最小の予算で最良の計画を提言したほうが、キャロリンの次の夫として受け入れられるのだと、スティーヴンははっきり理解した。

アーマンドが寝室に入ってきた。ほの暗い蝋燭《ろうそく》の光でもはっきりわかるほど、ほくほくとした満足げな様子を漂わせている。

シャツとズボンだけになってベッドにゆったりと横たわっていたスティーヴンは、彼がどこで誰と楽しんでいたのか、きかずともわかった。

「それで、あの女中はどんな子だった？」

「ディーナといって、とてもかわいい子ですよ」

わずかに警戒されたのを察して、スティーヴンはしつこくからかってやりたい衝動を押しとどめた。

ずうずうしいウィリアムへの苛立《いらだ》ちが、いまだに尾を引いている。八つ当たりしてはかわいそうだ。癪《しゃく》だが挑戦には乗るつもりでいた。もっとも、理由は単純だった。エドウィンは文句を言わなかった。ここで拒否すれば気難しいやつと思われてしまう。

「情報も聞けたか？」

「いくらかは」アーマンドはかんぬきをかけ、チュニックを脱ぎにかかった。「双子はキャロリンの腹違いの姉妹の子じゃありません。従妹《いとこ》の子です」

「それはもうわかってる。子供の母親が未亡人だということもね。マリアンがブランウィックに来た事情については、何か言ってなかったか」

「いいえ、というよりきいてません。ききますか？」

頼むと言いかけて思いなおした。謎《なぞ》は残るが、そこは当面あとまわしにできる。もっと急を要する問題が、今は胸に重くのしかかっていた。

「それには及ばない」

アーマンドは肩をすくめた。「わかりました。ティンフィールドのエドウィンについてはききましたよ。競争相手の情報は必要かと思いまして。彼の話になると、彼女はよくしゃべってくれました」アーマンドはベッドの足もとにある藁《わら》布団にチュニックを投げ、椅子に座ってブーツを脱いだ。「エドウィンの主要な領地はこの近くなんです。だから彼は、ウィリアム・ド・グラースやその家族とつき合いが長い。妻を亡くしたのは、キャロリンが最初の夫を失ったのとだいたい同じ時期のようです。エドウィンは彼女の父親に結婚したいと言ったんですが、ウィリアムはもう娘をほかの男にやると決めていた」

「それで、今回また頑張ってるのか」

「ただ今回は、キャロリンが父親に訴えたんです。三度目の夫は自分で選びたい、せめて意見を言わせてほしいとね。いくらか哀れに思ったんでしょう、ウィリアムは承知してます。しかし、その彼がエドウィンにブランウィックへの入りびたりを許している。年の問題でキャロリンは乗り気でないというのに」アーマンドはにやりとした。「ディーナによれば二人の口論は見もので、大半が結婚した女にどれだけの自由が認められるべきかという話だそうです。エドウィンはキャロリンの考えを女らしくないとなじり、キャロリンは彼の髪が白いのをなじる。どうも、二人は不釣り合いって気がしますね」

　またエドウィンに辛い点がついた。しかし、たとえ娘にエドウィンとの結婚を無理強いしないとしても、スティーヴンを夫にするのは許さないとウィリアムが言うのは可能だ――それもこれも、今回のいまいましい知恵比べのせいで。

　スティーヴンは目をこすり、明日もらうはずの一覧表について考えた。自分の全所領が長いあいだ家令やジェラードの管理のもとにあったため、スティーヴンは物の値段や労賃に不案内だった。数字についてはアイヴォにきけばわかるだろう。

　一番の問題は、キャロリンをもっとよく知ることだ。寝室の外では――内での話はよくわかっているが――何を喜ぶのか。

　田舎で馬に乗るのは絶対に好きだ。だが、長い散策も好きだろうか。淡い色より派手な色、ワインよりエール、木箱より詩篇書のほうが好きなのか。

　こういう話になると、ウィリアムもエドウィンもアイヴォも役には立たない。アーマンドお気に入りのディーナもだ。召し使いが格上の者を見る場合には、似た地位や身分の者が見るときとは違う物差しを使う場合がしばしばだから。

　このブランウィックでキャロリンと身分が等しい人物、必要な回答をもらえそうな人物は一人しかいない。マリアンだ。

　灰青色の瞳と褐色の髪を持つマリアン。かわいい双子の母親であり未亡人。彼女は村の端に建つ小屋に住んでいた。スティーヴンはやはり不満だった。どれだけ長く三人で暮らしていようと、誰の庇護《ひご》も受けずに母子だけで生活するのはよくない。

　彼に対していつまでも苛ついているマリアンを見ると、胸の古傷がうずいた。とても心穏やかではいられない。あの当時、彼はマリアンに冷たい印象を与えたいと思ったわけではなかった。マーウェイスを離れるときに、別れを言ったりキスをしたりする時間がなかっただけだ。なのに、あの一度の無作法でマリアンはまだ彼を軽蔑《けいべつ》している。

　なんとか埋め合わせができるだろうか。そうしたら彼女は態度を和らげ、とげとげしい口調を改めてくれるだろうか。笑顔を見せてくれるだろうか。

　マリアンは彼にいつまでも未練を持っていたのではない。成長ぶりから見て、子供は四歳ぐらいだろう。つまり彼女はスティーヴンと別れて一年かそこらで結婚し、子供を産んだのだ。

　マリアンの夫は、彼女が処女ではないと結婚前に知っていただろうか。

　スティーヴンは眉をひそめた。

　純潔の喪失を父親に打ち明けていたとしたら、マリアンは釣り合わない夫で我慢するはめになったのかもしれない。もしかして、マリアンはスティーヴンの知る由もない身に受けた不名誉を、彼のせいだと思っているのか。それなら彼女の激しい苛立ちも、家族のあいだに確執があるんだろうと言うエドウィンの言葉も理解できる。夫が死んでブランウィックに来たのは、おそらく何かの理由でマーウェイスには帰れないからだ。

「明日はどうされますか」

アーマンドの言葉が、スティーヴンをウィリアムからの挑戦という差し迫った問題に引き戻した。スティーヴンは簡単に状況を説明した。

「難しい仕事じゃないですよ」アーマンドは言った。「何年か前に、ジェラードのために似たような仕事をなさったでしょう」

王は広大な土地——王への反逆を企てた者から没収した領地——をジェラードに下賜していた。卑劣漢を裁きの場に引きずり出したジェラードへの褒美だった。ジェラードは一つの領地だけを取って、残りはスティーヴンとリチャードに分け与えた。冒険に出るいい機会だと見たスティーヴンは、新しい領地すべてを視察し、現状を報告する役目を買って出た。旅にはコーウィンも連れて、地所をまわりながら二人で大いに楽しんだ。視察した中には、前の領主の圧政でひどく苦しんでいるところもあった。

「似ていても違う。ウィルモントの財源に揺るぎはないし、必要とあらば、ジェラードは躊躇《ちゅうちょ》なく金を借りて即刻修復に取りかかった。だが、ウィリアムはそんなに裕福でもなければ心が広くもない」

「キャロリンに今のような自由を許すだけの寛大さは持ち合わせてます。思ってらっしゃるほど機嫌の取りにくい人物ではないかもしれませんよ」

可能性はあった。ただ残念なことに、スティーヴンはブランウィックに来てから誰も喜ばせることができずにいる。例外はにこやかに笑いかけてくれて、そのあと激しい頭痛に襲われた女の子だけだ。

マリアンはいやがっているが、スティーヴンは彼女と和解したいと思っていた。マリアンならウィリアムが彼に抱いている印象を変えられると計算したからではなく、自分の心の平安のためだ。ただ、あの怒りようでは彼女に好かれるほうが、ウィリアムの知恵比べに勝つよりも難しそうだ。

マリアンは自分の目が信じられなかった。昇る朝日で刻限を知ろうと今しがた鎧《よろい》戸をわずかにあけて、次の瞬間、自分の正気を疑った。

まだ夜が明けたばかりだというのに、スティーヴンが石垣に座ってマリアンの家を見ている。濃い緑のチュニックに茶色いズボンとブーツという格好の彼は、森の住人か放浪者——見方によっては山賊だ。

まさか、一晩中あそこにいた？　そんなはずはない。だとしたら、朝のミサを知らせる礼拝堂の鐘が鳴るよりも早く、城を出てきたのだ。

家にじっとしていようと思ったが、すぐに考えを変えてブーツを履き、髪も編まないまま頭巾《ずきん》のついたマントを灰色のガウンの上に羽織った。子供たちはまだしばらく起きない。二人が目を覚ます前に、スティーヴンには帰ってほしかった。

出てきたマリアンを見て、スティーヴンが石垣から下りた。マリアンは、話し声で子供を起こさずにすむ最低限の距離だけ近づいて足を止めた。

「リサの具合はどう？」

彼の質問にマリアンは胸を突かれた。彼は自分が実の娘の様子を尋ねているとはわかっていない。しかし、これはスティーヴンというより、ウィリアムの質問なのかもしれなかった。リサを心配して夜明けに使いをよこすのは、いかにも伯父らしい。

「夜中に二度ほど起き出したけど、この何時間かは静かに寝てるわ。最悪の状態は脱したみたい」

「かわいそうに。ゆうべ城に戻る途中エドウィンに聞いたよ。ロンドンの医者にリサを診せにいったんだね。あの夜ベッドにいたのはリサだったんだ」

　ウェストミンスター宮殿での夜のことは、昔彼とすごしたいくつもの夜と同じで、忘れようと懸命に努力した。もう一切口にしたくはなかった。

「ええ、リサよ。やっと眠ったところで、あなたに起こされたくはなかったの」マリアンは小屋を、安全な避難場所をちらと振り返った。「もう戻るわ。あなたも急がないとミサに出られないわよ」

　スティーヴンは微笑《ほほえ》んだ。唇の曲線にいたずらっぽい表情がのぞく。「そうだな、早く帰らないと、またウィリアムの覚えが悪くなる」

　マリアンの頭を疑問がよぎったが、それが顔に出てしまったのに違いなかった。

「彼には嫌われている」スティーヴンが言った。「若輩者で、日々の糧を得る価値もないって口ぶりだ。当然、娘に求婚する資格もないと思われてるよ」

「伯父がそう言ったの？」

「娘にはふさわしくないと言ったばかりか、自分の考えを証明するための知恵比べまで考え出してくれた」後ろを向き、両手を石垣に置いた彼は、頭をめぐらせて目の前に広がるブランウィックの農地や森の風景をじっと眺めた。「ブランウィックのどこを改善すべきかという一覧表が、これからエドウィンと私に渡される。領地を視察して、最小の費用で最大の改善を加える方法を考え出せというわけだ。口では言わないが、ウィリアムは私がしくじると思ってるのさ」

　伯父の予想が正しければいいと思う。そうなれば、スティーヴンはもうすぐこの土地から去っていってくれるから。「しくじりそうなの？」

　スティーヴンはくるりと振り返った。「まさか。正直言って、知恵比べについてはさほど心配していない。不愉快なだけだ。心配なのは君のほうだよ」

彼は二歩進み出てマリアンの両肩をつかんだ。マリアンはますます頭が混乱した。マントを通して彼の手の温《ぬく》もりが伝わってくる。力の入った懐かしい指の感触が心地いい。

「私もゆうべは一、二度目を覚ました」スティーヴンが言う。「ゆうべここを離れてから、君たち親子を無防備にここに残して大丈夫なのかと心配だった。もう何年もそうして住んでるんだからとエドウィンは言ったが、私には理解できない。どうして城に住まないんだ。当然そうすべきだろう」

マリアンは彼の指がじっとしていることを願った。自分の腕が彼を抱きたくてうずうずしているのが腹立たしい。激しく鼓動する心臓を落ち着けたくて、胸の前でしっかりと腕を組んだ。

「城よりもこの小屋のほうがいいの。実際、危険なことは何もないわ」

スティーヴンの疑わしげな顔を見て、マリアンは道を少し下ったところにある小屋を指し示した。

「あそこに鍛冶屋《かじや》さんが住んでるわ。二人の息子はどっちもすごく大柄よ。私が大声で叫んだら、あなたは襲われるのを覚悟しないとね」

彼の唇の端が薄く笑みを作った。「私は訓練を受けたウィルモントの騎士だ。鍛冶屋の息子には負けないと思うがね」楽しげな表情がくもった。「マリアン、白状すると、君から憎まれて私はどうにもやりきれない気分なんだ。仲なおりができないかと思ってた。ウェストミンスターでは、私が過去にどう君を苦しめてしまったにしろ、謝るつもりだった。今なら話を聞いてくれるかい?」

ここに来たのはそういう理由だったのだ。リサの具合をきくためでも、マリアンたちを心配した伝言を届けにきたのでもない。マリアンは一歩しりぞいた。スティーヴンの両手が肩から落ちた。

「昔の話よ。もう関係な――」

「関係はある」スティーヴンは小屋を手で示した。「伯父上の城の外にあるこんな小屋に住まなくても、君はもっといい暮らしができるはずだ。少女のころの君は明るくて冒険心に満ちていた。なのに大人の君は笑いもしない。私との関係がもとで運命を狂わせたのか。私が去ってから何があったんだ」

マリアンはパニックに襲われる前に心を静めた。スティーヴンは双子のことを知らない。答えを求められても、これだけは答えられない。

「自分で選んだ生活よ。そっとしておいて。城に戻らないと、どうしたのかと思われるわよ」

マリアンは彼とすべての思い出とを振り払った。扉をあけたとき、ようやく彼の呼ぶ声がした。振り返りたい気持ちに良識を押しつぶされそうになりながらも、中から扉を閉めてかんぬきをかけた。

そうして扉に寄りかかった。震えながら彼の足音に耳をすました。何も聞こえなくなってから、恐る恐る鎧戸から外をのぞくと、もとから存在していなかったかのように、スティーヴンは消えていた。

しかし、彼はいたのだ。きっとまたやってくる。

娘たち――スティーヴンの娘たちはまだ夢の中だった。天使のような寝顔だ。オードラは親指をくわえている。リサの額からは苦悶《くもん》のしわが消えている。

マリアンはほとんど寝ていなかった。多くの喜びを与えてくれた最愛の我が子のために、もっとしてやれることがあればどんなにいいかと思いながら、リサの額に冷たい布を押し当てていた。夜が更けて、まぶたが重く判断力が鈍ってきたころ、マリアンはぼんやりとこう思った。私はスティーヴンから、我が子が初めて歩く姿を見たり、初めて言葉を発するのを聞いたりする喜びを奪ってしまった。

父と娘を引き離すのは恐ろしいあやまちだったのだろうかと、いまだ考えずにはいられなかった。

5

マリアンとの会話が不首尾に終わったあと、スティーヴンは乗馬でじっくり汗を流さずにはいられなくなり、地所の一番遠いところからブランウィックの視察を始めようと決めた。取りかかるには、誰かに正確な方向を教えてもらいさえすればいい。

ミサのあいだマリアンとの会話を思い返してみて、やり方を間違えていたと気がついた。とにかく最初に謝って、それから謝るような何があったのかを探るべきだった。一度の無作法にまだ腹を立てているはずはない。もっと、はるかに根は深いのだ。

馬の鞍《くら》帯を強く締めた。牡馬《ぼば》は抗議するように頭をそらして鼻息を荒くした。いつものことだ。

「どうかしたのか？」二つ離れた馬房からエドウィンの声がした。彼も外に出る準備をしている。

「なんでもない。馬の機嫌が悪いだけだ」

「ほう、そうか。なら、今朝のおまえたちはいい組み合わせだ」

おもしろがっているのがわかって不快だったが、怒るのはやめた。互いの気分が逆だったら、似たようなあざけりの言葉をエドウィンに投げかけていたかもしれない。

キャロリンが二人に渡した一覧表には二十の項目が記載されていた。一部は城壁内の問題だが、ほとんどは城の外での問題だ。いくつかの項目では遠くまで馬を走らせ、ウィリアムの小さな二つの領地で夜を明かす必要があった。通常の修理、もしくはある程度の広さの領地なら定期的に必要だったり、よく望まれる改善策の域を出ていないように思われた。

ただ一つ興味をひいたのは、マリアンの小屋の草《くさ》葺《ぶ》き屋根の修繕だった。この項目にはウィリアムもいくらかかろうとためらわず承知するだろう。いや、そうでもないか。本来住むはずの城内に移れと強要するかもしれない。

いらいらさせる女性だ。

エドウィンが馬房から馬を引き出した。「どこから行く？」

「一緒に行くのか？」

エドウィンはため息をついた。「同じ場所を見ていくんだし、どこに行けばいいのかそっちはほとんどわかるまい。おまえを道に迷わせないためだけでも、一緒に行ったほうがいい」

「迷ったほうがうれしいんじゃないのか」

「いいや、私は正々堂々と戦いたいのだ。おまえが崖《がけ》から落ちたせいで勝ってもうれしくないさ」

ずいぶん誠実な言葉をかけてくる。ブランウィックをよく知っているからといって、新参者を指導しているみたいな言い方じゃないか。

警戒は緩めずに尋ねた。「二人だけで行くのか？」

「スティーヴン、誓って言うが、心配は無用だ。おまえを助けたりはせんよ。かといって妨害もしない。早く終われば、その分おまえも早くここを去っていくんだからな」

張っていた気持ちが緩んだ。これはエドウィンを観察するのにいい機会だ。もっとも、用心は怠らないようにしよう。正直な男のようだが、競争相手であることに変わりはない。豪華な褒美を前に、敵がどこまで信義を重んじるか知れたものじゃない。

「私はどこにしろ城からははるか遠くで、かつ今日のうちに着ける場所から始めるつもりだった。それでどうだ？」

エドウィンは笑顔を見せた。「それだけきつい行程なら、乗り手と馬のいらいらも消えるだろう。用意はいいのか?」

「先導してくれ」

エドウィンは人の多い中庭をうねうねと進み、外庭で速度を上げたあと門から勢いよく駆けだしていった。すぐ後ろをスティーヴンが追う。城から出てしまうと、野を自由に、馬の体力と乗り手の力量が問われるほどの速度で駆けているのが楽しかった。馬を休ませようとエドウィンが速度を緩めるころには、スティーヴンの気分もかなりよくなっていた。

エドウィンに並んで馬を止めた。「どこに行く」

「橋だ」

キャロリンの一覧表を思い出した。「支柱の一つが腐っていて交換が必要だとキャロリンが言ってるところだな。頻繁に使われてるのか?」

エドウィンは躊躇《ちゅうちょ》してから答えた。「たまにな」

まずい質問だった。道案内をしてやろうというだけで、エドウィンはスティーヴンを助けたいわけではない。公平なやり方だ。見分してわからないところは、ブランウィックの家令にきくとしよう。

それから一時間、二人はほとんど無言で、世話の行き届いた畑や深い森の中を通る小ぎれいな道を進んだ。せわしなく飛ぶ鳩《はと》から優雅に駆ける鹿《しか》まで、さまざまな野生動物が目に入った。一匹の野兎《のうさぎ》があわてて道を横切り、小麦畑に入った。背の高い金色の穀物の中に隠れてしまうと、兎はもう見えない。

「ああ、鷹《たか》がほしいな」スティーヴンが言うと、エドウィンも残念そうに微笑《ほほえ》んだ。

「こういう仕事がなければ、狩りにはぴったりの日なんだが。人に聞いたが、ウィルモントの鷹小屋はほかにないくらい立派なものらしいな」

「兄がたいそうかわいがっててね。うれしいことに、気持ちよく自分の鳥を使わせてもくれる。ウィルモントに訪問者があって、兄が一度も鷹を飛ばさないなんてことはまずないな」

「どんな鳥がいいか、おまえに鳥の好みは？」

　ある。「隼《はやぶさ》だ。とにかく、ウィルモントの隼はいい。義理の姉が仕込んでいて、どの隼も自力で狩りをしそうなくらいだ」

　エドウィンが疑わしげに片眉を上げた。「男爵の奥方が鷹小屋の管理をしていると？」

「そういうわけじゃない。狩りに使う鳥は、ほとんどの場合ジェラードの鷹匠のもとで世話や訓練が行われている。ただ、アーディスは隼が大好きで訓練を楽しんでる。鳥のほうも彼女のやり方によく反応してくれるから、ジェラードは好きにやらせてるのさ」スティーヴンは笑った。「といっても、兄はたいていのことを彼女の好きにやらせてるがね」

　アーディスの希望が通らないのは、妻の体力や忍耐力に負担がかかるとジェラードが判断した場合だけ、たとえば、子を身ごもっている今がそうだった。出産が終わるまでの数週間は、アーディスも妻を気遣う夫に休んでいろと言われて、簡単には動けなくなるだろう。

　エドウィンがかぶりを振った。「妻に勝手な振る舞いを許すのは、賢明なやり方とは言えん」

　スティーヴンは体をそらせて笑った。「誰もジェラードを無視して勝手に振る舞ったりはしない。兄は私の知る中でももっとも頑固で、横柄で、意志の強い男だ。彼の命令には誰もが即座に従う。わからずやでもないが、一度彼がこうと決めたら、彼を相手に議論するのは、石壁に頭を埋めこもうとするようなものだ」楽しい気持ちは消えていった。ジェラードがウィルモントや愛する者たちを守るために、どんなに無茶をやるか知っているからだった。「彼に逆らえば、必ずひどい報いを受ける。最後にそれをやった男は、全財産どころか命まで失った」

「ノースブライアのバジルだな。ウィルモントと王への反逆はよく知られている」

　その男の名を聞くと、スティーヴンは今でも胃がおかしくなった。彼のせいで危うく異母兄のリチャードが死にかけた。やつはジェラードの領地の一つを侵略しようと画策し、次には国を離れて王の裁きを逃れようとした――ジェラードの長子とアーディスを盾にして。スティーヴンは耳をこすろうとしてやめた。耳たぶの大部分は二人が誘拐されたときに失っていた。あの事件のことは、今でも自分を責めずにはいられなかった。世話を任された二人に何か危害が及んでいたら……。しかし、何も起こらず、アーディスもデイモンも無傷で戻ってきてくれた。

「ジェラードがバジルのイングランドの土地を手に入れたとき、私は各領地を視察しにいった。暮らしぶりを見にというより、新しい領主への抵抗がないか調べるためだ。ここからそう遠くないところに、リチャードの小さな地所がある。こっちに来たのは、そのときが最後だった。もう三年以上前だ」

「本当に？　どの地所だ」

　スティーヴンは記憶を探った。「スネルストンだったかな」

「ふうむ。知らない名だ」

「無理はない。記憶が確かなら、あそこが毎年支払うのは、野兎三匹と穀物が三袋だけだ」

　エドウィンが左手を示した。「ほら、そこの林の向こうに橋がある」

　勢いのある水音がかすかに聞こえていた。道が状態のいいまま続いている。橋は浅瀬伝いに渡るのが無理な川にかかっているのだろう。

　推測はあながち間違いではなかった。流れが湾曲したその部分は川幅も広くなく水深も大したことはないが、迫力がない代わりに別の特徴があった。川の水が泡立ちながら、岩床やあちこちにある大きな丸石の上を騒々しく流れていく。馬なら急な両岸もなんとか上り下りできようが、荷車は無理だ。

しかし、かかっている橋は哀れな状態だった。

スティーヴンは馬で岸に下りて川に入り、向こう岸まで渡った。支柱の一つが今にも折れそうになっている。エドウィンは橋を渡るほうを選んだ。橋はきしんだが、持ちこたえた。二人同時に馬で渡るとどうなるか、スティーヴンは確かめたくもなかった。

エドウィンも岸から下りて川に入ってきた。

スティーヴンが骨組みを示した。「キャロリンが正しかったようだな」

エドウィンは橋の下側と問題の支柱を調べてうなった。「そうらしい」

スティーヴンはエドウィンのあとについて川を引き返し、岸を上った。「次は？」

「森番の家だ」

どんな地所においても重要な地位にある森番は、領主の森で過剰な狩りが行われないよう、主に密猟者を警戒しながら監督している。小作人が領主の土地で獲物を狩るところを見つかれば、王領の禁猟区で猟をする貴族に厳しいとがめがあるのと同じように、重い罰を受けることになる。森林法は絶対であやまちを許さない。また、それらの法の執行者は、充分に生活を保障されている。

キャロリンの作った一覧表によれば、森番の家は壊して建てなおすべき状態らしい。

広い道からそれた二人は、狭い小道をたどってひんやりとした深い森へと入った。板材になりそうな木が豊富に生えている。ブランウィックにはいい大工がいるのだろうか。近くの町から雇うのか？　家令にきかねばとスティーヴンは思った。答えがどちらになるかで、かかる費用が違ってくる。

鞍で心地よく揺られながら、曲がりくねった小道をエドウィンについて進んだ。枝葉が作る厚い屋根から、ところどころで太陽の光が差しこんでいる。

目の前で太い光の帯が薄らいで消えた。雲が流れてきたようだ。

エドウィンが雑草だらけの空き地で馬を止めた。空き地の真ん中に、大きく傾いた小屋が建っている。

この中に入るのかと、スティーヴンは顔をしかめた。「誰か住んでるのか」

「二週間近く前にキャロリンが森番に言って、家族全員城に移させてる。ディーガンは毎日出てきて仕事をしているが、ここでは寝ていない」

スティーヴンは体をねじってエドウィンをしげしげと見た。「森番の名前まで知ってるとは、君は一体どれだけブランウィックですごしてるんだ」

「かなりだな」

「だろうな。君には監督すべき土地がないのか?」

エドウィンは大した問題じゃないというふうに肩をすくめた。「ティンフィールドの境界は北でブランウィックと接している。私が必要なときは、使いが来る。一日あれば帰り着ける距離だ」

なるほど、ウィリアムがエドウィンを気に入るわけだ。キャロリンとエドウィンが結婚すれば、隣り合った地所が一つになる。願ってもない話だ。エドウィンはどちらをほしがっているのだろう。キャロリンか、ブランウィックか。彼はブランウィックの事情についてやたら詳しく、スティーヴンは心穏やかではいられなかった。キャロリンがいやなのはどっちだろう。エドウィンか、自分で治めようとしている土地で隣人の采配《さいはい》に従うほうか。

大きく息をついた。「次の場所は?」

「城に戻ろう。嵐《あらし》が来そうだ」

ちらと空を見上げた。確かに雲が集まっていたが、嵐になる前にスティーヴンにはもう一箇所、行きたいところがあった。それも、エドウィン抜きで。

マリアンの小屋だ。屋根を見ておきたかった。

「リサ、にんじんに気をつけて。ああ、たまねぎはまだとっちゃだめよ、オードラ。土に戻してね」

マリアンの声が、遠い雷鳴と張り合うように石垣を越えて道路まで聞こえてくる。スティーヴンは手綱を引いた。声は聞こえるが姿は見えない。三人とも石垣の向こうの菜園にいるはずだった。

「嵐が来るんだから、二人とも急いでちょうだい。でないと膝まで泥だらけになっちゃうわよ」

「そしたら、雨の中に立ってきれいに流せる！」

リサの声。いたずらっ子の反応だ。

「それはだめよ」母親はおもしろがっていた。「ほら、あと少し雑草を抜いたら終わりだから」

スティーヴンは鞍から下りて、馬を石垣のほうへ引いていった。リサの声が聞けてよかった。まだ痛みに苦しんでいるなら、菜園に出てきて雑草を抜いたりはしないだろう。

「お昼からはどうするの、母様」オードラがきいた。

「お勉強がいいかしらね。最近やってなかったし」

「だったら、綴《つづ》り方でいい？　数え方は嫌い」リサがそう言うのを聞いて、スティーヴンは笑みがこぼれた。甥《おい》のエヴァラートも数え方は嫌いだ。もっとも、エヴァラートはまだ三歳だから、母親は彼の好きな勉強だけを教えている。まだあと数年は、六歳のデイモンと一緒にウィルモントの司祭と真剣な勉強をするのは無理だろう。

マリアンの双子はエヴァラートよりもほんの少し背が高いが、デイモンの体つきにはとうてい及ばない。四歳ぐらいだろうとスティーヴンは思っている。

馬を近くの低木につないでから、両腕を胸の高さの石垣に置いた。マリアンと子供たちは菜園の端に座っていた。マリアンは蕪《かぶ》が植わっている周囲の雑草を抜き、子供たちは草を引っ張ったかと思えば、土にまみれて遊んだりしている。

見ているとすっかり温かい気持ちになった。ただ、理由は説明できない。ほかの母親と子供を見ても、こんなに心を動かされたことはなかった。

「母様の新しいご本を読んでくれてもいいわ」オードラが言って、それから彼のほうに視線を向けた。

「ああっ、おはようございます！」

リサがにんじんの中に倒れこみそうになりながら立ち上がって、くるりと体をまわした。マリアンもこっちを向いた。視線が絡み合う。温《ぬく》もりが熱に変わって腰に集中した。彼女の迷惑そうな表情を見てもなお、体の反応はおさまらない。石垣があって体の変化に気づかれないのがありがたかった。

「おはよう、お嬢ちゃんたち。いい菜園だね、マリアン」

マリアンはかすかにうなずいて同意を示した。

リサが石垣まで駆けてきた。「私たちも手伝ったの！」

その手伝いがどれほどのものか想像はついたが、滑稽《こっけい》に感じたのは悟られないようにした。「見てたよ。お母さんは大助かりだね」

女の子二人はにっこりと笑った。

マリアンが冷静な態度で立ち上がった。「すぐにも雨が降ってきます。嵐になる前にお城に戻ってください」

そうすべきなのだろう。マリアンにとっては招かれざる客だ。しかし、屋根の問題がある。

「ここの屋根がキャロリンの書き出した修理が必要な項目に入っているんだ。どれだけ修理が必要か、豪雨のときにこそよくわかるってものだろう？」言いながら自分で驚いた。ここで嵐が過ぎるのを待つつもりはなかった。屋根の状態をちょっと見ておこうと思っただけなのだが。

「隅のところを見てもらえれば、それだけで修理が必要なのはわかるわ」

まさにそのとおり。

「わかっても、どの程度だい。君は観察不足で私をこの知恵比べに勝たせないつもりかい？」

マリアンは不満げに口をすぼめた。

オードラが小首をかしげた。「お屋根をなおしてくれるんですか」

屋根を修理している自分の姿など想像できない。

「いいや、どのくらいだめになってるかウィリアムに教えるだけだよ。そしたらウィリアムが屋根を葺く人を雇って修理してくれる。だから、どれだけ雨漏りするのかわかってないとだめなんだ」

「いっぱいです」オードラが真顔で答えた。「母様は雨漏りするとこの下に鍋《なべ》を置いて、土の床がべちゃべちゃにならないようにしてるの」

「そんなにひどいのかい」

「うん。来て。見せてあげます」

女の子二人は小屋に向かって駆けだした。スティーヴンを懸命に助けようとしてくれている。ここは従順に従おうと決め、門を入った。マリアンは弱りきった顔になっていた。

「そこまでしなくても、伯父は知ってるし――」

「エドウィンは？」

「ええ、でも――」

「だったら、私も知っておきたい」

マリアンの胸が深呼吸でふくらんだ。大きく上下する胸を、スティーヴンは見ないように努めた。古ぼけた作業用の灰色ガウンの下に、薔薇《ばら》色の頂を持つどんな宝があるのかはよく知っている。

マリアンは手の土を払った。「わかったわ。嵐はすぐにおさまるでしょう」

彼女は小屋へと大股で歩いた。スティーヴンもあとに続く。彼女の背中がこわばっていた。長い三つ編が右に左に揺れ、歩調に合わせて毛先が尻をかすめた。

このまま魅力的な物腰をいちいち意識していては、

嵐の長さに関係なく、日が長く感じられてしまう。

目下の仕事に集中するつもりで戸をくぐった。

中では双子が奥の隅に立って天井を見上げていた。黒い大きな鉄の鍋が足もとに置いてある。スティーヴンが下から屋根をつつくと、平穏を乱された一匹の甲虫《かぶと》がごそごそと草の奥にもぐりこんだ。「このあたり、薄くなってるな」

「鋭い観察眼だこと」

マリアンの皮肉は無視した。

「なぜ今まで放《ほう》っておかれたんだ」

「今までは悪くなかったもの」

我ながらひねくれ者だと思いながらも、オードラに確認を取った。「本当かい？」

小さな頭が縦に動いた。「このあいだの嵐のときまでは、母様の一番大きな鍋はいらなかったの」

次にすべきは上からの見分だろう。馬をはしご代わりに使えば屋根に上れる。スティーヴンは戸口に向かった。

「終わりかしら？」マリアンがきいた。

期待にはそえない。「屋根に上がってみるよ」こう言った次の瞬間、激しい雷鳴に小屋が揺れ、洪水のような大雨になった。「やっぱり、やめるか」

肩を落とすマリアンの姿に、スティーヴンはむっとした。いくら帰ってほしくても、これほど露骨に態度にあらわさなくてもいいだろう。過去には嬉々《きき》として迎えてくれたこともあった。お互いに心からそばにいてほしいと思っていたじゃないか。

オードラがマリアンに黒い革装の本を手渡した。

「読んで、母様」

マリアンもかわいい我が子には笑顔を見せた。

「どのお話がいいの？」

「ヨナのお話！」

「また鯨？」きかれて女の子二人がうなずく。「わかったわ。鯨のお話ね」

マリアンは敷物の上に座り、背中を壁につけた。子供たちが母親の両側に体を寄せる。マリアンは金色の小口に手をかけ、すでに印のつけてあるページを開いて読みはじめた。

　スティーヴンはテーブルのそばの椅子に腰かけた。やがて、鍋に落ちる規則的な水音が、マリアンの歌うような心地よい声に重なった。子供たちは雨にも時折とどろく雷にも、動じる様子はない。

　鯨がヨナをのみこむや、オードラは親指を口にくわえ、眠るまいと頑張って長いまつげを震わせた。リサも眠気と戦っている。

　スティーヴン自身も、快いけだるさを振り払った。締めきった温かい小屋の中、雨音とマリアンの魅力的な声とに包まれて、うとうとと眠りそうになっていた。眠気に負けまいと、立ち上がって窓から外を眺めた。馬はと見ると、びしょ濡《ぬ》れの憂き目にあって閉口している様子だ。あとで時間をかけて体をこすり、特別な世話をしてやるとしよう。

「スティーヴン？」マリアンがささやいた。振り向くと双子はぐっすり眠っていて、真ん中でマリアンが困っている。「リサを動かしてくれる？」

　なんであれ彼女の役に立つのがうれしくて、スティーヴンは母親の胸にもたれているリサの横に膝をついた。子供を動かそうとすれば、マリアンに触れてしまう。いや、頼んだのは彼女なのだから、一瞬のことだが、触れたといって文句を言えないのはわかっているはずだ。

　リサを起こさないように、また変な方向に考えが行かないように気をつけながら、片手を母親と娘のあいだに差し入れた。柔らかな胸を手の甲で押す形になったときには、おそろしく嫌な顔をされているようで、顔を見る勇気がなかった。優しく、だがすばやく、リサを藁《わら》布団に寝かせた。

　マリアンはオードラを同じように寝かせてから、

スティーヴンに背を向けて立ち上がった。彼女はテーブルに行って本を置き、顔を両手で覆って、目をこすった。疲れたのか？　嫌悪感のせいなのか？　どちらにしても、スティーヴンに向きなおったときには冷然とした表情を取り戻していた。

出ていってという顔だ。できるなら彼女を抱き寄せ、帰らないでと懇願されるくらいに深いキスを交わしたかった。スティーヴンは共通の話題、当たり障りのない話題に頼みをつないだ。本を手に取って印のあるページを開く。すばらしい挿絵が目に入った。一艘《そう》の小船が波にもまれ、その船では白い髪の男が大きな口をした鯨を見て怯《おび》えている。

本は新しく、キャロリンの本と同じ修道院で買われたのは明らかだった。エドウィンはキャロリンに高価な贈り物攻勢をかけるだけでは足りず、マリアンまで懐柔しておこうとしたようだ。

「エドウィンから？」ばかばかしいと思いつつも、本をどれだけ気に入っているのか知りたかった。

マリアンは肩をすくめた。「キャロリンの詩篇《しへん》書をすてきだと言ったら、ウィリアムが私にも買ってくれるようエドウィンに頼んだの。詩篇書は断ったけど、聖書の物語ならいいかしらと思って」

少しほっとしたが不安は残った。本をテーブルに置く。「優しい男だな」

「いい人よ」

「だが、年を取ってる」

「それほど年には見えないわ」

突然恐ろしい考えが頭をよぎり、言うまいと思ったときにはもう口から出ていた。「エドウィンが好きなのか？」

マリアンは人をどぎまぎさせる例の深呼吸を一つした。「ばか言わないで。それに、エドウィンはずっと前からキャロリンが好きなの。ほかの女性に目を向けようなんてこれっぽっちも思ってないわ」

エドウィンはキャロリン自身を求めていた。ということは、支配権を広げたり隣の領地との連帯を深めようと思っていたのではない。

「キャロリンはそれを知っているのか？」

「もちろん」

「なのに拒絶しているんだな」

マリアンは口を開きかけたが、何を言うつもりだったにしろ、すぐに口を閉ざした。スティーヴンは彼女の心の内を想像した。

「君はキャロリンがエドウィンを選ぶべきだと思っている。私にブランウィックを去ってほしいと思っているんだ。違うかい？」

「それでみんな丸くおさまるわ」

「私は困る。キャロリンも嫌がるだろう。彼女は私の求婚を喜んでいる。あとはこの知恵比べに勝てば、彼女の父親も許してくれる。君は、私を従兄《いとこ》と呼ぶ心づもりをしておいたほうがいい」

このぞっとする考えを胸に、スティーヴンは苛立《いらだ》ちが募る前に小屋を去った。声を荒らげれば子供たちが目を覚ましてしまう。

マリアンは椅子に倒れこんだ。気分が悪かった。

どうしてなの。なぜ彼を家に入れても苦しむ結果にはならないと思ってしまったの。何を考えてリサを運んでほしいと頼んでしまったの。これまで何度も、目を覚まさせることなく娘たちを寝床に運んできた。なのに私は不必要に彼を近づけた。彼の手がリサの頭の下に入るとわかっていたのに。

彼のそばにいるだけで危険なのだ。私は頭に浮かぶ警告をつい軽く考えてしまう。ずっとそうだった。ウィルモントのスティーヴンを初めて見たときからずっと。この六年、どうしてほかの男性を見ても、彼ほど強く心を引かれなかったのだろう。

暗く沈んだ心を抱えながら、マリアンは窓まで行ってスティーヴンの馬がつながれていた場所を見た。

もういない。雨はまだ降っていた。雨脚が弱くなったといっても、彼が城まで、キャロリンのもとまで戻るころには、きっとずぶ濡れになっている。

キャロリンはこの機会を利用するだろうか。温まるようスティーヴンを風呂に入れるだろうか。風呂の世話は彼女がするの？　風呂が終わったあとは？　マリアンは目を閉じて、キャロリンとスティーヴンが一緒にいるところを想像しまいとした。それでも、鮮やかに場面が浮かんだのは、ベッドでのスティーヴンの能力にキャロリンが喜んでいたからだ。二人がつき合っても別に問題はなかった。けれど、結婚となればまったく別で、そうなれば娘たちとキャロリンの子供とは、また従兄弟《いとこ》というだけでなく異父兄弟になってしまう。

ああ、私はこれほどの秘密を胸に秘めていられるの？　たぶん、秘めておくべきなのだ。スティーヴンが知恵比べに負けない限り……。負ける公算は大きい。エドウィンはキャロリンと同じくらいブランウィックについて詳しいから競争には有利。私の不安もそのうち消えてなくなるかもしれない。

マリアンはひとかけらの希望を抱いた。エドウィンには愛する女性を手に入れる希望が充分にある。キャロリンのほうも彼が気に入って、だから結婚しないと決めた。彼女がばかげた不安を捨ててさえくれたら……しかしキャロリンは頑固だった。

窓から離れた。エドウィンに関してキャロリンが抱いている最大の不安、それをスティーヴンに教えなかったのがせめてもの慰めに思える。彼にエドウィンに勝つ武器を与えるなど、愚かの極みだ。

スティーヴンとの結婚を阻止したいと思うなら、とにかくキャロリンを説得してエドウィンを受け入れさせることだ。一度は失敗したけれど、もう一度やってみる価値はある。次に城に行ったときには、頑張ってみよう。

6

鍛冶《かじ》屋の大柄な息子二人がいると、狭い小屋はほぼいっぱいで、マリアンは小人になった気分だった。

「旦那《だんな》様が朝一番で城に来るようにとおっしゃってます」ダークが言い、厚板のように広い肩にひょいとリサを肩車した。「理由は聞いてませんけど、ただ来いという話ですよ」

彼より一つ下の弟カークも、同じようにオードラを抱え上げた。

彼らが朝の登城の際にマリアンと娘を連れてくるよう命じられた理由はわかっている。もう一週間近くも城に行くのを避けてきた。ここまで顔を見せないと、ウィリアムも落ち着かないのだ。正直なところ、今日まで何も言ってこなかったほうが、むしろ驚きだった。

マリアンは観念した。「わかったわ。リサもオードラも戸口で頭をぶつけないでね」

母親らしい忠告も二人には無駄だった。男の子たちは体を屈《かが》め、娘たちは頭を下げた。いつもやっているから動作は完璧《かんぺき》なのだ。マリアンはテーブルに置かれた木の椀《わん》にちらと目をやった。少量残った朝の粥《かゆ》が、乾いて硬くなりはじめている。帰ったらお椀洗いが大変だ——といっても、帰りはいつになることか。不義理をした分、ウィリアムは彼女の意思にかかわらず、夕食までいろと言うだろう。

粥を作るのにおこした小さな火はすでに消えていた。子供たちも鶏の餌《えさ》やりをおえ、山羊《やぎ》もつないでくれている。外出を妨げる大事な用事は何もなく、城に行くのをこれ以上引き延ばす口実は見つからなかった。扉を閉めて道で子供たちと合流した。

ダークとカークのあいだでマリアンはせっせと歩いた。二人の歩幅が広いから、ついていくだけでやっとだった。娘たちは高い座席で体を弾ませながら、彼女の頭越しにおしゃべりをしている。リサが競走しようと言いだすのはわかっていた。日ごろから素直な男の子たちは、楽しげに笑う女の子を肩に乗せたまま、城を目指して走りだした。

　マリアンは笑って歩調を緩めた。無理して追いつこうとは思わなかった。オードラとリサは彼らが鍛冶場に連れていって、私が行くまで面倒を見ていてくれるだろう。

　こんなふうに一人きりになれる機会は少ない。マリアンにとっては、宝石のように希少で貴重なひときだ。

　子供たちより自分の生活が大事というわけでは決してないけれど、ときには思うこともあった。ほんの少し今とは違った人生を歩んでいたら。誰かがそばにいて、双子を育てる喜びや苦労を分かち合えていたらよかったと。子供たちが赤ん坊のころ、一人に食事をさせるときや、一人にかかりきりになったとき、あと二本手があってもう一人を抱いていてくれたらと何度思ったことか。明るいいい子に育っていてもいまだに手はかかるもので、母親としてはかりかりさせられる。決め事やいいつけを守らせるより要求に折れるほうが楽な時期には、しつけに厳しさが欠けることもあった。

　しかし、全体として見れば、悪くはなかったと思っている。子供たちは幸せに暮らしているし、リサの頭痛を別にすれば、体も健康だ。たとえ今と違う暮らしをしていても――父親がそばにいて子供のしつけに影響を与えていても、今より幸せになったり健康になったりしたかは疑わしい気がする。

　スティーヴンとの接触を避けていたこの一週間、同じ問題を考えて悩んでばかりだった。

スティーヴンを見るたびに、どんどん彼に触れたくなっている。彼の手を自分に誘いたくなっている。よくない傾向だった。それに、娘とスティーヴンが一緒にいるところを見るたびに、父と子に互いの関係を教えずにいるのは恐ろしい罪なのかと悩んでしまう。これはもっと悪い。

六年前、スティーヴンのことはあきらめると決めた。子供は一人で育てると決めた。あの決心は間違っていたの？

スティーヴンに子供の存在を教えたら、キャロリンとの結婚はあきらめるだろうか。よくわからない。一つ確実なのは、娘たちが私生児だと知れば、ブランウィックの人たちが二人をもっと忌み嫌うようになるということ。だまされていたと思っておもしろくもないだろう。楽しい生活が生き地獄に変わりかねなかった。

マリアンは城門へと続く跳ね橋を渡った。いつものように、外庭は朝の仕事に取りかかろうとする人であふれていた。このまま私が真実を言わず、キャロリンがスティーヴンと結婚しなければ、私はブランウィックでずっと居心地よく暮らしていける。

マリアンは体の震えを抑えた。知恵比べの状況については何も聞いていないが、勝者が決まったり、ウィリアムがどちらかの求婚を認めているなら、とうに誰かが教えてくれているはずだ。

中庭への門の横を過ぎたところで、キャロリンとぶつかりそうになった。彼女は沈んだ顔をしていた。面倒な挨拶《あいさつ》は抜きにきいた。「どうしてそんな顔してるの」

キャロリンは腕組みをして右手にぐいと顔をねじった。「あの二人よ。はたから見たら競争相手というより友だち同士だわ」

マリアンが視線を移すと、スティーヴンとエドウインの姿が見えた。二人で熱心に石壁の一部を調べている。二つの石のあいだからエドウィンが指で漆《しっ》喰《くい》を掘り出し、スティーヴンに見ろと促す。

「知恵比べはどうなってるの」

「ばかばかしいおふざけよ」キャロリンはそう断言するや、きびすを返して塔に向かった。マリアンもあとに続く。「二人とも日の出とともに起きて、ミサに出て、食事をして、それから私の作った一覧表から一つか二つの項目を選んで調べにいくの。昼過ぎになったら、スティーヴンはアイヴォと相談をするわ。今はエドウィンまで加わるようになって」

「勝ってるのはどっち？」

「さあ。お父様に二人と知恵比べについて話すのを固く禁じられてるから。結果に影響が出ないようにってね。おうちの屋根はちゃんとなおった？」

「ええ。雨がやんだかと思ったら、もう職人が来てくれたのよ。それから雨漏りはしてないわ」

「よかった。大鍋《なべ》で雨を受け止めてるとスティーヴンに聞かされて、お父様がどんなに悲しんでたか。雨漏りがひどくなったこと、どうしてもっと早く言ってくれなかったの」

「修理してくれるのはわかってた。だから、悪名高い一覧表にも載ってると思って。スティーヴンが寄ってくれたのは、ちょっと驚きだったけど」

キャロリンは扉を押しあけた。歩調を緩めることなく大広間を歩いて、エールの樽《たる》へと向かう。「スティーヴンがエドウィンを引っ張っていかなかったのがびっくりよ。あの二人は、私といるより彼ら二人で一緒にいる時間のほうが長いのよ！　求婚者なのに肝心の求婚相手は放《ほ》ったらかしもいいところ。いいかげんほかの女性を探してって言いたいわ」

マリアンは差し出されたエールの杯を受け取った。

「そうなの。ほかに求婚してくる人は？」

「誰もいないわ、幸いにね。正直なところ、この先また知恵比べがあったら、私は屈辱に耐えられるかどうかわからない。エドウィンとスティーヴンがどんな助言をしてくれても、それで私の判断を見ようとするなんて、お父様はひどすぎる」

危ない橋を渡るのを承知しながら、マリアンはキャロリンの怒りに立ち向かった。

「知恵比べをやめさせればいい。あなたがエドウィンの求婚を受け入れればいいの」

キャロリンはつかの間目を閉じた。再び目が開いたとき、そこには深い悲しみがのぞいていた。見なければよかったと思いかけた。もう少しで。

「できないのは知ってるでしょう」

マリアンは大広間に目を走らせた。静かに話せば誰にも聞こえないとわかって、従姉《いとこ》に反論した。

「できるわよ、キャロリン。エドウィンはそんなに年じゃないわ。病気でもひ弱でもな――」

「だめ。危険はおかせない」

「やってみようと思うかどうかは、エドウィンが決めることじゃないの？」

キャロリンはぞっとした様子で懇願した。「絶対彼には言わないで。約束してくれたじゃない」

「約束は守るわ」なだめるようにキャロリンの肩に手を置き、顔を近づけた。「前に話してくれたこと、エドウィンにも、あなたから全部話したほうがいい。それで怖《お》じ気《け》づく彼なら、求婚は取りやめるでしょう。でも、彼はこう言うと思うわ――何も心配ないとわからせてやるって」

「もしエドウィンが倒れたら、私は絶対に自分を許せない」キャロリンはマリアンの手を振りほどいた。「結婚したら、エドウィンはブランウィックも、私が寡婦になって手にした土地も、全部管理する気でいるの。彼は自分の考えを曲げない人よ。だから私がスティーヴンと結婚すれば、そのほうが誰にとっても一番都合がいいのよ」

そうだろう。ただし、二人の女の子は別だ。

マリアンはエールの杯を置いた。「やっぱり、あなたはエドウィンの年を気にしすぎてる」

キャロリンは小声で言い返した。「三番目の夫は私のベッドで死なせたくないの。好意を持っている人ならなおさらよ。エドウィンとは結婚しない」

目を覚ましたらベッドで人が死んでいたという状況をマリアンは想像できなかった。それも一度ならず二度までも。その二度とも、わずか数時間前に夫が夫婦の営みを要求していたため、キャロリンは自分を責めていた。マリアンに言わせれば、悪いのは夫が無理をして頑張ったからだ。

「キャロリン、あなたにはとにかく幸せになってほしいの。スティーヴンとでは幸せになれないわ」

本気で心配していると感じたのだろう、キャロリンの態度が柔らかくなった。「あなたの気持ちはわかってる。私だっていつもあなたの幸せを願ってるもの。お互い厳しい選択をして、つらい中で懸命に頑張ってきた。私はスティーヴンとそれなりの幸せを見つけるわ。見てて」いたずらっぽく笑った。「若い男をベッドに連れていくのもいいものよ」

マリアンは、鋭い胸の痛みとは裏腹に笑みを返した。キャロリンはからかったのだ。そのからかいがどれだけマリアンを苦しめるか知らずに。

「そうみたいね」

キャロリンは小首をかしげた。「そっちはどうなの？ 私の決断を叱《しか》るくせに、自分は寄ってくる男全部から尻込みしてるじゃない。本気であなたをめとりたいと思う人が、ここにはたくさんいるわ」

「もう！ その人たちは畑での働き手と子供の母親がほしいだけ。私は今のままで満足してるの」マリアンは突然ひらめいた。キャロリンを健全な考えに引き戻す別の方法がある。少し残酷かもしれないが、これは効くだろう。「結婚を断られたら、エドウィンは慰めを求めるわね。彼はたくましそうだし、私の家のベッドでも我慢してくれそうだわ」

あんぐりと口をあけたキャロリンを残し、マリアンは子供たちを迎えに急いで鍛冶場に向かった。

スティーヴンは外庭の北角にある見張り塔で、狭いらせん階段を上がった。上に行けば行くほど悪臭がきつくなる。ここでの寝起きを命じられた衛兵四人が塔を捨てたのも当然だ。彼らは塔を出て、外壁にある射手の歩廊に寝床を作っていた。

厠《かわや》の戸をあけたスティーヴンは、瞬時にばたんと閉めなおした。「大至急縦穴に水を流したほうがいいな。桶《おけ》に二十杯はいりそうだ」

エドウィンはかぶりを振った。「もうやった。つまりの原因が取れる気配は全然なしだ」

ということは、つまっているのは大きくてしっかりしたものだ。厠があるのは見張り塔の最上層。縦穴が垂直に外壁を通って堀に口をあけている。

「穴にズボンを落としたという話はないのか？」

エドウィンはにやりとした。「ない。どこかの間抜けな動物が上ってきて住み着いて――死んだ、というのがみなの推測だ」

「うむ、それをのぞきこんで確認するのは遠慮したいな」

「今回は調査に手を抜こうというのか？」

エドウィンのわざとらしい反発に、スティーヴンは身を引いてもう一度戸をあけた。「見てみたいかい、エドウィン？」

エドウィンは顔の前で手を振ると、身を翻して階段を下りはじめた。スティーヴンも戸を閉めて彼にならう。臭《にお》いのきつさが目にしみた。

エドウィンが低く笑い声をたてた。「下から全部掃除する必要がありそうだ。役目を仰せつかるやつには同情するよ」

「その点は同感だ」

今まではっきり口にしたことはなかったが、この一週間、エドウィンとは多くの点で意見の一致をみていた。絶対にありえないと思っていたなごやかな雰囲気の中、スティーヴンは彼と二人でキャロリンの書いた項目の調査を着々と進めている。一緒にいる時間が長いため、今ではエドウィンの表情一つで、ある項目において意見がすぐに一致したのか、彼が態度を決めかねているのかわかるほどだ。

　ほとんどの場合、エドウィンは至急修理が必要だとは認めたがらなかった。理由は単純で、キャロリンがそれを必要だと考えているからだ。女にこれほど先を読む力や知識があり、ブランウィックほどの規模の領地を正しく管理するのに不足がない。その点を認めるのにずいぶん葛藤《かっとう》がある様子だ。

　スティーヴンは見張り塔から外庭に出た。厠の悪臭から離れると、今度は別の雑多な臭いを感じた。心地よくはないが、少なくとも耐えられる臭いだ。外壁に沿って職人の仕事場が並んでいる。革なめし工、鍛冶屋、染め物屋、炭屋、それぞれの場所から仕事に特有の嫌な臭いが漂ってくる。広い領地ならどこでもそうだが、不快な臭いの中には芳香も混じっていた。共同窯で焼けるパンの匂《にお》い、薬屋の薬草の匂い、大工の作業場からの切ったばかりの木の匂い。

　マリアンが娘を両側に従えて鍛冶場から出てきた。しっかりつないだ手を軽く揺らしながら、外庭を通って大塔のほうに歩いていく。人々が脇《わき》によけて道を譲った。貴族に道をあけるのと同じだとスティーヴンは思ったが、それも一人の女が双子をさげすみの目で見て十字を切るまでのことだった。

　なんと無知な輩《やから》だ。

　激しい怒りが雷のように胸を打ち、許せないという思いが瞬時にどっとわき上がった。ここの者たちは二人のかわいい女の子を恐れて道をあけている。

双子だという理由で不信感を抱き、そばに寄るまいとしている。

「迷信が根深くてな」エドウィンが眉をひそめた。

うまく言葉を返せそうになかった。怒りがまだ沸き立っている。口を開けばここにいる全員に向かって声を張り上げ、おまえたちはどうかしている、残酷だと怒鳴りつけてしまいそうだった。そうすればいいのかもしれない。誰かが口に出すときなのかも。

ただ、ブランウィックの住人に考え方や行動の規範を示すのは、彼の役目ではない。叱責《しっせき》で効果をあげるには、ウィリアムかキャロリンかブランウィックの司祭がその役目を担うべきだ。そうできた場合でさえ、大半の者は深く心に根づいた恐怖を捨て去りはしないだろう。

コーウィンとアーディスも子供時分には同じように嫌悪されてきたのだろうか。妹と同じ時間に生まれたというそれだけの理由で親友がつらい目にあってきたのか、恥ずかしながらスティーヴンは何も知らなかった。

ブランウィックの誰もがオードラとリサを人間以下に扱っているわけではない。ウィリアムは二人を溺愛《できあい》しており、キャロリンも受け入れている。エドウィンでさえ二人のことは愛情を込めて話し、マリアンを送るよう言われたあの夜も、なんの躊躇《ちゅうちょ》もせずリサを抱え上げた。

落ち着いてくると、この外庭でも、全員が双子を避けているのではないとわかった。あちらこちらで手を上げて挨拶する人がいる。おはようと声がかかる。マリアンは無事に中庭への門をくぐった。

過剰に反応してしまったようだ。

スティーヴンは、動揺を抱えたままエドウィンに顔を向けた。「君が試合場で稽古《けいこ》をしはじめてどれくらいだ？」

「数日だ。武力で決着をつけるつもりか？」

冗談の中に挑戦的な響きがあった。挑戦は大いに結構。言葉の応酬の上でも、エドウィンとは競り合っている気分だった。最後にどちらが言い負かすかというのが、名誉の問題になりつつある。

「いいや。やったところで、君は慣れない過激な運動についていけず、私が勝つだろうがね」

「そうはいかんぞ、この犬ころめが」

「犬ころ？　教えてやるよ。鍛えたウィルモントの犬ころは、どこの駄犬にもやすやすと勝つ」

エドウィンの目が鋭い光を帯びた。「稽古用の木の剣と、鋼の剣と、どっちにする」

「木のほうだ。年寄りをうっかり鋭い剣で傷つけてしまっては寝覚めが悪い」

「鎧《よろい》下を着てこい」

エドウィンは大塔までずっとぶつくさ言っていた。スティーヴンは黙って彼の不機嫌を楽しんだ。いまいましいが、スティーヴンはエドウィンが――競争相手であり、敵であるはずの男が好きだった。一週間のうちに彼とは協調関係ができていて、このままではキャロリンを得るのは難しい。エドウィンは求めるものを忘れたのか。そんなはずはない。

スティーヴンが試合を提案した心理はただ一つ。双子が嫌悪されるのを見た苛立《いらだ》ちを振り払いたかった。エドウィンにも、おそらくはこの試合でわからせるべきなのだ。休戦は一時的なもの。勝つのは一人で、スティーヴンは絶対に勝ちを譲らないと。

大広間に入ると、エドウィンが鎧下を取りに力強い足取りで階段を上っていった。いけないとは知りつつもわざと遅れた――マリアンを捜すためだ。

ウィリアムのベッドを囲む垂れ布の向こうから女の子の笑い声が聞こえてきて、彼女の居場所がわかった。もう一度姿を見たいという気持ちが抑えられず、垂れ布のあいた側が見える場所までまわり、少し離れたところから観察した。

マリアンはベッドの足もとに腰を下ろし、子供たちに微笑《ほほえ》んでいた。子供たちは手を振ったり大げさな身振りでウィリアムに話をしている。何か競争をしたという話のようだ。

　マリアンの微笑みにスティーヴンは魅了された。瞳をきらめかせ、深い喜びに顔を輝かせているマリアンを見て、彼は息苦しくなりそうだった。

　二人の娘が彼女の世界であり、喜びや悲しみのもとなのだ。そして、スティーヴンははたと悟った。

　マリアンは何も持たずとも――修理した屋根さえなくても――娘たちさえいればそれで充分なのだと。

「いつか私も」キャロリンの静かな声にスティーヴンはびくりとさせられた。マリアンを見るのに夢中で、キャロリンが隣に来たのに気づかなかった。彼女は憧《あこが》れのまなざしで子供たちを見た。「お父様は孫がほしくてたまらないのよ」

　ウィリアムにとっては、キャロリンだけが孫を持つための頼みの綱だ。孫ができれば家系を絶やさず、彼の築いた全財産を伝えることができる。うれしそうに姪《めい》を見る姿から想像するに、孫ができればウィリアムは天にも上る心地だろう。

　私の子供。私の跡継ぎともなる子供。そこまで考えるのは早計だ。まずはキャロリンとの結婚。それもまだ確定してはいない。しかし、抱き締めて成長を見守る幼い我が子がいるという想像は、もうさほど不安なものではなかった。

「双子の男の子かな？」

「男の子はほしいけれど、マリアンのところのように年の近い兄弟を育てるだけの忍耐力はないわ。私は一度に一人でいい」

　キャロリンは彼の肘をつかんで引っ張った。連れていかれるのは業腹だったが、抵抗はしなかった。

　彼女は手でベンチを示した。「知恵比べについてあなたと詳しく話してはいけないのだけれど、調査が終わりに近づいたかしらときくのは、お父様の命令に背いたことにはならないと思うわ」

スティーヴンはベンチに座らず、組み立て式のテーブルに寄りかかった。知恵比べのことは話したくなかった。それに時間がない。鎧下を着て試合の準備をしたエドウィンが、もう下りてくるころだ。

「あと二週間あれば充分だと思う」

「あと二週間って、どうしてそんなにかかるの」

「一覧表の項目が多いし、ほかの二つの領地にはまだ行っていない」

キャロリンは唇をとがらせた。「誰だってあなたたち二人の調査がそんなに長引くとは思わないわ。そもそも、一覧表を作るのだってもっと短期間でできたもの。急ぐことはできない？」

泣き言めいた口調が癇《かん》に障った。キャロリンからすればじれったくもなろう。それがうっとうしい哀願になったと判断して訴えはしりぞけた。

「中途半端に調査させるつもりか？　肝心な箇所を見すごさせて、負けるように仕向けたいのか」

キャロリンは苛立ったようにため息をついた。

「いいえ。だけれど、調査が終わる前におばあさんになって死にたくもないわ。お父様に言って、項目を減らしてもらおうかしら。そしたら早く終わって――」指がスティーヴンの顎の線をたどった。「私とすごせる時間が増えるわ」

なるほどそうか。キャロリンはかまってもらいたいのだ。確かに彼女とすごす時間はほとんどなかった。二人だけの時間は皆無だ。毎日アイヴォとの話が終わるころには、もう夕食が近い。食事のあとはウィリアムやエドウィンも含めてたくさんの人が就寝時間まで大広間に残っている。キャロリンと侍女たちは、いつも男たちが寝る前に上の階に行ってしまうから、二人だけで話す時間はない。ましてやキスは難しく、逢引《あいびき》の約束などまるでできない。

あやまちを修正するときだ。また別の贈り物をしよう。たぶん、今夜にでも。

階段にちらと目をやった。エドウィンはまだ来ない。女中たちは炉のそばで忙しくしている。ベッドの垂れ布にさえぎられて、ウィリアムと――そしてマリアンからは大広間の様子が見通せない。

めとる予定の女を喜ばせようと、スティーヴンはキャロリンのかわいい顔を、大きな茶色の目を、とがらせていなければキスしたいと思う口もとを注視した。「そうだな。私たちはもっと一緒にすごしたほうがいい」まっすぐ立って、そっと彼女の頬に手を当てた。「今から始めるというのはどうだい?」

キャロリンを引き寄せた。彼女は唇を開いて、目を閉じた。

唇を重ねると――何も感じない。

欲望を感じない。気持ちが高ぶらない。少しもその気になれない。くそっ、こんなことは初めてだ。

混乱して唇を離した。キャロリンがゆっくりと目をあける。彼女の舌が下唇をなめた。

官能的なしぐさは、苦しい欲望を生むはずだった。

なのに、何も起こらない。

「もっとお互いをよく知る必要があるわ」キャロリンはささやいた。「今夜、みんなが寝てから――」

「だめだ、君の父上の城だぞ」小さく笑って激しい動揺をごまかした。キャロリンが彼のベッドに来て、それで何も起きなかったらどうなるか。「もっと肝心なのは、エドウィンがいるということだ。もし彼が音を聞きつけたり、我々が一緒にいるようだと勘繰って君の父上に告げ口でもしたら――だめだ、そんな危険はおかせない」

安堵《あんど》したことに、キャロリンはうなずいて同意してくれた。「待ちきれないけれど、仕方ないわね」

「仕方ないんだ」早く逃げ出したい一心で、彼女のまわりを歩いた。「ではまた」軽くお辞儀をし、慎重な足取りで広間を歩いて階段に向かう。

寝室に着くころには、両手が震えていた。

いったい何がどうなったんだ。美女とキス――いやどんな女とだってキスをして体が反応しなかったためしはない。くそっ、あとはマリアンを見て――。

マリアンか。ベッドの垂れ布の向こうに彼女がいたから苦しむはめになった。おそらくはウェストミンスター宮殿のときと同じで、心と体が昔の恋人を意識しすぎるあまり、別の女に芯《しん》から反応できなかった、それだけなのだ。うっかりマリアンに気を取られないようにすれば、それで事はおさまる。キャロリンと結婚して、夫としての義務を遂行できなかった場合のことは、考えるのも恐ろしかった。

鎧下を身につけた。エドウィンと手合わせを約束していてよかった。剣を交えているあいだに、マリアンを頭から追い出す方法を考えることができるだろう。

7

木と木をぶつけ合っても、鋼同士を交えるときのような満足できる緊迫感は得られなかった。スティーヴンは自分の剣の重さやバランスが恋しかった。金属の柄《つか》が手の中で温まり、剣と腕とが一つになっていく感覚が恋しかった。

しかしながら、鋭くねらいをつけてくるエドウィンの剣をかわしている今、文句ばかり言ってはいられない。練習用の木の剣は、彼がわざと選んだ。戦いの実力では自分がエドウィンよりはるかに上であり、ほかの多くの男よりも勝っていると知っていたからだ。ウィルモントで武器の使い手に要求される基準は、それだけ厳しい。訓練を担当する騎士たちは、相手が少年だろうと兵士だろうと騎士だろうと、完璧《かんぺき》以外は認めない。

ウィルモントの貴族の息子に対してはさらに多くが要求され、彼らはそれに応《こた》えてきた。

スティーヴンはエドウィンを傷つけたくなかった。剣の優劣は証明したいが、怪我《けが》はさせたくない。競争相手を死なせるのは賢明ではない。

くそっ。だが、体を動かすのはいい気分だ。気温の高さも鎖帷子《かたびら》の重さも苦にならない。首の後ろを汗が伝い、額にも玉の汗が浮いた。攻撃と防御を繰り返し、突いて引く。バランスを維持するための心地よい力の行使に、筋肉は応えてくれた。

エドウィンがすばやく、たたみかけるように剣を振るってきた。スティーヴンはされるがままに後退した。一連の動作はエドウィンを疲れさせると同時に、試合場に集まった見物人を喜ばせた。いいさ。そうやってエドウィンを応援して金を賭《か》けていろ。観衆のどこかで、きっとアーマンドが賭金《かけきん》を集めている。最終的にはいい儲《もう》けを手にするだろう。

キャロリンもここに来て見ているだろうか。マリアンと子供たちは？　知りたいとは思ったが、エドウィンの紅潮した顔から視線はそらせない。

観衆がすぐそばにいるのを意識したスティーヴンは、身を引きざまにひらりと横に動き、切っ先で弧を描いて決まり手ではないが手痛い一撃を与えた。エドウィンはしっかと防御したが、ほんのわずかバランスを崩した。

こっちが優勢だ。ゆっくり浮かべた残忍な笑みが、スティーヴンの唯一の警告だった。的確に迅速に、ためらいなく攻撃を繰り出した。すばやく剣を叩《たた》きつけ、機敏に弧を描き、変化に富んだ攻撃でエドウィンを追いこんだ。もうすぐ防御が崩れる。

めったなことでは驚かないが、アーマンドの吹いた甲高い口笛には、さすがのスティーヴンも驚かされた。口笛は戦いを即刻中止させるときのウィルモントでの合図だ。危うく従うところだった。ここはウィルモントではない。合図のわからないエドウィンは戦いをやめないだろう。

休戦の代わりに続けざまに剣で突き、相手の武器を都合のいい防御の形にさせたところで、彼の手から木の剣を弾《はじ》き飛《と》ばした。

エドウィンは空になった手をしげしげと見つめた。呆然《ぼうぜん》とした様子を目の当たりにして、つい謝りそうになったが、思いとどまった。合図の聞こえたほうを見やった。アーマンドが駆け足で試合場に入ってきた。

「スティーヴン様、ウィルモントから使者が来ました。男爵はすぐに返事をお望みです」

スティーヴンは周囲を見渡し、緋色《ひいろ》に金の縁取りというウィルモント色の服をまとった使者を捜した。中庭への門のそばにドナルドが立っていた。

練習用の剣を近くにいた兵士に投げると、アーマンドを脇《わき》に従えて使者のほうへと急いだ。

「やあ、ドナルド！　なんの知らせだ」

ドナルドは笑みを浮かべて、赤いリボンで結ばれた巻物を差し出した。「お会いできて安心しました。兄上様が心配しておいでです。もしやあなたが……いえ、とにかく読んでください。必要とあればそのあとで補足します」

スティーヴンは重い巻物を受け取った。ジェラードの書状は困りものだった。口数こそ少ない兄だが、羽根ペンと羊皮紙を持ったが最後、だらだらと際限なく言葉を書き連ねる傾向がある。

「疲れているようだな。私がこの一大著作に目を通すあいだ、エールを飲んでいるといい。アーマンド、馬にブラシをかけて餌《えさ》をやってやれ」

アーマンドは馬を引いていった。スティーヴンは巻物のリボンを解いて、ゆっくりと塔に向かった。

彼は書状の内容に芯《しん》からぞっとし、途中で足を止めた。

一週間と少し前、コーウィンは物資を運ぶ荷車の護衛をして、イングランド南部にあるジェラードの領地の一つに向かっていた。しかし、目的地に着く前、彼はキャンモアのジュディスという王族の女性が悪党一味にさらわれたことを知った。コーウィンは彼女を助けに北へと向かった。以後、コーウィンとジュディスの消息は途絶えたままだという。

スティーヴンは兄からのきつい命令に苛立《いらだ》った。コーウィンがそっちに行く可能性もあるからブランウィックを離れるなというのだ。「まったく！」

「男爵はあなたがすでにコーウィンの行動を耳にして捜索に出たのではと心配してました。近隣の州長官や領主には二人を見逃さないよう通達が行ってます。それから、一応男爵からのことづてです。アーディスは双子の兄について心配はしていないと」

それでいくらか安心した。あの双子にはスティーヴンの理解できない、というより、おそらく一生わからないある種のつながりが存在している。コーウィンが怪我をしたり、もっとひどい災難にあったりすると、アーディスは彼に何かあったとわかるのだ。それでも今友人は大変な苦境にあるかもしれず、ブランウィックを離れるなとの命令には歯嚙《はが》みしたい思いだった。

ジェラードの命令にはたびたび背いてきたが、逆らうには逆らうだけの充分な理由がある。

「これまでの捜索で何か手がかりは？」

「まだ何も。男爵はいい兆候だと言っています。コーウィンが女性を救い出して追われているなら、二人して身を隠しているだろうからと」

あちらこちらを旅してきた。コーウィンと一緒のときもしばしばだった。その経験から彼が身を潜めそうな場所はいくつか見当がつく。捜してみるべき場所をジェラードに教えてやろう。少しは力になれそうだと感じながら、階段から大広間に入った。

キャロリンの姿が見えないので、炉を掃除している二人の女中に近づいた。一人にはキャロリンを捜してペンとインクを用意してもらうよう頼み、もう一人は厨房《ちゅうぼう》へドナルドの食べ物を取りにやらせた。

まもなくスティーヴンはエールの杯を手に、ドナルドをテーブルへと促した。「座れ。私は続きを読む。すぐにウィルモントへ戻る予定なんだろう？」

「はい。書状を読んでもらえたらすぐにも」

当然だ。ジェラードならそう期待する。

スティーヴンはドナルドの向かいに座って続きを読んだ。ジェラードは妻と二人の息子について、それから早く子供が生まれてほしいということを書いていた。家庭に秩序を戻し、夫婦のあいだに平和を取り戻したいそうだ。わけあって行動を制限しているのに、アーディスが嫌がるとぼやいている。

さして驚きはしないが、リチャードとノースブライアのルシンダがウィルモントで身内だけの静かな式を挙げたとの話には笑みが漏れた。二人はお似合いだ。もっとも、ジェラードが手放しで喜んでいるとは思えないが……。リチャードがジェラードにどう話を切り出したのか、話を聞くのが待ち遠しい。

当然ながら、ジェラードはブランウィックでの様子も知りたがっていた。知恵比べの件はどう伝えたところで激怒されるか、もしくは大笑いされそうに思える。ここは何も言わないのが得策だろう。

階段のほうから、下りてくる女たちの声が聞こえてきた。上の部屋にいたものらしい。キャロリンは頼まれた書き物用具を持ってテーブルに近づいてきた。マリアンはこちらを一瞥《いちべつ》したきり、双子を連れてまっすぐ扉から出ていった。

私は平気だ。誰が傷ついたりするか！

同じ避けられるのでも、理由がわかっていればこれほどとまどいはしまい。しかし、その話題を切り出すたびにマリアンはこちらの懸念を否定して、さらに私を突き放してくる。彼女のこともジェラードには話さずにおこう。どう話せばいいというんだ。

〝初恋の相手がここブランウィックにいて、彼女は私を嫌っている。美しくなった彼女は今や夫もなく、二人のかわいい娘とともに、地位とはまるで不釣り合いな村の小屋に住んでいる。私は妻にしたい女には何も感じず、彼女に心を熱くしている〟

最後の部分には内心ぞっとした。

「悪い知らせ?」キャロリンがきいた。

「ああ」心の内を読まれずにほっとした。

彼はインクと羽根ペンを受け取った。キャロリンはテーブルに砂の入った容器を置いた。

「ウィルモントに戻るの?」

「いや、まだだ。この近くで州長官がいる場所は?」

「ヨークよ。でも、州長官にどんな用があるの」

「友人の行方がわからなくなった」ジェラードの書状の最後を裏返し、まずはオックスフォード近くの人里離れた洞窟《どうくつ》の場所から書きはじめた。「ドナルド、ジェラードにこれは全部コーウィンが隠れそうな場所だと言ってくれ。ここには書かないが、近くにも二つ思い当たる場所がある。そっちは私が調べておく。ヨークの州長官とも話してこよう」

「いえ、ヨークの州長官にはもう知らせが行っているはずです」

「だったら、もう一度よく言っておく」

女中がチーズや肉やパンが山盛りになった木皿をドナルドの前に置いた。彼が半ば飢えたようにがつがつと食べはじめたので、話はそこまでになった。

キャロリンがすっとスティーヴンの横に座った。黙って体をもじもじさせ、砂の容器をもてあそびながらベンチで落ち着かなげにしている。爪でテーブルをかたかた叩かれると、もう限界だった。城の女主人をドナルドの前で叱《しか》るのは憚《はばか》られる。

「ドナルド、エールが減ってきたようだな。樽《たる》なら向こうの隅にあるぞ」

ドナルドはまだ半分も減っていない自分の杯をちらと見た。大丈夫ですと言おうとして、今の言葉が実は命令なのだと気がついた。

「あなたの分も足してきましょうか」

「ありがとう」

彼が声の聞こえない場所まで離れるのを待って、スティーヴンはキャロリンに向きなおった。「何か言いたいのか？」

「ヨークに行くつもり？」勢いよく流れる川さえ凍ってしまいそうな声だ。

「ああ」

「ここでの義務はどうするの？」

知恵比べか。私の友人が苦境にあるのに、彼女はいまいましい知恵比べの心配をしている。

「ヨークまでは馬で行けばわずか一日。留守にするのは三日か、長くて四日だろう。数えきれないほど私を守ってくれた男だ。彼を救うためにしてやれるせめてものことなんだ」

「お兄様がいろいろ手配して捜しているみたいじゃない。あなたがブランウィックを離れる理由は何もないのよ」

キャロリンから見て大事な理由は何もないということだ。彼女がどう言おうと、明日の朝にはヨークに発《た》つ。コーウィンを捜す努力をしていることを州長官から直接聞くまでは、安心できない。

「知恵比べを放棄するわけじゃない。何日か先延ばしにするだけだ」

「この前、何週間か出かけると言ったときには、三カ月間帰ってこなかったわ！」キャロリンは立ち上がった。「もうそんなに待てません、ウィルモントのスティーヴン。今度長くかかったら、帰ってきたときには、もう別の人があなたの椅子に座ってますからね」

荒々しい足取りで出ていった。そんなに困る結果になるだろうか。いや、もちろん困る。ここまで目標に近づいて、今さらあきらめることはできない。

場所の一覧を完成させ、ドナルドが城を出るのを見送ったスティーヴンは、ウィリアムとの面会を希望した。覚えをよくしておくためには必要な礼儀だ。意志も固く、宮廷の礼儀をしっかり胸にとめおいて、彼のベッドに近づいた。

ウィリアムは顔をしかめていた。いい兆候ではない。「明日発つそうだな。友人が行方知れずになったとか」

キャロリンが不平をこぼしたのだろう。まあいい。ベッド脇の椅子に座った。「コーウィンは友人以上だ。一緒に育って、互いに騎士になるための訓練をして、すぐには思い出せないほど数多くの戦でともに戦った。友人というより兄弟だ」スティーヴンは微笑《ほほえ》んだ。「実を言えば、もう親戚《しんせき》だ。コーウィンの妹が私の兄の妻になっている」

「ならば、家族としての義務というわけか」

「幾分は」

ウィリアムはうなずいた。「家族への義務を果たすのは大事だ。行くがいい。幸運を祈っておる」

許可をもらいにきたのではないとの言葉は、胸にしまった。「ありがとう」

「我らブランウィックの者で助けになれることはないか?」

スティーヴンは驚いた。厄介払いができて喜ばれるだけとしか思っていなかった。

「うれしい申し出だ。私とアーマンドの数日分の食糧を用意してもらえるとありがたい」別れを言おうと立ち上がったところで、ヨークに行く前に考えておくべきもう一つの問題に思い当たった。「兄の書状に、リチャードが結婚したとあった。贈り物をしなければならないが、ここにあなたの推薦するような職人はいないだろうか」

ウィリアムはしばし考えた。「実はそういう問題はいつもキャロリンに任せておるのだ。娘と話してみるといい」

「いや、今は機嫌よく話してもらえそうにない。ヨークで店をのぞいてみるとしよう」

「キャロリンと話すのがいやなら、マリアンでもいい。貴族の夫婦にちょうどいい品を、彼女なら知っておろう」ウィリアムの目が輝いた。「そうだ、マリアンだ。あれの美しい刺《し》繍《しゅう》を見たことはあるか？ あれに話してテーブル掛けか何かを仕上げさせてはどうだろうな」

今マリアンに話して協力してもらえるとは、とても思えない。

「考えてみよう」

「それがいい。マリアンは本当に腕がいい。図案が完璧なら、針目の正確さがまたさらにすばらしい」

「才能があると？」

「誓って言うが、突出した才能だ。その一流の腕でわしの天国行きまで確かにしてくれる。あれのところに行くなら、また祭壇布を頼みたいと言ってもらえるか。今度は銀と深緑がよさそうだ」

天国への道を買う？ 祭壇布で？ 妙な考えだが、追及はしなかった。マリアンとつながりが持てるかもしれないと思うと、もうほかは何も考えられなくなった。

一つの仕事で協力すれば、かかわっている者はたいてい頻繁に顔を合わせ、多くの場合、仲間意識が生まれる。テーブル掛けを刺繍してもらうという単純な行為が、果たして長く待ち望んでいた彼女との和解を実現させるきっかけになってくれるのか。

子供たちが昼寝をしている静かな時間を利用して、マリアンは鉄筆と蝋《ろう》板で作業にかかった。テーブルに置いた物語本は、最初のページが開いてある。アダムとイヴの楽園追放。

画家の筆は、蛇の発するしゅっという音まで描き出していた。同じことがどうすれば刺繍でできるのか、考えてみようと思っていた。

美しいタペストリーになりそうだ。布と糸を扱いたくて手がうずうずしている。しかし、この絵を正確に仕上げるには大きな部屋と大きな織機がいる。加えて、明るい色の糸がブランウィックの染め物師では用意できないほどたくさん必要だ。

キャロリンなら城の織機を使わせてくれそうだが、頼むのはためらわれた。許しが出れば城で何日もすごすことになる。双子を受け入れない人たちを無視するのも、毎日長時間顔を合わせてはいないからこそ、まだ楽なのだ。

しかし、城の大広間に掛けるほど大きなタペストリーを、楽園追放でも、ウィリアムの好むほかの場面でもいいから作ってみたいという気持ちはなかなか消えなかった。

楽園追放の場面なら、蛇も勝ち誇ったふうでなく、思惑が外れた音を出している感じにしたい。人間の悲しみは、すべてイヴが邪悪な蛇の口車に乗せられたのが始まりだ。イヴの弱さがなければ、この世はどんなにすばらしくなっていただろう。

本を動かして違う角度から蛇の絵を眺めた。緑と青と黒で塗られた蛇はとても美しい。蝋板上に表現しようとしても、だからこんなにうまくいかないのだろう。つまり、色がないからだ。

ノックの音にマリアンは立ち上がった。蛇に気を取られていたせいで、窓からのぞかずに、すぐ扉をあけてしまった。動揺したのは、ノックの主が誘惑の魔手だったから。漆黒の髪から革のブーツまで全身が黒一色だ。

　スティーヴンの笑みに応えようとする自分を抑えた。明るい緑の瞳をのぞきこみたい衝動を抑えた。心臓が異常にどきどきしている。扉を閉めなければ。

「ウィリアムの使いで来た」低くて柔らかい魅力的な声が言った。彼はマリアンの後ろを見て、藁《わら》布団に寝ている娘たちに目をとめた。「まずい時間に来てしまったかな。あとで出なおしてもいいが」

　マリアンはかぶりを振った。「伯父はなんと?」

　スティーヴンは前屈《かが》みになって戸口の側柱をつかんだ。「入っていいかな。もう過去のことはきかないし、あの子たちも起こさないように気をつけると約束する」

　マリアンは一歩引き、一生記憶から消えないだろう彼の男の匂《にお》いから逃れた。その動きを、スティーヴンは入っていいという意味に受け取った。

中に入れても入れなくても同じだわ。彼が今の約束を守るなら、追い出す理由はない。それに、ウィリアムの用事を聞くまでは追い払えない。

　スティーヴンはテーブルへと歩き、マリアンがこの一時間眺めていた絵に指先を置いた。蝋板を見やって、それから彼女を見た。

「ウィリアムは君の腕が一流だと言っていたが、なるほど彼の言うとおりだ。蝋の絵でも君の蛇は生きている」

　生きているようでも、まだ蛇の発する音までは聞こえない。息苦しくないよう扉はあけたままにして、テーブルに近づいた。自分の絵を見られたのがくやしかった。娘たち以外で完成前に作品を見られたのは、スティーヴンが初めてだ。

「ウィリアムの用件というのは何かしら」

　スティーヴンは眉根を寄せた。「また祭壇布を作ってほしいそうだ。深緑と銀を使いたいと言っていた。よくわからないのは、彼が君の祭壇布でなぜか天国に行けると信じている点なんだ」

スティーヴンほどの人物を、こんな簡単な使いに出したウィリアムが信じられなかった。どの召し使いでもできる仕事だ。いや、たぶん、スティーヴンが身近にいて使いやすかっただけなのだろう。

「祭壇布は決まった大きさで、ヨークの大聖堂の祭壇にぴったり合うように作ってるの。一枚贈るたびに大司教様は免償を与えてくださるわ」マリアンは伯父の想像力に笑みを漏らさずにはいられなかった。

「伯父の考えでは、罪の許しは、いわばコインみたいなものなの。たくさんたまって聖ペテロに支払えば、すんなり天国に通してもらえると信じてる」

スティーヴンはおもしろがって首を振った。「年を取れば、誰でもそんな考え方をするようになるんだろう。彼は具合が悪いから、来世の話がよけい身近に感じられるんだろうな」

「そうね」伯父の用件を伝えたスティーヴンは、もうここに用はない。小屋を出ていってくれれば、横にいてどぎまぎせずにすむ。「ウィリアムには、図案を考えておくからと言っておいてくださいな」

話はここまでと誰もがわかる言い方をしたつもりだったのに、彼はうなずいたきり戸口に向かおうとしない。彼の指がページをめくって、新しい場面を開いた。ノアが箱舟に動物たちを導いている。

彼はにっこり笑って絵の隅を示した。「ここにはまた違った蛇がいる。これは全然怖くないな。どっちも同じ修道士が描いたのかな」首をかしげて絵をじっと見ている。「同じらしい。ほら、ノアの顔とアダムの顔、見比べるとよく似ている」

マリアンははっと驚いてそばに寄った。スティーヴンの観察眼は確かだった。「本当ね。だけど、こっちの絵には最初の絵と違って楽しさがあるわ。このライオンを見て、笑ってるみたい」

「笑ってるんだろう。状況を考えればね」スティーヴンはわずかに体をまわしてテーブルの端に座った。

「祭壇布にはどういう刺繍をするんだい。まさか、笑顔のライオンじゃないだろう」

すっかりくつろいだスティーヴンを前に、マリアンは落ち着かなかった。笑顔のライオンとは痛いところを突いている。

「大司教様は、蔓《つる》のような曲線のあいだに均等に十字架を配した図柄が特にお好きなの。伯父が免償を与えてもらえないと困るから、気に入られるとわかっている図柄しか作ってないわ」

「でも、本当はほかの図柄をやってみたい」

なぜそこまでわかるの。ただの当て推量？

「ええ」

スティーヴンはうなずいた。重要な目的を達成したとでもいう顔だ。「それなら、君の伯父上のために決まった図案を刺繍する一方で、私のために一風変わった図案を考えてくれないだろうか。いや、私のというより、実は兄のリチャードへの贈り物なんだ。結婚したばかりでね」

今のは聞き違い？「刺繍した祭壇布がお兄様の贈り物に適当だというの？」

彼はかぶりを振った。黒髪がわずかに乱れ、瞳にいたずらっぽい光がのぞく。心を揺さぶられる表情を前にして、マリアンは感情を抑えこんだ。彼は自分の皮膚と同じくらい自然に魅力をまとい、私の心をかき乱してくれる。

「テーブル掛けかタオルか、その辺かな。結婚祝いとして君がいいと思うものにしてくれ。ただ図案には凝ってほしい。リチャードの妻は、笑いや遊びと縁の薄いつらい生活を送ってきた人だ。お祝いらしい役に立つもので、それでいて、目にしたときにほっとなごむようなものがいい。できるだろうか」

マリアンの脳裏にさまざまな絵が飛び交った。

「もちろん。決めた色はある？　好きな色とか」

　スティーヴンは手のひらを上にして両手を上げた。

「何も。目と心を楽しませてくれるものであれば、あとは作り手に一任するよ。もちろん材料代は払うし、手間賃として少し加算もする」

　マリアンは下唇を噛んで内心の興奮を見せまいとした。そんな仕事で思いどおりの作品を作れるなんて！　頭の中には、まっさらで目の細かいテーブル大の麻布と、その縁を囲む大胆で遊び心のある模様がすでに浮かんでいる。

「藍色《あいいろ》と黄色を使えば、感じよくなりそうよ」

　スティーヴンは肩をすくめた。「好きにしていいよ。実を言うと、贈り物は二ついる。もう一つは、今度産まれてくるジェラードの子供の洗礼のお祝いだ。毛織りの毛布はどうだろう」

　リチャードにテーブル掛け。男爵の子供に毛布。スティーヴンは惜しみなく金を使っている。マリアンはめまいがしそうになりながら、部屋の隅に置いた収納箱に近づいた。そこから小さくて柔らかい二枚の毛布を持ってきた。

「あの子たちのよ。同じような柄でどう？」

　彼は考えこんで、優しげな表情になった。リサの毛布の子羊模様にうやうやしく指先を這《は》わせ、次にはオードラの毛布の子猫に指を移した。

　マリアンは息をのんだ。理屈ではなく、スティーヴンには彼の娘たちの毛布を気に入ってほしかった。出産が近くなり、おなかが大きくてうまく動けなかったころに、愛情込めて刺繍した毛布だ。

「すばらしい」彼は静かに言った。「ウィルモントの獅子《しし》の子供だから、ライオンの子はどうかな」

　ほっとして、また、ほめ言葉を望んだ自分を恥じながら、そそくさと毛布をたたんだ。「いい選択だわ。いつまでに仕上げればいいの？」

「赤ん坊のかい？　うん、二、三週間かな。テーブル掛けのほうは――いつでもいいんだが」

「図案を描《か》くのに一日か二日かかるわ」

「急ぐことはない。私は明日ヨークに発つ。四日ほどは留守にするだろう。それだけ早ければ充分だ」

マリアンは毛布を固く握った。スティーヴンがブランウィックを離れる。「どうしてヨークに？」

スティーヴンは友人の行方がわからないという話を簡潔に説明してくれた。

彼の混乱や怒り、何もできないじれったさが、静かな口調ながらはっきりと伝わってきた。彼はコーウィンのことを、まるで弟のように心配している。同情を覚えて彼の肩に手を置いた。

「見つかることを願ってるわ。彼のためというよりあなたのために」

「本当に？」

答えられなかった。言葉が喉につかえていた。慰めのつもりで置いた手が優しく動いた。彼の存在を意識して体がうずいている。再び私の前に現れたときから、私はずっと彼を抱き締めたかった。

彼の瞳に欲望が渦巻くと、マリアンの体にも、すぐに切ない期待が生まれた。彼が何をしたいのかはわかる。もう一度だけ、唇を重ねてほしい。

立ち上がったスティーヴンが、マリアンの両腕をなで上げて肩をさすった。腕を体にまわされて、彼のそばから動けない。唇がマリアンの唇を求めて優しく、説き伏せるように動いた。説得などいらない。マリアンは彼にもたれた。唇を許しただ一人の人、キスをしたいと感じるただ一人の人に。

もっとほしかった。もっと。彼がどんな高みに連れていってくれるかはわかっている。一度きりの至福の記憶がよみがえって膝から力が抜けていく。もう一度あの歓《よろこ》びが――スティーヴンがほしい。

彼は唇を離し、マリアンの頭を肩口に抱いた。荒い息をしながらでも、彼の体が震えるのがわかった。

何も変わっていない。六年前と同じ。

「もう行かないと」低くかすれた声でスティーヴンが言った。

一瞬とまどってから、彼がヨークに行くのだと思い出した。でも、また戻ってくるんでしょう?

「戻ってくるのね?」

「誓って」

二度目のキスには危うく意識が飛びそうになった。信じられないほど愚かな行為。しかし、そばの藁布団で子供たちが寝ていなければ、スティーヴンを床に引き倒して裸にしたいと本気で思ったことだろう。

マリアンはそのわずかな正気に、母と子の絆《きずな》にすがった。おかげで大きなあやまちを犯しそうになる自分を、寸前で引き戻すことができた。

彼女はイヴの弱さをはたと理解した。イヴが一人で蛇と向き合い、蛇に無上の幸福を約束され、しかも蛇が抗《あらが》いがたい男の声——低く柔らかい魅力的な声で語りかけてきたとすれば、イヴに勝ち目はなかった。

ここでキスをやめてスティーヴンを追い返さなければ、私も同じことになる。マリアンが彼を押しやり、キスは終わった。マリアンと同じ苦しみが、スティーヴンの表情にも表れていた。

「戻ってくるよ」スティーヴンはささやき、急いで小屋を出ていった。

マリアンは椅子に座って、柔らかい毛布に顔をうずめた。毛布には二人の体の火照りが残り、子供たちの父親である浅黒い男性の匂いがした。

ああ、私は何をしてしまったの。

マリアンはあやまちの大きさに身震いした。私はキャロリンも自分自身も裏切ったのだ。スティーヴンを小屋だけでなく、心の中まで再び立ち入らせてしまった。こうなった以上、今度また彼を失えば、苦しみは前の比ではないだろう。

8

象牙《ぞうげ》色の柔らかい毛織り、その四角い生地の真ん中に一頭の子ライオンが眠っている。蝶《ちょう》を追いかけたり、甲虫《かぶと》について歩いたり、仲間の子ライオンとふざけたりして疲れたのだ。そういう様子もみんな毛布の周囲に描いてある。

これまでで一番うまくできたばかりか、一番独創的な作品になった。この二週間はほぼ毎日、マリアンはあいた時間のほとんどを使って子ライオンを刺《し》繍《しゅう》し続けた。なんといってもウィルモントの男爵の息子が使う毛布だ。男爵ならば、なんでも最高の品を要求できる。そんな彼の期待を超える作品にしたかった。

今朝もマリアンは慎重に手を動かしていた。ただし、隅の収納箱に何度も目が行った。中には染め物師の手伝いが昨日持ってきた生地と糸とが入っている。白いテーブル掛けがしきりとマリアンを手招きしていた。糸は藍色《あいいろ》と黄色に加えて、緋色《ひいろ》と深緑も頼んでおいた。すでに決めてあるノアと動物たちを渦巻き模様が囲むという図案は、スティーヴンの要望どおり明るくて一風変わった仕上がりになるだろう。

スティーヴンには気に入ってほしいけれど、最後に小屋で会ったときのことを思うと、ききにいく勇気はなかった。彼は数日前にヨークから戻っている。いなくなった友人が見つからず、沈んでいる様子だ。ブランウィックには戻っても、マリアンの小屋には来なかった。彼もまた、あのキスを軽率だったと思い、その先への誘惑の強さを自覚しているのだ。このまま、ここへは来ないほうがいい。

「母様、キャロリンよ！」オードラが外から呼んだ。

戸口を通して、屈《かが》んだキャロリンが娘たちを軽く抱擁し、もう一度遊んでおいでと追いやるのが見えた。キャロリンは、ブランウィックの薬草や薬をつめた大きな籠《かご》を腕に下げている。村の誰かが病にかかり、城の女主人が出てきて手当てするほど具合が悪くなったのだろう。

キャロリンは小屋に入ると、暑そうに顔を手であおいだ。

「誰か病気になったの」マリアンはきいた。

キャロリンはテーブルに籠を置いて、すとんと椅子に座った。「カーラよ。ご主人から様子を聞く限り、薬があればおさまるわ。大したことないの」

「それなら、鍛冶屋《かじ》のご主人に薬を渡して、奥さんに持って帰ってもらえばよかったじゃない」

「退屈だし、好奇心もあったしね」キャロリンは身を乗り出して毛布に触れた。「すてき。とってもいいわ、マリアン。もう出来上がるの？」

「あと一日、二日ね。仕上がったら鍛冶屋の男の子に持っていってもらうから、スティーヴンにそう言っておいて」

「あなたが持っていけばいいのに。お父様もさみしがってるわ。子供たちが来てくれるから、なんとかあなたを呼びつけずにすんでるけど」

マリアンはこれまでに二度、朝出かけるダークとカークに預けて、オードラとリサを城に行かせていた。ウィリアムに会ったあとは、城の衛兵が娘たちを小屋に連れ帰ってくれる。おかげで、その分毛布の刺繍に時間をかけて、スティーヴンを完全に避けることもできた。

「伯父様はときどきあの子たちの顔を見れば、それで満足なの。この毛布を仕上げようと思ったら、私は家で頑張らないと。男爵の奥様はもうすぐ出産なのよ。まだ何かある？」

「最後にウィルモントから来た使者も、コーウィンの捜索に進展はないと伝えてきただけだったわ。コーウィンが見つかって、スティーヴンがまた知恵比べに集中してくれたらいいのだけれど」

緋色と金の服に身を包んだ使者が小屋の前を通るのを、マリアンは三度目撃していた。その使者が、もうすぐ赤ん坊誕生の知らせも運んでくるだろう。

「知恵比べはどうなってるの？」

キャロリンはつらそうにため息をついた。「もうすぐ終わりよ。残ってるのは三項目だけで、エドウインとスティーヴンとがお父様の別の領地に行かなくてはならないの。スティーヴンはコーウィンが来るかもしれないからと、城を離れるのをいやがってるわ」腕を組んで続ける。「腹が立つのはお父様が簡単に知恵比べの延期を許していることよ。急ぐ必要もないだろうですって」

マリアンも知恵比べが早く終わってほしかった。どちらが勝つかによって、ここに残るか出ていくかが決まる。

決心するのはつらかったが、スティーヴンがキャロリンと結婚した場合、いろいろ考えれば、やはりブランウィックを去るしかない。

妙な話、ここを去る資金を提供してくれたのは、スティーヴンだった。彼からの贈り物の代金があれば、母子三人、町で暮らせる。大聖堂か修道院の近く辺りになるだろう。スティーヴンが喜んでお金を出したくらいだから、作品はたぶんほかでも売れる。娘たちの服や食べ物には困らない。

「たぶん次の使者は、スティーヴンの友人についてもっといい知らせを運んでくるわよ」

「もしくは赤ん坊が生まれたという知らせね。洗礼式にはお兄さんに呼ばれるはずだと、スティーヴンは言ってるわ。そうなったら、またここを出ていって、次はいつ戻ってくるのかしら」

戻ってくると仮定して考えよう。それでブランウィックを長く離れる必要ができたら、スティーヴンは知恵比べを放棄するだろうか。それとも、キャロリンがスティーヴンをあきらめるの？　どちらもありえる話だ。そうなれば、エドウィンが有利になってキャロリンをめとる結果となり、マリアンの心配もそこですべて解消する。

考えると気持ちが明るくなった。「エドウィンはどうしてるの？」

キャロリンは下唇を噛《か》んだ。「マリアン、前に私がエドウィンと結婚しなければ自分が仲よくなるかもしれないと言ったけど、あれは冗談よね」

マリアンは勝利の罪悪感を覚えたが、従姉《いとこ》の前では平静を装った。「仲よくなっていけない理由があるの？　あなたに嫌われたら、彼は別の誰かと結婚するのよ。なぜそれが私じゃいけないの」

「あなたたちが結婚するのは私がいやなのよ。彼だって結婚しなければならないし、跡継ぎもいる。知らない人と結婚するなら耐えられると思う。でも、あなただったら」キャロリンはかぶりを振った。「私が落ちこむわ。彼はもうあなたのことが好きだから、それが愛に変わってもおかしくないもの」

絶対にありえない話だが、そうキャロリンに言ってしまってはなんにもならない。

「でも、ほかの人を愛するようになるかもしれない。毎日一緒に食事して一緒に寝ていれば、その人を好きになるのは簡単じゃないかしら。あなただって前の二人のご主人が好きだったでしょう？」

キャロリンは肩をすくめた。「かもね。けれど、食事とベッドが一緒なら愛が生まれるとは限らないわ。スティーヴンの両親は嫌悪し合ってたそうよ」

「何かしら通じ合うものはあったんでしょう。三人子供がいるんだし」

「ううん、二人だけ。真ん中のリチャードは私生児よ。母親は農民なの」

私生児？　スティーヴンがリチャードの話をするとき、彼は全然差別をしていなかった。リチャードの立派な立場や地位からして、考えられるのは父親も区別はしなかったろうということ。非嫡出の子を受け入れ、我が子として育てたのだ。

思うに、スティーヴンの母親は、夫の不義に我慢せざるを得なかった。いがみ合う両親の姿は、おそらく、スティーヴンの結婚観にも影響を与えている。とはいえ、ほとんどの貴族は、キャロリンに結婚を申しこんだスティーヴンのように、愛情以外のさまざまな理由で結婚しているのが実情だ。

しかし、キャロリンの前には、愛に基づく結婚という、稀有《けう》な可能性も開けている。

「キャロリン、あなたの気持ちも考慮はするけれど、エドウィンという男性がどんな女性の目から見てもいい結婚相手なのは、確かなんですからね」

「ずいぶんつらく当たるのね」

マリアンは厳しい顔をしてみせた。「先生がいいもの。あなたはエドウィンにどれだけつらい思いをさせているかしら」

キャロリンはむっとした様子で立ち上がり、籠をつかんだ。「そうそう、お父様だけどね。調子がよくて、今は左手の指が動かせるようになってるわ」

マリアンは息をのんだ。「キャロリン、すごいじゃない！」

「そうね」キャロリンは出ていった。

うれしい知らせとキャロリンの反応に呆然《ぼうぜん》としたマリアンは、毛布を脇《わき》に置いた。父親が回復しているというのに、なぜキャロリンは喜ばないの。

ウィリアムが動けるようになったら、彼は仕事に戻れて……そうだわ……キャロリンのほうは代理でしていた務めがもうできなくなる。あんなに生き生きとやっていた仕事なのに。

彼女は何カ月も父親の代わりを務めていた。ウィリアムが動けるようになれば、キャロリンはまた家事の采配《さいはい》をするだけのただの女主人に戻されてしまう。娘にはそれが似合いだと父親は思っている。エドウィンに至っては、女が指揮していいのは家事だけだと思っている。キャロリンが出会った男の中で、彼女に料理や掃除や機織りの監督以上の仕事ができると考えたのはスティーヴンだけだ。

　ウィリアムが回復すれば、キャロリンは前にもましてスティーヴンとの結婚に執着するだろう。

　スティーヴンが胸の高ぶりと恐れとを抱えてマリアンの小屋に近づいたのは、夕食をおえたあとのことだった。アーディスが二日前に健康な男の子を出産し、彼はジェラードから洗礼式に出てくれとの連絡を受けている。連れてきたければ、キャロリンも一緒にとの話だった。

　キャロリンは二つ返事で誘いを受けた。困ったことに、ウィリアムはエドウィンも護衛として連れていけばどうかと親切ごかしに言ってきた。スティーヴンは必要ないと突っぱねたが、エドウィンが大乗り気で、ウィリアムもあとへは引かず——結局、エドウィンも一緒に行くこととなった。

　しかし、マリアンの家が近づいている今、それらは大した問題ではないように思われた。ここには赤ん坊の贈り物を受け取りにきた。キャロリンによればもう仕上がるころで、とてもすばらしいという。問題はスティーヴンが毛布を作った当人をすばらしいと思い、抗《あらが》いがたいと感じていることだ。

　しかし、自分の気持ちは抑えてみせる。マリアンがヨークにいるあいだにずいぶん考えた。マリアンに強くひかれるのは、はるか昔の短いつき合いの記憶が残っているせいだ。お互いに初めて情を交わした相手で、逢引《あいびき》は甘く背徳の香りがした。今彼女を抱いてもあんなにすばらしいのか。当然ながら確かめてみたい好奇心に突き動かされている。キスはすべきではなかった。最初は甘く優しかったキスも、二度目は小屋を焼きつくすような熱を帯びた。慰めようとしたマリアンのふるまいに乗じて、彼は身を焦がさんばかりに熱くなった。彼女にきかれ、戻ってくるとまで約束してしまったのだ。

これから先、マリアンとは大切な旧友として接するつもりだ。そして、知恵比べの勝利に向けて努力しキャロリンを手に入れる。マリアンから離れれば、キャロリンへの欲望も少しは復活するだろう。

鎧《よろい》戸の向こうで、かすかに蝋燭《ろうそく》の光が揺らめいた。扉をノックし、毛布を受け取り、支払いをする。それだけでいい。そして夜が更ける前に城に戻ろう。

心を決めてふうっと息を吐き、ノックをしようと手を上げた。しかし扉に手がつく前に、中から幼い子の反抗的な大声が聞こえた。「いやっ！」

オードラか？　あのかわいいオードラか？

「これしかないんだから」扉越しにもマリアンがうんざりしているとわかる。「お粥《かゆ》を食べないのなら、おなかをすかせたまま寝ることになるわよ」

「お粥なんて大嫌い！」

「食べなさい」

「いやなのっ！」

「いいかげんにしてちょうだい」一瞬の間。「オードラ、だめよ、それを置いて――」

マリアンの叱責《しっせき》を中断させた騒々しい物音に、スティーヴンは眉をひそめた。床に散らばった鍋《なべ》や椀《わん》が目に浮かぶ。訪問に最適なころあいとは言えないが、出発は明日の夜明けと決めているから、毛布は今日のうちに受け取る必要がある。彼が入っていけば、母子の興奮もおさまるかもしれない。

「もう寝なさい！」

「いや！」

スティーヴンは強めにノックした。誰かの耳に届いたらしく、かんぬきが動いた。

「オードラ、待ちなさい！」

扉が勢いよく開かれた。目の前に、見たこともないほど悲しげな子供が立っていた。オードラは涙を流しながら、顔をきつくしかめた必死の形相になっている。

スティーヴンは両手を差し伸べた。「おいで」

オードラは濡《ぬ》れた目でただじっと彼を見つめた。敵か味方か判断しかねているようだ。

彼は指を小さく動かした。「おいで」もう一度優しく、しかし、今度は少し命令口調で言った。

オードラは下唇を震わせた。もうだめだ。スティーヴンは彼女を抱え上げた。オードラは両手両脚で彼にしがみつき、濡れた顔を肩に押しつけてきた。苦しげな息遣いで泣くまいと頑張っている。

いいぞ。さて、これからどうするか。

扉を閉めて、指示を仰ごうと母親を捜した。マリアンは子供たちの藁《わら》布団のあいだに座り、リサを優しく抱いていた。こめかみに濡らした布が押し当てられている。頭痛だ。マリアンはひどくかりかりしていて、体の芯《しん》まで疲れているようだ。彼女の助けは期待できない。

スティーヴンが見るこの部屋は、いつも小ぎれいに片づいていた。今はどう見てもめちゃくちゃだった。どうやら、オードラは母親がリサをかまっているあいだに一大暴挙に出たものらしい。

なす術《すべ》のないまま、オードラの背中をなでた。二人の幼い子供と一つ部屋にいて、マリアンはどんな気持ちでいるのだろう。自分なら気がふれそうだ。二人一度に暴れだしたら、いったいどうすればいい。

この状況を見てあらためて思った。マリアンは母子だけでこの小屋に住んでいてはいけない。守ってくれる者がいなければ。オードラも誰が来たのかを確かめずに扉をあけるべきではなかった。

オードラの頭を優しく揺すった。「扉をあける前に誰ですかってきかないと。わかってるだろう？」

オードラは彼の肩口でうなずいた。

「今度はちゃんときいてからあけるんだ。どんなに腹が立っていてもだぞ。私に誓ってごらん」

オードラは深く息を吸った。「誓います」

小さい子があまりにすんなり口にした誓いだ。忘れずに気をつけてくれるのを願うしかなかった。

「毛布を受け取りにきたんでしょう？」マリアンが言った。

怒りは幾分おさまっているが、ゆえに今度は疲労がはっきりと前面に表れている。

「ああ」テーブルの鍋を起こしたが、こぼれた粥が端から床の藺草《いぐさ》にしたたっているのはそのままにした。「キャロリンからもう仕上がると聞いてきた」

「できてるわ。今持ってくる」彼女はリサの頭から布を外し、支えていた子供を下ろそうとした。

「君はそのままでいい」スティーヴンはオードラの太く黒い三つ編を引っ張った。「オードラに見せてもらうよ」

「大きな箱の中」オードラは顔を上げずに言った。

まだ母親の顔を見る勇気がないのだろう。スティーヴンは収納箱の横に屈んで蓋《ふた》をあけた。象牙色の野原で一頭の子ライオンが蝶を追いかけている。驚くほどすばらしい出来だ。

「マリアン、これは世辞抜きですごいよ。ほら、オードラ、こんなかわいいライオン、見たことあったかい」

オードラは片腕を浮かして下からのぞいた。「私は真ん中のライオンが一番好き」

「ほう？ どれどれ」スティーヴンは絵柄がわかる大きさまで毛布を広げた。別の子ライオンがひょうきんなにらみ顔で甲虫のあとをつけている。隣では二頭の子ライオンが草の上でじゃれて転げまわり、毛布の中心では、花に囲まれて一頭の子ライオンが眠っていた。天使のような顔だ。

　ウィリアムの薦めに従ったのは正しかった。この贈り物を渡せば、アーディスにはこの先何年もいい印象を持ち続けてもらえそうだ。

　スティーヴンは、マリアンの腕に抱かれているリサに目を転じた。リサは目をあけていて、意外にもしっかりまわりを意識していた。

「君はどれが好きだい？」

「私の羊ちゃん。羊は見ました？」

「見たとも。オードラの子猫もね。君たちの毛布を見せてくれたとき、お母さんはずいぶん自慢げだった。確かにすごく上手だったよ」

　しがみついていたオードラの手が緩んだ。彼女は洟《はな》をすすり、手で涙をふいた。「その毛布をどかしたら、母様が作りはじめたテーブル掛けがあるの」

　スティーヴンはオードラの指示に従った。まだ藍色の糸で少し刺してあるだけだ。彼は色糸の束の横から、蝋板を取り上げた。

「これが図案かい？」見覚えがある気がしたが、どこで見たのかはっきりしない。

　オードラが人差し指で渦巻き模様をなぞりながら、どこが何色になるのか説明してくれた。「母様はこれをお話のご本から思いついたのよ」

「どこから思いついたにしても、最高だ」

　スティーヴンは蝋板を下ろし、オードラに毛布を持たせてから、ほかをきれいに箱に戻した。蓋を閉めて立ち上がった。

　マリアンとオードラのあいだには、最初ほどではないが、まだ緊迫感が残っている。自分の母親との経験でわかるが、どちらが勝とうと、こういう場合は早くしこりを取ったほうがいい。

「代わろうか」

マリアンはスティーヴンの提案をじっと考え、リサからオードラへ、またリサへと視線を動かした。

「頭痛はおさまってきてるの。この布で頭を冷やしながら、動かさずにじっと支えてて」

「簡単だ」

マリアンは苦笑した。「そうね」彼女は長年の慣れを物語る優雅な動きで、リサに余計な振動を与えずに立ち上がった。片方の娘をスティーヴンに任せ、もう一人の娘のほうに手を差し出す。「さあ、一緒にお粥を片づけましょう」

オードラは素直に従った。彼女たちが部屋を片づけているあいだ、スティーヴンは濡らした布と赤ん坊用の新しい毛布を持って、リサと床の上に落ち着いた。壁にぴったり背中を当ててブーツを履いた足を交差させた。リサも楽な姿勢を探して体を動かした。少ししてまた動く。彼はそこでようやく布をリサの額に押しつけ、頭を自分の肩にもたせかけた。

リサはライオンの刺繍に指をはわせた。「もう赤ちゃんは生まれた？」

「うん、二日前だ」

リサは彼の顔を見ようとし、彼はそれを制した。

「名前は？」

「マシューだよ。動いちゃだめだとお母さんは言ってたぞ。話をしてもだめなのかな」

「だめです」炉のそばからマリアンが答えた。

「そうか。じゃあリサは目をつぶって、二人して怒られる前に君はおねんねだ」

リサはくすくす笑ったが、ちゃんと目を閉じた。

スティーヴンは小屋の中を片づけるマリアンをじっと目で追った。オードラは母親に粥で汚れた藺草を掃く仕事を与えられ、意固地にすねたまま、のろのろと動いている。

ふと、マリアンが椀を取るのに腰を屈めた。スティーヴンは子供のことも毛布のことも忘れ、彼女の美しいお尻を感心して眺めた。

友人。旧友。それだけの関係だ。ただその大切な旧友がきれいな形の尻をしていたというだけ。マリアンが体を起こして椀をテーブルに置くと、妖《あや》しい空想の入り口は一瞬で閉ざされた。

「今朝、使者が通るのを見たわ。子供が生まれたという知らせだったの?」

「ああ」それ以上言うとぼろが出そうだった。

「洗礼式にはあなたもウィルモントに呼ばれるだろうとキャロリンが言っていたけど」

「一緒に明日発《た》つよ」

マリアンはスティーヴンを見て片眉を上げた。

「一緒に?」

「キャロリンも行って家族に会ってもらう」

「そう」マリアンは顔をそむけた。「よかった」

「そうでもない。ウィリアムがエドウィンも護衛として連れていけと――いや、お目付け役かな」

「いい旅になるよう祈ってるわ」

それが本心ではないとかろうじて気づいたとき、マリアンが炉棚から栓をした茶色い瓶を取った。オードラが箒《ほうき》を落として鼻と口を両手でふさぐ。スティーヴンが支えていたのに、リサもどうしたものか、頭を動かして彼の肩に顔をうずめた。

マリアンは片手を腰に当てた。「もう、二人とも。そんなにひどいものじゃないでしょう」

「おえっ!」リサが顔を伏せたまま言った。

薬か。スティーヴンは、母親からリサを守ってやりたいという衝動に耐えた。マリアンがのませようとしているのは薬だ。毒ではない。

マリアンは床に膝をついた。「ほら、リサ。一口だけだから」

「のまないとだめ? すごく変な味なのに」

「一晩中頭が痛いままのほうがいい?」

「うん!」

マリアンが瓶から布の栓を取り去るや、スティーヴンは双子の反応ももっともだと理解した。臭いのだ。とんでもなく臭い。

「なんだい、それは」

マリアンは目をむいた。「薬をのまないと、何時間かのうちにまたひどい頭痛に襲われるわ。薬をのむか、ほとんど寝ずに朝を迎えるか、どっちかなの。そして今夜の私には、そんな体力も忍耐もない」

「わかった。だったら、私が起きてよう」

マリアンの目が大きく見開かれ、スティーヴンは自分が何を言ったかに気がついた。しかし、リサの尊敬のまなざしを見ると、撤回はできなかった。マリアンのほうの表情は尊敬とはほど遠い。

「朝までいるわけにはいかないでしょう！」

「どうしてだ。ほかに用事もない」

「人が噂《うわさ》するわ」

「私がここに来たことは誰も知らない」いや、物資を運ぶ荷車の点検を任せてきたアーマンドとハーランは知っているが、二人は何もしゃべるまい。

「でも、スティーヴン――」

「いいでしょ、母様？　お薬はいやだもん」

リサのお願いは母親の胸に届いたようだった。マリアンは娘の乱れた髪をなでつけた。「じゃあ、あと何時間か、痛みがちゃんと引くまでね。動かずにじっとしているのよ、わかった？」

「うん、石みたいにしてる」リサはマリアンが瓶に栓をしてから、ようやく緊張を解いた。「ありがとう」スティーヴンに小声で言って目を閉じた。

まったくばかげた話ながら、英雄になった気分だった。勇気ある行為に出た代わりに、明日の朝はひどい筋肉痛に襲われるはめになるだろう。

リサはできるだけじっと横になっていた。マリアンとオードラは片づけをおえた。母娘《おやこ》はパンとチーズで軽い食事をとり、スティーヴンにも勧めてくれたが、彼は断った。食後に、オードラがはにかみながら本を読んでほしいと要求すると、マリアンは彼女を軽く抱き締めて、願いを聞いてやった。

　狭い小屋の中は平穏だった。リサの頭痛と、次第に感覚を失いつつあるスティーヴンの腰をのぞいては……。

　マリアンが三番目の話を読みおえて、オードラを寝かしつけたときには、もう夜もとっぷりと更けていた。リサは最初の話の途中ですでに眠っている。

　マリアンが彼の隣、リサの藁布団に座った。

「腰が痛くなった?」楽しげな口調だが、つっかかるのはやめにした。

「それほどじゃない。あのひどい薬をのませるよりましだ」

「でもあの薬で楽になって、みんなが眠れるわ」

「効果があって、もっと楽にのめる薬がほかにきっとあるさ」

「だけど、私の手もとにはないの」

　そんな薬はないのかもしれない。マリアンはロンドンまで行って、リサを医者に診せている。そうやって長く苦しい旅をする前には、この近辺で効くとされている薬草や薬はすべて試したことだろう。

　ウィルモントまではここからわずか二日の距離。ウィルモントにはアーディスがいる。

　急に大きく芽吹きはじめた考えを、スティーヴンは打ち消した。マリアンをウィルモントに連れていくのはまずい。誘惑が大きすぎる。今はキャロリンと二人の時間が必要なのだ。

　とはいえ、リサの頭痛は治してやりたい。アーディスでもだめかもしれないが、努力はしてくれるだろう。ああ、どうすればいい。

「急な話だが、朝までに旅支度ができるかい。君と子供たちも一緒にだ」

　マリアンはどういう意味かと額にしわを寄せた。

「どこに行くの」

「一緒にウィルモントに来てくれ」首を横に振るマリアンに、スティーヴンは説明した。「アーディスのことは前に少し話したね。彼女はウィルモントの薬師《くすし》よりも病の治療法には詳しい。リサを助けられるかもしれない」

マリアンは心を決めかねて唇をとがらせた。「治療法ならこれまでにも散々探したわ」

「もう一度探してみても悪くはないだろう」

「またつつきまわされたり、臭い薬を出されたり。リサにそんないやな思いをさせて、やっぱりまただめでしたで終わるのは耐えられないわ」

「アーディスはリサを優しく扱ってくれる」

マリアンは立てた膝を抱えこんで、離れた壁の一点をじっと見つめた。スティーヴンは待った。永遠とも思える時間が過ぎたころ、彼女が口を開いた。

「鶏の餌《えさ》やりは、鍛冶屋の子がやってくれるわね」

9

マリアンは物資を運ぶ先頭の荷車に乗っていた。御者の横でオードラをしっかり支えながら、自分はまた間違いを犯したのではないかと考えていた。

ゆうべはひどく疲れていて、こんな大変な決断ができる状態ではなかった。頭にあったのは、リサにいい結果をもたらすかもしれないとか、どの服を持っていこう、鶏の餌《えさ》やりや山羊《やぎ》の乳搾りは誰に頼もうといった段取りのことばかり。

自分がウィルモントまで同行するのをキャロリンがどう思うだろうとは考えなかった。旅の仲間に余計な人数が増える。しかも二人の子供まで。キャロリンが不機嫌になっても当然なのに、そんな点には思い至らなかった。

マリアン母娘《おやこ》の出発を知ったウィリアムの反応は、意外というほかなかった。伯父は長いあいだ双子と離れるのを嫌う。その伯父が反対しなかった。そればかりか、大いに結構なことだと言ったのだ。

マリアンの前方、荷車一台分はゆうに離れたところに、エドウィンと並ぶキャロリンの姿があった。立派な鹿毛《かげ》の馬に乗った彼女は、波打つ琥珀《こはく》色のガウンに同色のヴェールといういでたちで、すっと背筋を伸ばして物静かに進んでいた。どこから見ても大事な旅の途上にある高貴な女性だ。

マリアンは布袋につめた貧相な自分の荷物と、キャロリンの衣装箱にあるたくさんの美しいガウンとを比べてみずにはいられなかった。でも、仕方ない。ウィルモントで注目されるのはキャロリンだ。彼女の品格や立ち居振る舞いが判断される。私はスティーヴンの家族と知り合いになるつもりはないし、どんな宴会にも儀式にも出席するつもりはないから、ふだんの着替えが一枚あれば事足りる。レディ・アーディスに会って、リサの病気を説明して、あとは波風を立てずにできるだけ引きこもっていよう。

エドウィンはくつろいだ様子で、上手に手綱をさばいていた。本当に心優しき美貌《びぼう》の紳士だ。彼が女はこうあるべきという考えを改め、キャロリンが彼の年を気にしなければ、二人はいい組み合わせになるのに。二人とも、とにかく頑固すぎる。

彼らの先には、スティーヴンと彼の従者がいた。今はリサもスティーヴンと一緒だ。当たり前だが、子供たちは母親と座っているより、一行の先頭で堂々とした雄馬に乗るほうを喜んだ。スティーヴンは極力二人を平等に乗せるようにしているが、マリアンの見るところ、おとなしい分、オードラのほうが少し長めに乗っているようだ。種馬はとかく敏感で扱いが難しいが、長いあいだじっとしているのは、リサの性格からして難しい。

父親と一緒だ。

父親といえば、ゆうべは驚かされた。あんなに長く座っていてくれるとは。それに、子供たちの扱いもうまく、出くわした状況への対処が巧みだった。考えなしに扉をあけたオードラを叱《しか》り、それから、ぴりぴりしていた母娘を、優しく落ち着かせようとしてくれた。

本当に女性の扱いがうまい。彼のそんな一面のために、そもそもマリアンは苦しむはめになった。彼の魅力にすんなり引きこまれなければ、緑の瞳や茶目っ気をのぞかせた口もとにうっとりしなければ、彼と情を交わすこともなかったのだ。

しかし、そうなればオードラもリサも生まれなかった。

そこに、今回のウィルモントへの旅への一番の不安がある。鋭敏な目を持つ洞察力の鋭い誰かが、スティーヴンとあの子たちを結びつけて考えるかもしれない。疲れた頭では考えもしなかったが、今朝楽しげに父親と馬に乗る娘たちを見て、初めてその危険に気がついた。

ウィルモントに着く前にスティーヴンと話をして、膝に邪魔な子供を乗せたまま城に入らないよう言わなければ。彼には果たすべき役目がある――家族への挨拶《あいさつ》に、キャロリンやエドウィンの紹介。どれも重要で、気が散っていてはできない役目だ。黒髪の女の子をかまいながらというのはよくない。

考えすぎかもしれないとは思う。ブランウィックで誰もスティーヴンと娘たちを結びつけなかったのだから、ウィルモントで気づかれる可能性も低い。それでも、危険な芽は摘んでおきたかった。

スティーヴンが宙に拳《こぶし》を突き上げた。荷車の御者が雄牛を止めた。昼の休憩まで休む予定はなかったはずだ。昼までにはまだ一時間ほどある。

「何かあったの？」御者に尋ねた。

「いやいや」彼はおもしろそうに答えた。「旦那《だんな》様の腹が早めに鳴ったか、道端で気になるものを見つけたかでしょう。旦那様との旅では、目的地までどれだけかかるか、まったくわからんのです」

止まった理由はすぐにはっきりした。スティーヴンがリサを馬から降ろし、自分も降りて手綱をアーマンドに任せた。リサがあたふたと木立に駆けていく。スティーヴンが追って手前で見張りに立った。

御者は小さく笑った。キャロリンが馬上で振り向いてマリアンをにらんだ。リサを楽にするのにスティーヴンがみんなに不便をかけてしまったじゃないの。あなたのせいよ、とでも言いたげだった。

そのうち、リサが晴れ晴れとした笑顔で、手に白い花束を持って木立から現れた。スティーヴンが彼女を抱え上げ、一行はまたすぐに動きだした。

次に止まったのは、きれいな空き地だった。固くなった筋肉を伸ばして、文句を言いはじめたおなかを満たすにはうってつけの場所だ。

マリアンに荷車から降ろされるや、オードラは急いで木立に駆けていった。マリアンはくすっと笑ってあとを追った。キャロリンの憤慨した表情が彼女の足を止めた。

「ウィルモントに着く前に、ちゃんとリサに礼儀を教えてやってちょうだい。身内にこんな恥をかかされるのはもういやよ。特に身分ある立派な人たちの前ではね」

マリアンは言い返そうとしたが、考えてみればキャロリンの言い分はもっともだ。あの子たちも、そろそろ貴族の家で子供が守るべき規律を思い出して、実践しなければ。

ブランウィックではウィリアムが甘いために、二人とも決まり事とは無縁な生活をしている。ウィルモントという権勢を誇る男爵のお膝もとでは、そんな寛容な扱いはとてもしてもらえないだろう。

ブランウィック一族の一員である娘たちの振る舞いは、キャロリンに影響してしまう。そのキャロリンは、当然ながら相手に一番いい印象を与えたいと願っているのだ。

「二人にちゃんと言っておくわ」

「忘れないでよ」キャロリンはオードラが走っていったほうに荒々しく去っていった。

こうして休憩を取っている今こそ、話をするにはちょうどいい機会かもしれない。マリアンはリサを捜したが、どこにも姿が見えなかった。

スティーヴンが笑顔で近づいてきた。「リサならアーマンドと一緒だ。パンをもらってる。腹ぺこなんだよ」

それはそうだろう。昨日はあまり食べていないし、今朝も出発前に粥《かゆ》をほんの少し口にしただけだ。しかし、今度はアーマンドに迷惑をかけている。彼だって子供のためにパンを取ってやる以外に大事な用事があるだろう。

これはもう、真剣に礼儀を身につけさせなければ。

スティーヴンがキャロリンが行ったほうに顎をしゃくった。「どうしてあんなに怒ってるんだ」

「今朝のリサの行動を見て心配してるの」

「リサの……ああ、予定外に止まったこと？」

「我慢させてくれたらよかったのに」

スティーヴンは腕を組んだ。「膝を濡《ぬ》らす覚悟でか？　そいつはどうかな」

「みんなを待たせて、キャロリンに恥をかかせちゃったわ」

「それは残念だ」

どうして彼はこうも鈍感なのだろう。男爵の家庭で育った彼だ。礼儀作法についてはキャロリンと同じだけの知識があるはずなのに。

「キャロリンは、あの子たちがウィルモントで行儀よくできるか心配なのよ。心配は当然だわ。ウィリアムが自分の城で勝手を許すのと、多くの人の前で行儀がなってないと思われるのは別だもの。あの子たちも頭ではちゃんと知ってるの。だから思い出させてやらなくちゃ」

「リサに苦しい思いをさせるべきだったのか？」

「そんなに切羽つまってたかしら。花を摘む余裕があったくらいですもの」

彼は片手を宙に投げ上げた。「私にわかるはずない。子供と旅するのは慣れてないんだ。行儀を教えたいなら教えればいい。だがいいか、旅の指揮をとっているのは私だ。私が止まるといったら止まる。それがどんな理由であってもだ」

怒らせるつもりはなかった。彼はよかれと思ってああいう行動に出てくれたのだ。

「ただ私は、あの子たちの気まぐれを簡単に甘やかさないでほしいだけ。今からは二人とも私の横に座っていたほうがいいと思うわ」

つかの間、彼の怒りが落胆に変わった。「オードラはもう一度順番が残ってる。それもだめなのか」

「いいわ、残った順番までは乗せてあげて」

スティーヴンは両手を腰に当て、木立から出てくるオードラを見やった。「何が子供のためなのか、たぶん君にはわかるんだろう」

本当にわかっていればいいのだが、最近はまるで確信が持てないときもある。中でも、娘たちを父親と会わせなかったり、父親に娘たちを近づけなかったりするのが果たして正しいのかどうか。ゆうべも今日も、彼は子供たちととてもうまく接していて、子供の扱いに明らかに天性の勘が見て取れた。娘たちも、彼の優しさに愛情で応《こた》えている。

スティーヴンと子供たちだけに真実を話すのは、そんなに悪いことだろうか。お互いの存在を知らせて、それでもみんなの人生が狂わないだろうか。

スティーヴンが今夜の女たちの寝場所となる天幕の設営を監督しているあいだ、子供たちは邪魔にならないよう引っこんでいた。二人とも本当は杭《くい》を打ってみたくて仕方ないのだ。マリアンは作業の様子は見せてやっているが、近づくのは許さない。

自分に任せてくれたら槌《つち》を持たせて好奇心を満たしてやれたのに、とスティーヴンは思った。静かに座っていて話しかけられたときだけ話すというのも大事だろうが、好奇心と元気を解放してやることにも意味はある。二人とも午後はほとんど荷車ですごし、マリアンの教えを受けていた。いろいろ言われて、今ごろはもううんざりしているに違いない。

「お話の本も持ってきてたらよかったのに」リサが不満げに言った。

「リサっ」マリアンの呼びかけには、最後に軽い非難が含まれていた。

リサは平然としている。「文句を言ってごめんなさい。でも、母様がご本を持ってきてたらよかったと思うのは本当だもの」

スティーヴンは大笑いしそうになるのを咳払《せきばら》いでごまかした。お遊びの時間だ。少し自由にさせるのもいい。次には行儀よく食べる練習が待っている。

「マリアン、子供たちを連れて一緒に川に行かないか。牛に水を飲ませたとき、確か岸に花が咲いていて蛙《かえる》もいた。子供たちが喜ぶだろう」

行儀のいいことに、リサもオードラも微動だにしない。興奮しているとわかるのは、きらきらした目を見開いているからだ。マリアンが大きな丸石に座ったキャロリンにちらと目を向けた。

スティーヴンはキャロリンを置いていくことへの罪悪感を振り払った。悪く思う必要はない。オードラを最後に馬に乗せたあと、キャロリンとはしばらく並んで進んでやった。残念ながらオードラといるほうが楽しかった。おしゃべりは半分聞き流していたが、その辛抱は意外にも報われて、次にはマリアンに関する興味深い話を聞くことができた。ブランウィックの男が何人かマリアンに結婚を申しこんだようだが、腹立たしいことにキャロリンの従妹《いとこ》は誰にもいい返事をしなかったらしい。

「川に行ってみましょうか」マリアンが言った。

「はい、母様」

「走らないのよ」

二つの頭がくるりと振り向いて母親を見上げた。走るなと言われて耳を疑っている。

「走らないの」強く言い渡してから、マリアンはスティーヴンを見た。「準備はできました。連れていってくださいな」

スティーヴンは落ち着いた足取りで野営地を進み、牛馬がつながれている場所で立ち止まって、エドウィンに行き先を告げた。あとに残る者の中では一番身分が高いのだから、エドウィンには声をかけておく必要がある。子供たちは彼に挨拶とお辞儀をしてから先に進んだ。

木立に入ったスティーヴンは歩調を速め、水を飲みにいく雄牛が踏み固めた道をたどった。水音が聞こえて、彼は振り返った。

「川の音が聞こえるか？　道はわかるね？」

「大丈夫」オードラは半分むっとしたようだ。

「よし。岸に着くのが一番遅かった者は、靴を脱ぐのも川に入るのもなしだ」

子供たちはどっと駆けて彼を追い越した。マリアンが両手を上げて天を仰いだ。

「すまない。我慢できなくてね」一応口先だけで言ってから、二人のあとを追いかけた。岸に着くと、リサが靴を脱いでいるところだった。

「オードラの負けよ」リサが言った。

「違うな。負けは君たちのお母さんだ」

オードラが感謝の笑みを投げかけた。スティーヴンは彼女の隣に座ってブーツと靴下を脱いだ。子供たちだけを楽しませておく手はない。それに、蛙を捕まえるときには助けがいるだろう。ズボンの裾《すそ》を巻き上げたあとは、すぐに三人で岸のそばのぬかるみを歩きまわった。

マリアンがようやく姿を現し、みんなの履物をきれいにそろえてから草の上に座った。蛙探しに誘うかと思ったが、見ていると、彼女は後ろに両手をついて体をそらせ、そのまま目を閉じて、弱くなりつつある日差しのほうへと顔を上向けた。

とても安らいだ表情。なんて魅力的なんだ。

スティーヴンは足首まで冷たい水に入っていたが、それでも股間《こかん》がざわめいた。大事な旧友を眺めるだけなら問題はあるまい。触れなければいいのだ。触れたが最後、熱く燃えて川で泳ぐはめになるだろう。

マリアンはなぜもう一度結婚しないのか。

確かに彼が口を挟む問題ではないし、そのことについては何週間も前に考えるのをやめにした。ただ、今日の午後に、彼女が縁組みの申し出をすべて断っていたと初めて聞かされ、そこからマリアンの死んだ夫について、またしても考えるようになった。どんな男だったのだろう。彼女に似合いの男だったのか。求婚を断ったのは、どの男も希望にそわなかったからか、それとももう結婚はしたくないのか。

結婚に強い嫌悪感を抱いてしまったのか、それとも、ほかの男がかすんで見えるほど最初の夫を愛していたのか。

彼女は外見も物腰もとても美しい。彼女ならば最良の夫を選ぶことができる。ウィルモントでは大いに男の目を引きつけそうだ。洗礼式にはおそらくイングランドの上流貴族のほとんどが招待されている。王までが姿を見せるかもしれない。なんといっても、王妃は小さなエヴァラートの、ジェラードの跡継ぎの名づけ親なのだ。

マリアンはブランウィックに残してくるべきだった。蜂蜜《はちみつ》に蜂が群がるように、彼女は妻をめとりたい男を引き寄せるだろう。中に彼女の弱さを利用する輩《やから》が現れでもしたら、剣に物を言わせてやる！

物騒な感情にスティーヴンははたと動きを止めた。人を裁くなど私は何を考えている。マリアンがウィルモントで希望どおりの伴侶《はんりょ》を見つけるなら、それでいいじゃないか。忠実で間違いなく信頼できる男、彼女と子供たちに安心できる家庭を与え、彼女たちを充分に愛し守ってくれる男であれば。

私とまるで正反対の男であれば。

マリアンのような女にとって、私は疫病神だ。彼女は安定をもたらしてくれる夫を必要としている。だから、私はキャロリンに求婚した。キャロリンは自分の生活を自分のやり方で守りたい女だ。

「蛙はどこ？」リサがきいてきた。

現在の役目に引き戻されたスティーヴンは、子供たちを丈の高い藺草《いぐさ》のほうへと導いた。「隠れているんだと思うよ」

「どうして」オードラがきく。

「もし君たちが蛙で、こんな強い人間たちに探されてるとわかったらどうだい。隠れないかい？」

子供たちは納得して藺草をかき分けた。スティーヴンはその様子を眺めていたが、蛙は見つからず、そのうち二人は落胆の表情を浮かべた。

スティーヴンはもっと楽な作業を提案した。「花摘みのほうがよさそうだな。天幕に持ち帰るなら、蛙より花のほうがいいだろうしね」

オードラが岸辺に繁殖した野草を見て、ぱっと顔を輝かせた。「キャロリンに少し持って帰る。キャロリンは花が好きだから」

「母様も花は好きよ」

「だったら二人分の花を摘もう。ただし急ぐんだぞ。

もうすぐ日暮れだ」今ごろ気づくとはどうかしている。「さあ」

　子供たちは川から駆け上がって花摘みへと急いだ。スティーヴンはまだ彼のブーツのそばに座ったままのマリアンのほうに歩いた。

　彼を見返すまなざしは鋭かったが、かわいい口もとには笑みがあった。「いけない人ね、スティーヴン。とても上品な振る舞いとは言えないわ」

　スティーヴンは隣に座った。「でもね、マリアン、暑い夏の日は蛙捕りで終わるのが鉄則なんだ」

「あの子たちにそんな話はしないでね」

「どうして。ウィルモントの近くには小川がある。あそこなら蛙の隠れる場所も知っている」

　マリアンの笑みが少し陰った。「明日の今ごろには、もうウィルモントに着いてるわよね？」

「楽に着ける。なぜだい」

　マリアンは肩をすくめた。「どうかなと思っただけ」彼女は視線をさまよわせ、スティーヴンの肩越しに子供たちのほうを見た。「ああ、なんてこと」

　マリアンが立ち上がり、スティーヴンも遅れて振り向いた。リサだった。小さな蛇をかわいい手に握り締めて、オードラにそっと近づいている。

「リサ、やめなさい！」マリアンが叫んだ。

　オードラが振り向き、蛇を目にするや悲鳴をあげて走りだした。スティーヴンは笑った。オードラが川に向かっているのを見るまでは……。大声で名前を呼んで止まるように言ったが、オードラは自分の悲鳴で聞こえていない。

　さして広くも深くもない川だが、どんな川にも必ず深みや強い流れがある。小さな子には危険だ。

　的に飛ぶ矢のように、マリアンがオードラを追った。スティーヴンは立ち上がり、母と娘の距離が狭まるのを見守った。恐怖にかられたオードラは、岸を下って藺草の茂みに――隠れ場所に入っていく。

茂みの奥まで入らなければ心配はない。だが、もし奥に進んで身動きが取れなくなったら……。スティーヴンは不安を打ち消したが、ともかく川へと歩きはじめた。

ブーツも何もそのままで、マリアンが川に入った。ガウンが急速に水を吸っている。彼女は藺草をかき分け、娘の名を呼び、必死になって進んでいく。

リサがスティーヴンの横を走った。彼はさっと動いてリサのチュニックの後ろをつかむと、すぐにその場に座らせた。

「ここに座ってろ。動くんじゃない！」兵隊に命令するような口調はリサを驚かせ、彼女の動きを凍りつかせた。

しばらくはおとなしくしてくれるだろう。スティーヴンは再び藺草のほうへと歩きだした。鼓動がどんどん速くなるが、ここは冷静でいなければ。マリアンはすでに茂みの先端まで行って、膝まで水につかっている。ガウンが濡れて重くなっているのに、あそこにいるのは危険だ。一歩間違えば大変なことになる。

岸の近くでがさごそと藺草が動いた。

「マリアン、戻れ。オードラはここだ」

オードラが茂みから出てきた。スティーヴンの声にマリアンがくるりと体をまわした。彼女は踏み出した一歩で均衡を崩し、倒れて片手を水についた。スティーヴンはシャツの紐《ひも》をすばやく外すと、背中でチュニックとシャツを一度につかみ、頭から引き抜いた。

視界がさえぎられたその数秒のうちに、マリアンの姿は消えていた。

嘘《うそ》だと頭の中で叫んだ。子供たちは現実に悲鳴をあげた。なだめている時間はない。ただ、オードラにリサの横でじっとしているよう厳しく命じた。

主よ、あの子たちがじっとしていますように。

スティーヴンは川に入り、最後にマリアンがいた場所まで、飛沫《しぶき》を上げてがむしゃらに走った。「マリアン！」耳を澄ませたが返事はない。「マリアン！」

川下からかすかに彼の名を呼ぶ声がした。これまでに聞いたことのない細い声。藺草の茂みをまわりこむと、足もとに感じていた小石の川底がなくなった。沈みながら水を飲んだ。泥の味がして口の中がざらついた。耳の奥で血管が脈打つ。

浮き上がろうと足を強く蹴《け》りながらも、流れのままにマリアンを追った。永遠に思える時間のあと、ようやく顔が出て息をついた。ぶるりと頭を振ると視界と意識がはっきりした。何度か大きく水をかいたところで、少し流れの緩い、水温もわずかに高めの胸までの深さの場所に出た。

「マリアン！」

「ここよ」

通り過ぎた後方に彼女がいた。見つかったという喜びはつかの間だった。マリアンはかろうじて水面から頭が出ている状態で、片手でか細い命綱を――倒木から川に大きく突き出た、折れた枝をつかんでいる。彼女の周囲で流れが渦を巻き、今にも彼女を押し流そうと――もしくは引きこもうとしている。

「つかまってろ！」叫んでからすぐに無駄な指示だと気がついた。マリアンが手を離すはずはない。

スティーヴンは倒木まで泳いだ。木は手で押せば簡単に動く。幹も枝もしがみつくには頼りないが、腕を伸ばしてもまだマリアンには届かない。

「スティーヴン？」取り乱してはいないが、怖がっている様子だ。

「足はつくか？」

「だめ」

スティーヴンは木にしがみついたまま腕をいっぱいに伸ばした。「私の手がつかめるか？」

マリアンは懸命に自由なほうの手を伸ばそうとするが、流れが邪魔してうまくいかない。問題は流れとガウン。ガウンが錘《おもり》の役目を果たしている。泳いで、捕まえて、岸に戻るという単純な方法が取れるならいいが、それは無理だ。渦巻く水流とガウンの重さで、二人とも水中に引きこまれてしまう。こうなったら枝まで行ってつかまり、マリアンが動けるようにガウンを脱がすしかない。きっと枝は持ちこたえてくれる。木も折れて流されたりしない。

「今からここをくぐって君の後ろに行く」

スティーヴンは幹の向こう側に出た。流れがきつい。頭を下げて下側から枝をしっかりとつかみ、祈った。大丈夫だ、持ちこたえている。

枝をつかむ手を少しずつずらしてマリアンに近づいた。彼女の手のすぐ上にある枝をつかんで、彼女の隣まで行った。樹皮に血がついている。いったん上の枝を握り、そして手が滑ったのだろう。彼女を腕の中に引き寄せたい気持ちを押しとどめて、ガウンの背中の締め紐に手を伸ばした。

「これを脱がなきゃだめだ。どこか痛むか」

「手だけよ。ブーツを蹴り捨てたときに片脚に痣《あざ》はできたかもしれない」

濡れた紐はなかなかほどけなかった。かじかんだ指でやるからなおさらだ。それでもなんとか結び目を解いた。紐が緩んでいくにつれ、流れがガウンを強く引っ張った。片手をガウンとシュミーズのあいだに入れ、重いガウンをマリアンの肩から外す。マリアンが袖《そで》から手を引き抜いた。

もう片方の手を抜くには、彼女が枝から手を離さなければならない。

スティーヴンはマリアンを引き寄せて胸の下に腕をまわした。「手を離して袖を脱げ。ガウンは川に流すんだ」

しかし、彼女は動かない。

「私が捕まえてる。離さないから、大丈夫だ」
マリアンはゆっくりと手を離し、スティーヴンに徐々に体重を預けた。スティーヴンはただじっと顔をしかめて重さに耐えた。彼女は袖から手を抜くと、重いガウンを腰から下へと押しやった。

枝が折れた。流れが容赦なく二人をのみこむ。

　スティーヴンは握っていた枝を離してマリアンをしっかり抱えこんだ。ここで離してたまるか。せっかく見つけたところじゃないか。マリアンを浮かせて顔を水面に出させるために、くるりと仰向けになった。半ば流れに乗り、ばた足で背泳ぎをしながら、流れの緩いほうへ、岸のほうへと進んでいった。確実に足がつくところで立ち上がると、マリアンを自分に向けてしっかりと抱き締めた。

「ああ、スティーヴン」マリアンはささやいて、彼の首に取りすがった。シュミーズに包まれた肌が、裸に近い彼の体全体に押しつけられた。彼女の首筋にキスをした。彼女が無事で、この腕の中にいることが本当にうれしい。「君のおかげで肝をつぶしそうだった」

「起きようとしなければよかったんだけど、起き上がったら、もっと遠くによろけて。そこで流れにさらわれて——」マリアンはかぶりを振った。彼女の額が肩を軽くこすった。「枝をつかんだあとはじっとしてたわ。あなたが来るとわかってたから」

　高揚感がスティーヴンを包んだ。苦しい戦いに勝利した気分だった。体力があればマリアンをくるくるとまわして、大声で喜びを表現するところだ。今はただマリアンの顔を上向けて唇を求めた。

　キスという行為は、喜びに酔った頭をまともに刺激し、スティーヴンを歓喜と満足の渦の中に引きこんだ。助けてほしいとは思わなかった。マリアンになら溺《おぼ》れてもかまわない。

　キスをしながら、彼は最初の恋人を再発見した。

マリアンは私を強く求めている。私が彼女を求めているように。ズボンを緩めて、この水の中で事を起こすこともできるだろう。マリアンはたぶん拒まない。彼の手を、彼の動きを、干し草の上にいた少女と同じように喜んで受け入れてくれる。

遠くで彼の名を呼ぶ声がした。アーマンドだ。子供たちの叫びが野営地に届いて、捜索が始まったのに違いない。

誘惑はあまりに強く、キスを終わらせるのはおそろしくつらかった。「もうすぐ見つかる」

マリアンの目に欲望がきらめいた。「もうすぐって、どのくらい？」

ここで踏み出していいものか？　「今すぐじゃないさ」

マリアンは彼の腰に両脚を絡めた。「だったらいいわよ、スティーヴン。見つかる前に私を満たして」

10

頼りない枝につかまって川の中にいるとき、これまでの人生をあれほど鮮明に思い返したのは、本当に驚きだった。それからマリアンは神と自分に誓った。すべてをきちんと正す——まずはスティーヴンからだと。

絶対に助けに来てくれると信じていた。あんなに早く見つけてもらっても、少しも意外には感じなかった。スティーヴンにはあとで子供のことを話し、何年も秘密にしていた罪深さを告白しよう。常に心に抱えていた彼への愛を告白しよう。優しい夫や父親になってほしいなら、放浪癖をやめてほしいなら、まずは私がその機会を与えなければ。

とりあえず今は、もう一度一つになりたいという思いを、熱く高ぶった気持ちを伝えたかった。あとは流れに任せればいい。

スティーヴンはまだ川岸の土手を見つめて、営みにどれだけの時間が使えるかと考えている。

「信じてくれ、私は抑えきれないほどその気になっている」彼はかすれた声で言った。「だけど、こんな形で君を抱きたくはない」

どうして。川の中のほうが楽で刺激的だと思っていた。「だったら土手で。お願い、スティーヴン」

彼は動かない。「君は混乱してて、何を言ってるか自分でわかってないんだ」

混乱してるですって？　自分の気持ちははっきりわかってるわ！「私はあなたがほしい。これでもまだ充分じゃないの？」

「うれしいよ」彼はささやき、マリアンを引き寄せて首筋に鼻先を押しつけた。

熱い息が冷たい肌に温かい。彼の両手が太腿をなで上げ、シュミーズの下をくぐってお尻を支えた。これこそ私の知るスティーヴンだわ。どんなときでも、どんな場所でも欲情して挑んでくる。やっと抑制を捨てて私を貫いてくれる。この深いうずきを癒《いや》すことのできるのは彼だけだ。

マリアンは両脚を彼の引き締まった腰に巻きつけ、なめらかで力強い胸板に乳房を押しつけていたが、そのため、いやでも彼の深いため息が感じ取れた。

「私にはできない。こんな形ではね。礼をしてくれるのはうれしいが、こんな褒美は受け取れない」

「え？」

「生き延びようと一緒に戦って、私たちは勝った。恐怖が去って、君は喜びに興奮してる。君はお祝いをしたいんだ。君を助けたこの私と一緒に」

言葉の意味が欲情した頭にしみこんでくるにつれ、燃えていた気持ちが急激に冷めた。マリアンは体を引いてスティーヴンを見た。彼は真顔だった。

「お礼？　あなたはそう考えてるの？」

「至極当然な反応だし、私はとても光栄に思う」

「そう」マリアンは愕然《がくぜん》とした。みだらな女のように思われているのだ。いいことをしてもらったお返しに体を差し出す女だと。

彼の考えには我慢ならない。

「つまり、うれしくて興奮している私は、誰が助けてくれたとしてもその男の竿《さお》を磨こうとする。そう言いたいのね」

スティーヴンは眉をひそめた。「言葉が悪いな」

言葉に異議を唱えても、考え方は否定してこない。こみ上げる怒りで声がつまりそうだった。

「もし、アーマンドが助けてくれてたら、私は彼にも体を差し出してたのかしら」

「だから、マリアン――」

「エドウィンでも？　彼はいい体格をしているわ。もし彼が川から私を助けてたら――」

「無理だ。エドウィンは年を取りすぎてる。助ける途中で心臓がいかれてしまう」

「エドウィンは年寄りじゃないわ。あなたもキャロリンもそんなふうに言うけど、もううんざりよ」マリアンは彼の胸を押した。「離して。感情に波がある私の欠点を暴いてくれてどうも」

「マリアン――」

「あなたの救助は終わったの。岸まで自分で泳げるわ。離して！」

スティーヴンの手が離れた。マリアンが泳ぎだす前に、またアーマンドの声がした。さっきよりずっと近い。

腹が立つ。時間は充分にあったのだ。

泣くのはよそう。深く傷ついた胸の内を表に出してスティーヴンを満足させたくはない。もう少しで愛を告白するところだった。愛する価値もなければマリアンの愛を求めてもいない、六年前と変わらないそんな男のために、とんだへまをするところだった。

さっと川底を蹴《け》って泳ぎだし、土手からそう遠くない場所で顔を起こした。アーマンドが、スティーヴンのシャツとチュニックとを握り締めて川の縁に立っていた。

「ああ、よかった。お顔を見て安心しました」

どれだけ体を見られてしまうだろうかと思った。濡《ぬ》れた薄いシュミーズではなんの覆いにもならない。もういいわ。スティーヴンにふしだらと思われているのなら、そんなふうに振る舞ってあげる。マリアンは水から立った。膝がようやく隠れる程度の深さしかない。アーマンドは一度彼女の全身を見て、それから真っ赤になった。

マリアンはすぐに軽率さを悔い、反対を向くと、怒りを向けられて当然の相手をにらんだ。スティーヴンも彼女を見た。鋭い視線でしげしげと。決まり悪さなど微塵《みじん》も感じていない。

見るといいわ。自分が何を捨てたのか。

彼の視線は揺るぎなかった。マリアンの誇示する全裸に近い体を、隅から隅まで眺めている。大胆な彼女への意趣返しとばかりに、余裕ある優雅な物腰で近づいてくる。まるで海から現れた古代の海神。

ああ、でも彼の体には見とれてしまう。本当にたくましくて、すばらしく均整が取れている。肩口のざらついた傷跡は彼の完璧《かんぺき》さを損なうものではない。左耳の魅力的な欠損も同じこと。女はただそういう場所に触れたくなる。残っている痛みを和らげてやりたいと思う。

マリアンは感情を抑えた。スティーヴンがすぐ目の前で立ち止まった。

「もしもう一度、誰でもないこの私を真に求めてああいう誘いをしてくれるのなら、そのときはためらわないと誓うよ」

「いいえ、もう二度とお誘いはしませんわ」

彼はわずかにうなずいた。「アーマンド、私のチュニックを。ご婦人の体が冷えている」

冷えているのは確かだが、それは内からくる冷たさで外からくるものではなかった。過去にも一度だけ、同じ冷え冷えとした空《むな》しさを感じたことがある。父の前でスティーヴンの名を出してはいけないとわかった日がそうだった。

アーマンドがチュニックを放《ほう》り、スティーヴンが受け止めた。彼はそれをマリアンの頭から着せた。裾《すそ》が水についた。スティーヴンの匂《にお》いがするが、暖かくて丈も充分長いため、これで歩いて戻れる。野営地に着くまではこの匂いを我慢しよう。

硬い土の感触を求めて土手へと進んだ。疲れが出てきた。娘からの抱擁が恋しい。温かい飲み物と柔らかい藁《わら》布団が恋しい。すべてを忘れて眠りたい。

「野営地の様子は？」スティーヴンが従者にきいた。

アーマンドはシャツを放った。「すべて順調です。あなたとレディ・マリアンが見つかりましたから。子供たちにはエドウィンがついています。兵士たちは藺草《いぐさ》の茂みを捜索中です。私は川の真ん中を一目見て、下流を探してみようと思ったんです」

「私の服を持ってきたのはどうしてだ」

「ただの癖でして。あなたの後ろから服を拾って歩くのが習慣になってますから」

スティーヴンはシャツに袖《そで》を通した。「ならば、ブーツはなぜ持ってこなかった」

「あの子たちが番をしてるんです。リサなんか、あなたが戻ってきて許しをもらうまでは絶対に動かないと言い張ってますよ」

「そうか、じっとしてくれてたんだな」

「リサの叫び声を聞いて、野営地にいた我々は川に向かったんです。リサがすっかり声をからしたために、事情はオードラが説明してくれました」

アーマンドの話で、マリアンの意識は再びすっかり覚醒《かくせい》した。「リサが叫んだから川に行ったの?」

「はい。小さいのに肺の力は相当ですよ」

ぞっとしてスティーヴンを見た。「子供たちだけにしてきたの? 先に誰かを連れてきて、あの子たちを頼まなかったの?」

スティーヴンは今やシャツで覆われている胸の前で腕を組んだ。「誰か連れてくるだって? 子供たちにはじっと座っているように命じた。それから君を追って川に入った。時間がなかったんだ!」

「あの子たちは半狂乱になってたはずよ。何をしでかすかわからないじゃないの!」

「ちゃんと、命令をきいてくれた」

「子供だけにするなんて無茶だわ!」マリアンは上流に向かった。

「マリアン、気をつけろ!」スティーヴンが叫んだ。

くるりと振り返って彼をにらんだ。「ご心配なく。私だって無事に戻って、エドウィンに子供たちを見てくれた〝お礼〟をちゃんとしたいですから」

言葉どおり気をつけて歩いたが、むしろそれは、木立を裸足《はだし》で歩くのが大変だとわかったからだった。歩いているあいだ、後ろでずっとスティーヴンとアーマンドの声が聞こえていた。少しすると、前方から兵士たちの声が聞こえた。

いくつもの松明《たいまつ》が小さな場所を照らしていた。水際から充分離れた土手に子供たちが座り、エドウィンが横に立っている。すぐにマリアンも座ってオードラとリサを胸に抱いた。二人は涙ながらにごめんなさいを繰り返した。大丈夫だからとマリアンはなだめた。とても叱《しか》ることはできない。

スティーヴンが来るのが気配でわかった。子供たちは話をやめ、涙に濡れた顔を上げてゆっくりと立ち上がった。

「お母さんに謝ったかい？」彼は優しく尋ねた。

「はい」しわがれたふぞろいの声で二人が答える。

　スティーヴンは膝をついて腕を広げた。「じゃ、おいで」

　子供たちの勢いで、彼の体が後ろに揺れた。彼は目を閉じてしっかりと二人を抱き寄せた。娘たちの背中に垂れた漆黒の三つ編が、父親の同じ色の髪から落ちる水滴を吸っている。

　マリアンは涙をこらえた。それは、スティーヴンの抱擁が、正気をなくしそうなほど怯《おび》えた者にとってどれほどの安心と励ましを与えてくれるのかを知っていたからだった。私だって慰められたじゃないの。ああなる前には……。

　スティーヴンは二つの小さな額にキスをした。

「私も謝ろう。君たちだけにして悪かった。怖くてたまらなかったろう。ふつうなら動いてもおかしくないときでも、言いつけを守っていたそうだね。勇気のいる行動だ。二人ともとても誇りに思うよ」彼はマリアンの視線をとらえた。「それから、勇気を持ち続けたお母さんもだ。子供たちをよく教育したね、マリアン」

　娘たちは教えたことをすぐに理解して覚える。苦労して覚えた教訓を忘れてばかりで、六年に一度は何かで自覚しなおさなければならないのは、母親のほうだ。

　昨日と同じく、マリアンは先頭を行く荷車の御者の隣に座っていた。今日の御者はとてもおしゃべりだ。聞き役でいられるのがありがたかった。これで何かの手慰みがあればと思う。なんでもいい、何かに集中してゆうべの出来事を忘れていたかった。

　枝に懸命につかまって——今日は素直に認められるけれど——死ぬかもしれないと思っていたとき、六年間を生きなおしたいと心から思った。想像の中でスティーヴンを理想の男性にした。彼女を本気で愛し、家での暮らしに満足している夫。夫婦はすてきな土地で双子と、それから、あとに生まれた何人かの子供たちと暮らしていただろう。両親も訪ねてくれて、きっと娘を誇りに思ってくれていた。

心温まる夢物語。

朝日とともにマリアンは現実と、ばつの悪さと、生きていることへの素直な感謝の気持ちを意識した。

神様にはもうお礼を言った。思いつく限りの天国の魂にも。ただスティーヴンにはまだ話せなかった。感謝の言葉も、本当にふしだらだったと謝る言葉も見つからない。かわいそうに、アーマンドはこちらを見るたびに真っ赤になっている。

御者の誰かに、ブランウィックに連れて帰ってと頼めたらどんなにいいだろう。もちろん無理な話だ。現実にはウィルモントに近づいている。今の願いは、荷車の後ろに這《は》っていって、毛布を頭からかぶって荷物の一部になりたいという、ただそれだけ。思っても行動に移せるわけはない。

もう一つの現実は、スティーヴンへの愛をもはや否定できないということ。

彼女の誘いを断ったスティーヴンには感謝すべきだろう。行為にまで及んでいれば、承知してもらえるはずのないお願いを彼にしていたかもしれない。そうなれば、今日はただつらいというだけでなく、耐えがたい苦しみを味わっていたはずだ。

御者が手綱をぴしゃりと振って、雄牛を丘の上へと駆り立てた。「しっかり目をあけて見ていてください。城の一番いい眺めが見えてきますから」

ウィルモントの城は、マリアンが見たことのないほど巨大な要塞《ようさい》だった。大きな塔が中央の広い丘にそびえ、まわりは二重の厚い城壁で囲まれている。高い見張り塔が四隅と城門の両脇《わき》にある。広い堀で隔てられた要塞の外側は、木々のない広々とした土地――守りを考えた対策だ。これで要塞の内にいながら、外からの敵が容易に視界に入る。

今、その外の土地には、いろんな色の天幕が点在していた。

御者は小さく笑った。「男爵はイングランドの半分を招待しようと思われたようですな」

「私はあの緑のがいい！」オードラが言った。「だって、すごく大きいもん」

「そりゃあね。ウォリック伯の天幕ですから」

御者の勘違いかとマリアンは思った。「ウォリック伯がウィルモントに天幕を持ってこられたの？」

「ええ。ほとんどの客人がそうですよ。広間の藁布団のほうがよければ別ですが。男爵はご自分の生活を邪魔されるのがお嫌いです。ご家族やそば仕えの召し使いをのぞけば、奥を使える客人はわずかです。もちろん、王様がおいでになれば、そのときは男爵も折れるでしょうね。たぶん」

オードラが母親と御者のあいだに顔を突き出した。「私たちの天幕は、あの緑の天幕の隣に張るの？」

御者はオードラに微笑《ほほえ》みかけた。「緑のが気に入ったんだね。まだ場所はあるだろう。君たちを大塔で降ろすように言われている。それから天幕を張るんだ。緑の天幕のそばで場所を探してみるよ」

「あの青いのは誰の？」

それからしばらく、御者は天幕を示しては持ち主の名前を挙げていった。伯爵に男爵。イングランドの上流貴族たち。マリアン自身も貴族の血筋に入るかもしれないが、ここに来た人たちは彼女よりはるかに身分が高い。ティンフィールドのエドウィンやキャロリン・ド・グラースよりも上だ。

そしてマリアンの父、ヒューゴ・ド・レーシーも彼らの地位には及ばない。娘がウィルモントのスティーヴンと結婚していれば、父もこういう祝いの席に招待されていた。父なら伯爵や男爵たちと顔見知りになるのをどんなに喜んだことか。彼らの口添えで、マリアンの兄が宮廷での地位を得る可能性だってある。兄の出世の道を私は閉ざしてしまった。

急に母や妹たちへの思慕の情が苦しいほど胸にあふれて、目頭が熱くなった。妹たちもみんな大きくなったことだろう。マリアンは喉もとの塊をのみこんだ。こんなふうに考えるのも、死の手前まで行った昨日の経験のせいだ。そうとわかっているのに、頭から振り払うことはできない。

「しっかりつかまっててください」御者が言った。「門に入るまでちょっとのあいだ揺れますからね」

マリアンが前方を向き、御者は手綱を振って雄牛に跳ね橋を渡らせた。スティーヴンと彼の横に並んだキャロリンを先頭に、一行はまもなく外庭、中庭を通り、石造りの大塔の外階段の手前で止まった。かなりの人数の召し使いが一行を取り囲んだ。彼らを代表するのは無愛想な白髪の男だったが、どうやら彼がウィルモントの家令らしい。

「やあ、ウォルター」スティーヴンが声をあげた。「先頭の荷車が私の荷物で、ほかはレディ・キャロリンの持ち物だ。誰かに言って、彼女の天幕を張る平らな場所を探させてくれ」

「はい、スティーヴン様、ただいますぐに。レディ・アーディスが広間でお待ちです」

「ジェラードは？」

「まだ狩りからお戻りではございません」

スティーヴンは馬を降りてキャロリンに近づき、彼女の腰をつかんで降りるのに手を貸した。妻にしようと思う女性に見せた礼儀正しい、しかし親密な振る舞いだった。

彼が結婚を望んでいれば、キャロリンは家族の部屋のベッドを使う資格を得るのだろうか。エドウィンは、たぶん広間の藁布団を選ぶ。となれば、天幕を使うのはマリアンたち母子だけになる。

「レディ・マリアン、手を貸しましょうか」

いつでも手助けできるように、エドウィンが荷車の横に立っていた。スティーヴンに投げつけた、エドウィンにちゃんと〝お礼〟をするとの脅しの言葉。それを思い出すと、マリアンは彼の顔もまともに見られなかった。御者が子供たちを地面に降ろした。天幕に逃げこめるときまでは、なんであれ、やるべきことをちゃんとやろう。マリアンは織りの粗い茶色のスカートを手にまとめると、キャロリンに借りた大きすぎるフェルト製の黒い靴にしっかりと足を突っこんで、荷車を降りた。

彼女は礼儀正しいエドウィンの腕に支えられながら、できるだけ品よく、スティーヴンとキャロリンの待つ階段の下まで歩いた。急な階段を上がるのは、なかなか難儀だった。子供たちは、当然ながらすぐに駆け上がっていった。

スティーヴンが真鍮《しんちゅう》の取っ手をつかみ、大きな樫《かし》の扉をさっと引きあけた。マリアンは足を引きずって大広間に入ったが、キャロリンとぶつかりそうになってあわてて足を止めた。

「すばらしいわ」キャロリンが感嘆の声をあげた。

「立派だな」エドウィンの冷静さには、何か違和感が感じられた。目が不安そうだ。

広間を見渡して、マリアンは理由を知った。エドウィンは今、ウィルモント男爵の富と権力のすべてを目の当たりにしたのだ。キャロリンをめぐって自分と争っているその弟からは想像していなかったろう。どんな男でも――女でも――これでは面食らう。

ウィルモント城の大広間は、そこに足を踏み入れる者すべてに感銘を与える造りになっていた。複数の松明が広い空間を照らしている。大理石の彫刻が、丸天井を支える高い柱を飾り、その天井からは金色をちりばめた緋色《ひいろ》の旗がいくつも下がっている。白く塗られた四方の石壁には、数々の武器が見事なタペストリーと競い合うように飾られていた。そろそろ夕食の時間だ。巨大な炉の内で肉は焼かれていなかったが、マリアンには、牛一頭が丸ごと太い串《くし》に刺されてまわっている様子が想像できた。暑さのため調理は外で行われるのだろう。

高壇の布のかかったテーブルの向こうに、黒っぽい木を彫った、玉座のようにどっしりとした椅子が二脚見えた。その後ろにいくつか止まり木があるが、今は中の二つだけが見事な隼《はやぶさ》に占拠されている。

どこを見ても、着飾った貴族が歩いていた。宝石のついた鎖や飾りピンを輝かせ、金やしろめのゴブレットを片手に持って、食事か、もしくは狩りからの男爵の帰りを待っている。

マリアンはエドウィンの腕を離してささやいた。

「あなたにはやることがあるわ。私と子供は大丈夫だから」

いいのかという視線が返ってきた。マリアンはエドウィンを彼にふさわしい場所、キャロリンの横へと追いやってから、二人の子供に両手を広げた。

高壇の近くから、集団を離れた一人の女性がきびきびとした足取りで扉のほうに近づいてきた。黄色のガウンとヴェールを身にまとい、とび色の髪を後ろで一本の三つ編にした、目を見張るほど美しい女性だった。その顔が心からうれしそうに輝いた。

スティーヴンがキャロリンの腕を離して、現れた女性のほうにお辞儀をした。「ああ、アーディス。また君の体に両手がまわせるな」

女性は軽やかに笑い、背伸びして彼を抱擁した。

「ほめ言葉だと知らなければ、衛兵に言ってご立派なあなたを表に放り出させるところよ。あなたを迎えられなかったから、ジェラードは残念がるわ」

「狩りが不首尾に終わったら、だろう。不首尾に終わる見通しの低さは、君も私も知っている。兄上も私を待って狩りに出てもよかったろうに」

アーディスは体を離した。「大丈夫、まだ機会はあるわ。さあ、お客様を紹介してくださいな」

位の高さに従って、スティーヴンはまずエドウィンから始め、続いてキャロリン、マリアン、子供たちという順で義姉に紹介した。

ぼろを着た〝レディ〟にも微笑みをいっこうに絶やさない彼女を見て、マリアンは好印象を深めた。

「来ていただけて、ジェラードも私もとても喜んでるんですよ」それは全員を意識しながらも、とりわけキャロリンに向けて言われた言葉だった。

キャロリンが軽くお辞儀をした。「お招きいただいたよりも大人数になってしまいました。ご面倒をおかけしなければよいのですが」

アーディスは片手を振った。「これだけの人がいらっしゃるんですもの、少し増えたくらいなんでもないわ。本当よ」それから作法も黄色いガウンも気にせずに屈《かが》みこみ、子供たちと向き合った。「こちらはどなたかしら？」

「こっちがオードラです」マリアンは軽くオードラの手を引っ張った。その意味に気づいたオードラが、膝を曲げてお辞儀をした。「それから、リサ」彼女もオードラにならった。

「なんてかわいいんでしょう！」アーディスは二人を交互に見た。「だけど、どうやって見分けたらいいかしら。ああ、ここ」リサの額に手を伸ばす。

「ほくろが……あら、泥ね」アーディスは笑った。

「大丈夫、何か区別できるところを見つけて名前を間違わないようにするわね」

リサは肩をすくめた。「どっちがどっちか言えない人が多いです。ちゃんとわかるのは母様だけ」

スティーヴンが胸の前に腕を組んだ。「おいおい。私が間違えて名前を呼んだことがあるかい？」

オードラはにっこり笑った。「ううん、まだ」

背筋に震えが走った。二人の名前は、生まれたときから知っている人でも呼び間違えることがある。キャロリンでさえそうなのだ。ああ、もう！　スティーヴンが間違わないのは、単にしっかり観察してるからよ。父親だからというだけで、不思議な直感が働いたりはしないわ。

　レディ・アーディスが小首をかしげた。「それはたぶん、スティーヴンに双子と接した経験があるからね。私も双子なのよ。もう一人は男だけど」

「コーウィンはどうなった」スティーヴンがきいた。

　アーディスは体を起こした。「兄とレディ・ジュディスは昨日ロンドンに発《た》ったわ。ジェラードはあなたに使者を出そうとしたけど、考えたら使者と会うころには、もうこっちに近づいてるでしょ」

「ここにいたのに、もう発ったのか」がっくりしたと同時に、見るからにほっとしている。

「話すと長くなるわ。またジェラードが戻ってからね。彼が戻ったらすぐ食事になるけど、それまでは葡萄《ぶどう》酒やエールを飲んでいてちょうだい」

　アーディスは一歩踏み出したところで足を止め、リサをじっと見つめた。彼女の鋭い視線にマリアンは胃が縮みそうになった。

「困った顔してるのね、リサ。どうかしたかしら」アーディスがきく。

　マリアンは速くなる鼓動を落ち着かせようとした。同じ子を持つ母親として、アーディスは小さな子の困惑顔に気づいただけだ。スティーヴンの髪とそっくりな黒髪を気にしたわけではない。意味のない視線や言葉にいちいち怯《おび》えていたら、何時間もしないうちに気がおかしくなるし、悪くすれば妙な反応をして内心の不安を悟らせてしまう。

　リサは、実際にとても思いつめた顔をしていた。

「えっと……」リサは口ごもってから顔を上げた。

「ねえ母様、赤ちゃんを見せてもらえるかどうか奥方様にきくのはお行儀が悪い？」

「お母さんに子供の自慢をさせるのは、ちっともお行儀が悪いことじゃないのよ」アーディスは答えた。「そうでしょう、マリアン？」

その言いまわしにマリアンは微笑んだ。「ええ。でも奥方様はお客様の相手でお忙しいでしょうし、また別のときにしたほうがいいですわ」

アーディスはかぶりを振った。「いいえ、今がちょうどいいの。様子を見にいく時間だもの。あの子は時間どおりにミルクをほしがるから。スティーヴン、私に代わってエドウィンとキャロリンを、ウィルモントふうにもてなしてくださらない？　私はマリアンと子供たちを連れて上に行ってるわ」炉のほうをちらちらと見やった。「あなたのお母様がこっちを見てる。ご挨拶《あいさつ》をしたほうがいいわ」

スティーヴンは天を仰いだ。「義理で出てるんだろ」

「口を慎んで、スティーヴン。一生懸命変わろうとなさってるのよ」

「君が言うから仕方なくさ」

アーディスは険しい表情になったが、非難の言葉は一言も発しなかった。発する必要はなかった。スティーヴンはすぐに降参して両手を上げた。

「わかった。キャロリン、エドウィン、行こうか」

三人が離れていくと、アーディスは表情を緩めた。「勝手に決めてしまったかしら、レディ・マリアン。あなたも一緒に来たいかと思ったものだから」

行きたかった。理由はいくつかあるけれど、中でも、服装が場にそぐわないという理由は大きい。この時間はリサの頭痛について話すいい機会でもありそうだ。話がすめば子供たちと天幕に行ける。もう二度と城内に立ち入らずにすむ。

「いえ、ご推察のとおりです」

アーディスが先に立って階段に向かった。マリアンは子供たちを前に歩かせ、自分はしんがりを取って懸命にすり足で歩いた。気になって炉のほうに目をやった。スティーヴンがキャロリンとエドウィンを黒髪の中年の女性に紹介している。スティーヴンと母親は驚くほどそっくりだ。彼が挨拶をいやがるくらいだから、仲はよくないのだろう。不思議に思ったが、所詮《しょせん》、自分が口を挟む問題ではない。

アーディスが肩越しに振り返った。「足もとに気をつけてね。階段が狭くて急だから」

上階に攻め入ろうとする敵を想定して造られているため、階段は急角度のらせんを描いていた。こんな階段を剣を片手に、身動きしにくい鎖帷子《かたびら》を着て進もうと思う人の気が知れない。マリアンなど、脱げやすい靴というたった一つの厄介物があるだけで、どれだけ苦労しているか。

半分上ったところで一度転びかけ、そこでマリアンは靴を脱いで手に持った。裸足というみっともない姿を見られるほうが、アーディスを階段から突き落としてしまうよりまだましだ。

靴は階段を上りきってからまた履いた。眉を上げて問いかけるアーディスに、一言こう答えた。「借り物なんです」

「母様は川で溺《おぼ》れそうになって、ブーツはそのときなくしたの」リサがつけ加える。

「ガウンもです。スティーヴンが母様を助けたけど、ガウンはだめだったから」オードラが続けた。

「スティーヴンは川に飛びこむ前にシャツを脱いでて、だから母様はスティーヴンのチュニックを着て天幕に戻ってきたの」

「だけど、ブーツが見つからなくて、母様はキャロリンの靴を借りたんです」

アーディスは目を丸くして口をあけている。

頬がかっと熱くなった。「もうその辺にして」

アーディスは気を落ち着けた。「大変な旅でしたのね。無理ないわ……そうね、せめて足に合った靴を探しましょう」

「いえ、そんな、お手間を取らせるようなこと」

「何が手間なものですか！　そのお話は最初から全部聞かせてくださいね」

マリアンは何も話したくなくて、とまどってしまった。そのためらいが長すぎた。

「リサが私を蛇でびっくりさせて、それで私が藺草の中に走って逃げたんです」

「母様は川の中に走ったの。そして、オードラが出てきて、母様は転んで。スティーヴンが私たちにじっとしてなさいって言って、それからスティーヴンは母様を助けに川に飛びこんでいったんです」

「だから二人でそこにじっとしてて、大声を出しました。だって怖かったから」

アーディスは二人の顔を交互に見つめた。「わかるわ。とっても怖かったのね」

リサがうなずいた。「それから男の人たちが天幕から走ってきて母様を捜したんだけど、見つからないの。そしたら母様は林のほうから出てきて、スティーヴンも一緒だったから怖くなくなりました」

「私たちがじっとしてたから、スティーヴンは誇りに思うって。あ、母様のことも。だってみんな勇気があったからって」

アーディスは微笑み、オードラの頭に手を置いた。「二人ともとても勇敢で、言いつけも守れたのね。私も誇りに思うわ」娘たちは満面の笑みを見せた。「スティーヴンのこともよ。あのね、スティーヴンは私がとても困っていたときに勇気をくれたの」

「溺れかけたんですか？」オードラがきく。

「いいえ、でも危険な目にあってね」何かに取りつかれたようにアーディスの笑みが陰り、瞳がくもった。「ずっと感謝してるの。その日にスティーヴンが私やデイモンと一緒にいて、希望と勇気をくれたこと。それから、とても大変な怪我《けが》をしたのに助けにきてくれたわ。私が彼を英雄だと思ってるのを、彼がわかってくれたらいいんだけど」

「スティーヴンに言ったんですか」リサがきく。

「もちろん、何度もね。ちゃんと聞いてくれるまで、これからも言い続けるつもりよ」アーディスに笑みが戻った。「私は双子の兄と同じくらい彼が大好きなんだけど、彼は頑固だから！　さあ、赤ちゃんはもう起きてるかしら」

　とても大変な怪我。

　マリアンはあとについて歩きながら、スティーヴンの肩の傷と耳たぶの欠損を思い浮かべていた。あれがアーディスを守ってついた傷なら、彼はなぜ当然の賞賛を受け入れないのだろう。たいていの男は勇敢な行為をほめられて喜ぶものだ。

　昨日の彼は本当に英雄だった。命の恩人だし、賛辞を贈って感謝もしたい。でも、もう〝お礼〟はしないわ。

11

スティーヴンはゴブレットの葡萄《ぶどう》酒をまわし、気の利いた求婚者を演じながら、キャロリンと彼の母親であるレディ・アーシュラが絹の値の高さについてたわいない話をするのをぼんやりと聞いていた。

　何が困るというんだ。高い値のつく品だってあるさ。鎖帷子《かたびら》に忠実な馬、丁寧に研がれた剣、塩に宝石に絹。キャロリンも母上も、どんなぜいたくでもできる金を持っていながら、なんの不満がある。

　エドウィンはうまくやった。良識ある彼はブランウィックの天幕設営の監督を申し出て、この意味のない会話につき合わずにすんだのだ。アーマンドも逃げていった。おおかた、武器庫で自分の寝床や持ち物の確認でもしているのだろう。

まあ、どこかほかの貴族の集団に近づいていくのは可能だ。当家の一員として温かく迎えられ――弟を通じて男爵に取り入ろうとするどこかの輩《やから》のお追従を聞かされる。おもしろくはない。

なんとなく階段のほうに目を向けた。マリアンはまだ下りてこない。心配はしていなかった。アーディスと二人で話しているあいだは大丈夫だ。マリアンは赤ん坊を見て感嘆の声をあげ、たぶんアーディスにリサの頭痛の話をする。

心配なのはそのあとだ。だからこそ、こうして母上のそばにいて母上と話せる機会を待っている。もしマリアンが困った立場になくて、キャロリンが従妹《いとこ》の窮状に無関心な顔をしていなければ、わざわざこんなことはしなかった。

最後に母上と話したいと思ったのはいつだろうか。はるか昔だ。スティーヴンは生まれたときから母の存在に悩まされてきた。彼女は望まないままスティーヴンを産んだ。我が子にろくに話しかけもせず、彼が若者になると、いいように使おうとした。彼女の情け容赦ないもの言いに触れる機会を、スティーヴンは可能な限り避けている。

この数年で少しは丸くなったのかもしれないが、怒鳴り合う言葉や悪意に満ちたののしりを散々聞かされてきた身としては、変わったと言われても完全には信用できない。マリアンについては同情からではなく義務として助けてくれるだろう。それでも、マリアンが救われるのなら、理由や方法に文句を挟む気はなかった。

あとは、キャロリンをほかの場所に行かせるうまい口実があればいいのだが。

「そうじゃないかしら、スティーヴン？」

物思いから一瞬で引き戻された。「ああ、キャロリン。ちょっとぼんやりしてた。なんだい？」

キャロリンは微笑《ほほえ》み、気にしないでというように手を振った。「別に、大したことじゃないわ」

レディ・アーシュラが小首をかしげた。「ねえ、スティーヴン。私はあなたがこの場を離れないことに驚いているの。私たちの会話は、あなたの興味をひくものではなかったでしょうに」

注意力のなさを責める言葉が、なるほど母上にしてはずいぶん優しい。

「確かに注意がそれてました。たぶん、ウィルモントの広間でこれほど盛大で楽しい集まりを見るのに慣れてないからでしょう。まるで違いますからね……以前……とは」

つまり、ジェラードが男爵になって独自の権利を確立したり、ジェラードが結婚して妻を女主人の座につける以前と比べての話だ。権限の引き渡しは母上を苛立《いらだ》たせたが、ジェラードは容赦なかった。アーシュラはジェラードのお情けで城に住まわせてもらっている。母上の言動がおとなしいのはジェラードの力が怖いからで、心の中が変わったからではないと、スティーヴンは固く信じていた。

レディ・アーシュラが引きつった笑みを浮かべた。「あなたの小さいころに比べたら、今は祝い事が多いんですよ。それはわかるでしょう?」

そうかもしれない。だが今は自分のにしろ母上のにしろ、過去の傷について考えているときではない。

「実は、食事の前にキャロリンが天幕に戻って身支度を整えたいのではないかと考えていたんです。道中、道が乾いていて埃《ほこり》っぽかったですからね」

キャロリンは自分のガウンを見下ろした。「まあ、大変」

〝思ったとおりだ〟スティーヴンはうまいひらめきに気をよくしつつ、近くにいた給仕係の娘に合図をした。「ミーヴ、レディ・キャロリンの天幕がもう張られてるころだ。案内して、必要ならば手を貸してさしあげなさい」

ミーヴは驚いて目を丸くした。母上は冷たく目を細めている。

キャロリンは階段を見やった。「マリアン――」

「マリアンはレディ・アーディスがいいと思えば下りてくる」

キャロリンはミーヴを見て、階段を見た。「奥方様のお邪魔をしたくはありません」アーシュラに軽くお辞儀をした。「おつき合いくださってありがとうございました、レディ・アーシュラ」

彼女は駆け出すようにして着替えに出ていった。

「スティーヴン、あなたは今、厨房《ちゅうぼう》の娘に貴婦人の世話を頼んだのですよ。しかも、本当の侍女が二階にいて、呼んでこられるというときに」

「母上、マリアンはキャロリンの侍女ではありません。従妹です。身分も同等ですよ」

「でも、あの身なりは！」

まさに恐れていたとおりだ。決して上品とはいえない服装のせいで、マリアンは一目見ただけで見下されてしまう。

「途中で災難にあいましてね。レディ・マリアンの持ち物が一番被害を受けたようなんです。食事の前に、彼女にふさわしいガウンと履物を見つけてもらえませんか。それでなくても大変だったのに、これ以上決まり悪い思いはさせたくないのです」

アーシュラは階段を見やった。「アーディスがレディ・マリアンを家族の部屋に連れていった理由がわかったわ。彼女が困っていると気づいて手を打ったんでしょう」眉間《みけん》にしわが寄った。「キャロリンの従妹と言いましたね？」

「マリアン・ド・レーシーという名です」

「なるほど。せめて今夜着る分は、何か見苦しくない服を探しておきましょう」

アーシュラは階段に向かった。

「母上」アーシュラが立ち止まって振り返ったとき、スティーヴンは彼女の前ではめったに言わなかった言葉を口にした。「ありがとう」

　アーシュラはしばらく彼を見つめたのち、小さくうなずいて思いがけない感謝を受け入れた。

　彼女が階段の上に消えると、スティーヴンはもう一度部屋を見渡した。どの集団と話すのが一番楽しいだろう。というより、一番面倒がないだろう。

　大広間の巨大な扉がいきなりあいて、兄のジェラードが入ってきた。腕に隼《はやぶさ》を止まらせ、後ろに数人の男を従えている。

　助かった。

　ウィルモント男爵、ジェラード——亜麻色の髪をした立派な体つきの兄は、明らかに上機嫌な様子で広間を見渡した。妻を捜しているようだ。スティーヴンは歩み出てジェラードの前方に立った。

　兄が気づいたので、その顔に広がる笑みを見ながらお辞儀をした。「残念ながらアーディスは赤ん坊の世話で上に行っている。話し相手は私で我慢してもらうしかないな」ふと見ると、灰色のチュニックと両手に血がついている。「どうしたんだ」

「身の程知らずの兎《うさぎ》が馬の前に出てきた。愚かにも馬に踏まれて、私の膝に放《ほう》り上げられたのだ」彼は隼を鷹匠《たかじょう》に渡し、スティーヴンの腕を小突いた。「着替えるからついてこい。従者の代わりだ」

「トーマスはどうした」

「血で汚れた私の馬を洗っている」ジェラードは階段へと歩きはじめた。スティーヴンも並んで歩く。

「道中、何もなかったか?」

「いろいろ大変だったが、それより先にコーウィンの話を聞かせてくれ」

　兄を先に立てて階段を上り、城主の部屋へと進んだ。子供部屋の横で歩調を緩めた。こもった笑い声が聞こえる。問題なくやっているようだ。

上階で一番の広さを誇る城主の部屋は、そこを使用する者の個性を映し出していた。大きな四柱式の寝台はジェラードの体格でもゆとりがある。周囲を覆う優雅な垂れ布はアーディスの好みだろう。飾り気のない衣装箱は兄の率直な言動を反映し、大きな樫《かし》のテーブルに置かれた一輪の薔薇《ばら》の彫り物からは、兄嫁の遊び心が感じられる。簡素な台に載った陶製の洗い桶《おけ》は、いかにも使いやすそうだ。

ジェラードは手や顔を洗いながらスティーヴンにコーウィンの話をした。彼がキャンモアのジュディスの救出に向かい、最終的にはイングランドの王権に対する反逆を阻止するに至ったという、すぐには信じがたい話だった。

「今はウェストミンスターにいて、ヘンリー王に事の次第を報告し、ジュディスとの婚姻の許しを願い出ている」

スティーヴンは友人の大胆さに驚いて、小さく口笛を吹いた。「王室の女性とサクソン人の騎士との婚姻か？　ヘンリーが許すかな」

ジェラードは衣装箱をさぐって白い麻のシャツを取り出した。「まあ、結果を待とう」

扉が叩《たた》かれ、ジェラードが答えた。「入れ！」

入ってきたのはジェラードの従者トーマスだった。茶色い髪のひょろりと背の高い若者は、扉を閉めると、楽しげな表情でスティーヴンにお辞儀をした。

「スティーヴン様、英雄のご帰還だとみなが噂《うわさ》していますよ。川に飛びこんで裸に近いご婦人を助けるという状況は、そうあるものではありません」

ジェラードの眉がさっと上がった。スティーヴンはうめいた。アーマンドや御者たちからどうやって話が漏れたんだ。くそっ、全員に固く口止めをしておくんだった。

「マリアンが川で転んで流れにさらわれたんだ。私が一番近くにいたから追いかけた。それだけだ」

ジェラードは腕組みをした。「ほう。水浴びをしてたのか、彼女は？」

この態度と口調。困ったやつだと非難したいのだ。まったく、ジェラードの説教なんぞは間違っても聞きたくない。

「違うんだ、ジェラード。私は女の水浴びをのぞいたりはしていない。転んだとき、彼女はふつうに服を着ていた。ただ、岸に助けあげるにはガウンが邪魔で、脱がせるしか方法がなかったんだ」

「方法がなかった？」

「そうだ、方法がなかった」

「ふむ。マリアンか？ 結婚したい女の名はキャロリンだと思ったが」

「マリアンはキャロリンの従妹だ。アーディスと話をさせるために誘って連れてきた。彼女の娘の一人がひどい頭痛持ちなんだ。彼女と娘たちは今アーディスと一緒にいる」

トーマスが、銀で縫い取りのされた藍色《あいいろ》のチュニックをジェラードに手渡した。「レディ・マリアンは魅力あふれる方だと、アーマンドに聞きました」

マリアンが水から立ったとき、アーマンドは目をそらすべきだった。だが、怒るに怒れない。何しろスティーヴン自身が同じ光景を堪能《たんのう》しているのだ。官能的な体の曲線も、薔薇色の頂を持つ胸も、脚のつけ根の陰りも、じっくり目に焼きつけた。そしてシュミーズも脱がせず、あれほどの露骨な誘いにも応じず、自分のチュニックを彼女に着せた。

あのときのマリアンの感情は正しく理解していたと思う。おそらくは、こちらの気持ちがうまく通じなかったのだ。彼女は誤解した。助けにきた男となら誰とでも行為に及ぶという含みで話をした覚えは一切ない。なのに、高貴に振る舞ったばかりに、彼は今マリアンに軽蔑《けいべつ》されている。

「アーマンドはもっと口を慎むべきだ！」

面食らった表情でトーマスが首を傾けた。「アーマンドはほかにも、子供たちが愛らしいとか、レディ・キャロリンがとても美しいと話していますが、そういう言い方はいけないのでしょうか」

思わず表に出してしまった怒りを、スティーヴンは抑えた。アーマンドが婦人たちをほめたからといって、なぜ怒る必要がある。しかし、どういうわけかマリアンについて意見を言われるのは腹立たしかった。おそらくは、アーマンドがマリアンの多くを見てしまったからだろう。

マリアンのせいで頭がおかしくなりそうだった。正常な判断ができなくなっている。

マリアンを求めるあまり、ほかの男が彼女の魅力に気づいたと考えるだけで、嫉妬《しっと》の炎が燃えて胃が痛くなる。どうにかしてマリアンへの思いを断ち切らなければ。一番の方法は思いを遂げることだ。ウィルモントの城内であれば、人目につかない場所はすべて熟知している。城の外でもいくつかは心当たりがある。あとは時間を決めるだけだ。

といっても、当の相手のほうは、もうその気が失《う》せているだろうが。

スティーヴンは扉のかんぬきに手を置いた。「どちらの女性も美しいし、子供たちは愛らしい。だが、格上の者の特質をどうこう考えるアーマンドは不謹慎だ。失礼する、ジェラード」

彼は部屋を出て、荒々しく扉を閉めた。

ジェラードはチュニックを頭からかぶりながら、一体スティーヴンに何があったのかといぶかった。

「トーマス、私の想像はとっぴすぎるのか？　スティーヴンはレディ・マリアンの話に妙に神経質になっているようだが」

「それでしたら、私の想像も同じでございます」

「アーマンドと話をするぞ」

「承知しました、旦那《だんな》様」

アーディスは赤ん坊を揺り籠《かご》に寝かせると、椅子に戻ってガウンの乱れを整えた。「これでいいわ。また何時間かは機嫌よくしていてくれるでしょう。双子の赤ちゃんを見る苦労はわからないけれど、きっと大変で休まる暇がなかったでしょうね」

マリアンは椅子の背に体を預けた。子供部屋にある大きな家具はこの二つの椅子だけだ。「ええ。一人が泣きやんだとたんに、もう一人がお乳だったりおしめだったり。少なくともそんな感覚でした」

彼女はオードラとリサがいるほうに目を転じた。二人は三歳になるアーディスの息子エヴァラートの厚い藁《わら》布団の上にいる。そのエヴァラートは、異母兄で六歳になるデイモンと一緒にデイモンの藁布団に座っている。彼らは周囲に木で作った兵士を並べ、女の子対男の子という形で、にらみ合う軍隊の中央にある子守り娘の藁布団に交替で進撃していた。

アーディスが小さく笑った。「見て、デイモンったら優れた戦術家のつもりよ。また策を練ってる」

彼女の言うとおり、いたずら心をのぞかせてデイモンの緑の目が輝いていた。スティーヴンと同じ緑だ。この家の男の特徴なのだと、アーディスは教えてくれた。目の前の二人の男の子は髪が亜麻色で目が緑という父親似だが、今度生まれたマシューは、母親のとび色の髪と青い目を受け継いでいる。おなかを痛めて産んだ子のほうがかわいいだろうと想像しがちだが、アーディスは、デイモンも我が子同様にいとおしく思っているようだ。

貴族の女性が夫の非嫡出の子に愛情を注ぐことはめったにない。しかし、アーディスとデイモンは何かの苦難を一緒に乗り越えたというから、それで仲よくなったとも推測できる。スティーヴンを英雄だと思ったその事件について、アーディスはまだ多くを語ってはくれなかった。

めったにないといえば、貴族の女性が自分で育児をするのも珍しい。たいていは乳母を雇いたがるものだ。スティーヴンはアーディスをすばらしい女性だと言うが、マリアンもそのとおりだと思いはじめていた。

デイモンがときの声をあげて子守り娘の藁布団を急襲し、木の兵士を三つの藁布団と床の上全体に弾《はじ》き飛《と》ばした。完全な勝利だ。

「父親に似たのね」アーディスは苦笑いして椅子から立った。「こうして上でこもっていたいけれど、下にはお客様がいるから。でも、その前に足に合う靴を探しましょう」それはと言いかけるマリアンを、彼女は手を上げて制した。「広間でお客様が転ぶような危険は見逃せないわ。私に任せて」

口を開く時間はなかった。扉が叩かれ、アーディスが三人の美しく着飾った女性を部屋に招じ入れた。ブーツを持っている二人の女性には見覚えがなかったが、もう一人、空色のガウンを腕にかけた女性はスティーヴンの母親だった。

立ち上がったマリアンは、スティーヴンが母親と似ていることにあらためて感銘を覚えた。黒々とした髪。オリーブ色の肌。典雅な顔立ち。ただ、目の色は違う。それから表情も。スティーヴンはにこやかだが、母親はどちらかというと厳格な印象だ。

アーディスがにこやかな笑みを浮かべた。「レディ・アーシュラ、私の心をお読みになったの？　そのガウンはクリスティーナのでしょう？」

「ブーツもよ」アーシュラが答える。「スティーヴンからレディ・マリアンの窮状を聞いたの。あなたと階段を上がっていく前にちらっと見ていたから、クリスティーナと同じ寸法だろうと思ってね」

私のためなのだ。マリアンは頬が赤らんだ。

「私も同じことを考えてました」アーディスがガウンを手にして持ち上げた。「寸法はいいんじゃないかしら。どう思う、マリアン?」

スティーヴンが余計なお節介を。よりにもよって、私のためにお母様の手を煩わせるなんて。ガウンは必要ない。でも、もし着てみたならば、空色で美しい麻のガウンは自分にぴったり合うかもしれない。きれいな色。最近は茶色や灰色の服ばかり着ているけれど、こんな色なら気持ちが明るくなりそうだ。

「お気遣いはありがたいのですが、ご心配には及びません」

レディ・アーシュラが当惑して眉をひそめた。

「途中で災難にあったとスティーヴンから聞きましたよ。あなたの持ち物が被害を受けたのだと。夕食のときに着る服がないと心配していたわ。あの子の話は間違っていたのかしら」

当家の人や招待客と交流するつもりのないマリアンは、ウィルモント城の壮麗な大広間での食事に着て出られる服など、はじめから持参していない。でも、スティーヴンは知らないはず。推測したの?

「そのとおりですけれど、ほかの方のガウンを取り上げたくはありません。子供と私は天幕に下がって、持ってきた食糧から食事をとります」

アーディスは笑みを崩さなかった。「ここの侍女はみんなガウンをたくさん持っているから、クリスティーナは何も困らないの。みんなで食事ができるのに、さみしく食べることはないわ。そのあとは、また二人でお話もできるでしょうし」

アーディスが授乳しているあいだ。マリアンは彼女といろいろな話をした。ほとんどは互いの子供のことで、リサの頭痛にも少し話が及んだ。心引かれる誘いだったが、大広間で食事ができない理由はほかにもいくつかある。それはアーディスにもアーシュラにも打ち明けることはできない。

「子供たちもきれいな服は持っていないんです。それに、旅の疲れですぐに寝たがります。あの子たちのせいで食事の席を乱しては――」

アーディスがさえぎるように手を振った。「デイモンとエヴァラートはここで食べるのよ。お嬢ちゃんたちも一緒に食べるといいわ。世話は子守りの女性がしてくれます」

そういうことなら、あの子たちが大勢の中で疎まれたり、スティーヴンや彼の母親と同じ黒髪だと気づかれたりせずにすむ。それに、今夜を逃せばアーディスとじっくり話せる機会はないかもしれない。とはいえ、子供たちの気持ちも大切だ。マリアンは二人の女主人に数歩近づいて静かに口を開いた。

「ゆうべの事件で子供たちは怖い思いをしたんです」アーディスを見て言った。「あれからずっと私のそばを離れません。きっと不安がります」

アーディスは思案顔で子供たちのほうをちらと見た。「心配なのはわかるわ。だけど、お嬢ちゃんたちがいいと言えば、少しの時間離れたほうが、お互いのためにもなるんじゃないかしら」

マリアンもそうだと思った。それに、大広間で夜をすごすという魅力には逆らいがたい。最後に大きな祝宴に顔を出したのは、まだ十六のときだった。ブランウィックでは祝宴を開く機会がなかった。キャロリンの結婚式は二度とも夫の領地で行われたため、マリアンは出席していない。下の大広間では食べ物も娯楽も十二分に提供されるだろう。自分がこういう楽しみをどれほど求めていたか、これまでは気づかずにいた。子供たちが許してくれるなら、招待客に混じって一、二時間楽しんだところでなんの問題があるかしら？

そのうち赤ちゃんのおなかがすいて、アーディスが子供部屋に上がる。そのとき一緒について上がって、リサの頭痛の話を終わらせてしまおう。あとは子供たちと天幕に引き上げ、ブランウィックに戻るときまでそこにいればいい。

マリアンが顔を向けると、子供たちは四人とも藁布団のそばに立っていた。当然、今の会話もほとんど聞こえていたはずだ。娘たちは不安そうにしている。マリアンは心を決め、二人を小さく手招きした。二人はのろのろと歩いてきた。よくない兆候だ。

娘の肩にそれぞれ手を置いた。

「レディ・アーディスから、下の大広間で食事をするお誘いを受けたの。聞こえていたと思うけど、あなたたちはここに残って、デイモンやエヴァラートと一緒に食べていいそうよ。子守りの人がちゃんと世話をしてくれるわ。どう、いや？」

二人はちらと視線を交わし合った。マリアンには数年前からおなじみの光景だった。意見を一つにする必要がある場合に、二人はこうして無言の会話をし、互いに相手がどう思っているかを判断する。

オードラが先に顔を上げた。「長く帰ってこないの？」

マリアンはかぶりを振った。「いいえ、食事のあいだだけよ。次にレディ・アーディスがマシューにお乳をあげるときに一緒に戻ってくるわ。遠くに行くのでもないの。すぐ下だから。用があったら、母様を呼んでくださいって人に頼めばいいわ」

リサがアーディスを見た。「スティーヴンも同じところにいるんですか？」

この質問にマリアンは大きく動揺したが、娘の気持ちは理解できた。ゆうべは彼が母親を助けたのだ。

「そうよ、リサ。彼もちゃんといるわ」アーディスが答える。「約束する。みんなでお母さんのこと、しっかり見てるから。あなたたちはグウィニスが気に入ると思うわよ。お世話をしてくれる人だけど、子供の遊びをたくさん知ってるわ」

娘たちは再び顔を見合わせた。結論が出たようだ。

リサが代表で言った。「だったら、大丈夫」

マリアンは屈《かが》んで二人を抱き締めた。呼ばれて子守り娘が現れたが、若い彼女の朗らかさにマリアンは好印象を持った。遊びに戻った子供たちを残し、マリアンは婦人たちに続いて廊下からアーディスの部屋に向かった。

「少し急がないとね」アーシュラが言う。「ジェラードが帰ったから、すぐにみんなテーブルにつきはじめますよ」

アーディスの歩調が緩んだ。「それなら、私は下りたほうがいいですね。マリアン、あなたをアーシュラに任せていいかしら」

「それはもちろん――」マリアンは立ち止まった。「ああ、どうしましょう、キャロリンのことを忘れてました。支度に私の手がいるんです」

アーシュラがかぶりを振った。「キャロリンならもう天幕に着替えに行ってるわ」アーディスに視線を移して驚き顔で続ける。「信じられるかしら、スティーヴンはミーヴをお世話につけたのよ。私の判断でクリスティーナもつけたけど。厨房の娘に侍女の仕事をさせるなんて、一体何を考えているのか」

アーディスは軽く笑い声をたてた。「違いがわからないんでしょうね。たまにずれた言動があるみたいですけど、でも、いつも善意からですよ」

マリアンは部屋に入り、楽しい夜をすごそうと決めて着替えにかかった。抱えている問題は茶色い農民ふうの服と一緒に脱ぎ捨てて、空色のガウンで気分を明るく浮き立たせた。これからの二時間は楽しむことだけを考えて、不安は忘れよう。

ガウンはゆとりは少ないがぴったりだった。ブーツは余裕があるけれど大きくはない。侍女が髪を梳《す》いて、編んで、ヴェールをかぶせてくれる。そのあいだにマリアンは気分が和らいでいった。

「ずっとよくなったわ！」アーシュラが言った。

鏡で自分の変身ぶりを見て、本当だと思った。ずっと、ずっとよくなった。

12

　スティーヴンはアーディスの隣という高壇の特別席を与えられて、なかなか気分がよかった。ここからだと、大広間にずらりと並んだテーブルでの出来事がほぼすべて視界に入る。席を同じくした貴族同士で仲がいいのはどこか、悪いのはどこか。ときにはおもしろい組み合わせを目にする場合もあった。

　キャロリンもまた、ジェラードの左でアーシュラの隣という大変光栄な席を与えられていた。この席次によって、彼女は大きな敬意を持って城主の家族に迎えられているのだと広間の全員が理解する。なぜかとの憶測がすぐになされるだろう。中にはすでにスティーヴンの結婚の意思に気づいた者もいるはずだ。となれば、次は結婚の宴の日取りや、誰が招待されるかといった問題が議論に上る。

　客たちはもちろん、スティーヴンとエドウィンのあいだで行われている知恵比べのことは知らない。キャロリンの結婚相手がまだはっきりしていないとは知らないわけだ。彼らはただキャロリンに与えられた尊敬を目の当たりにして、彼らなりの推測をする。それこそがまさにアーディスのねらいだった。ただ、その彼女も知恵比べのことは何も知らない。しかしながら、家族がキャロリンを受け入れていると知るのは気分のいいものだ。競争相手に家族の賛同を見せつけるのも悪くはない。

　片や誰が見ても首をひねるのが、ティンフィールドのエドウィンとマリアン・ド・レーシーを最高位のテーブルの上座に座らせたアーディスの意図だった。祝宴に訪れた中でもっとも身分が高く、ジェラードの大親友かつ盟友であるとの理由から、ふつうなら高壇に座るウォリック伯爵夫妻だが、丸々二つ席次を下げられたというのに、二人の上流貴族はどちらも気を悪くした様子はない。それどころか、エドウィンやマリアンとの会話を楽しんでいるように見える。

いまだアーディスの真意がよくわからないスティーヴンだったが、給仕人が最初の料理を運びおえるまで余計な質問をしないだけの分別はあった。代わりに彼は、伯爵が言った何かの言葉に目を輝かせるマリアンの姿をじっと見つめた。

これこそ、何年も前に初めて見たときの彼女の姿だ。上等な麻のドレスに身を包み、楽しげに目を輝かせ、冗談にはすぐに笑顔を返す少女。もう一人のマリアン――織りの粗い農民ふうの服を着た寡婦は、今夜ばかりは逃げ出しているようだ。追放に微力ながら協力できて、スティーヴンはうれしかった。

マリアンはこういう場所にいるべきだ。堂々とした広間で、身分に合った装いをして、同じ高貴な仲間と語り合う。彼女に村の小屋での隠遁《いんとん》生活は似合わない。彼女もかつては父親の家で影響力を誇り、心地よい声や軽妙な会話でみんなを魅了していた。誰とでも、たとえ相手が召し使いでも、気取りなく話をしていた。ところが、彼女はなぜかすべてを捨てた。もしくは失った。

スティーヴンの胸に、自分にも何かの責任があるらしいとの悶々《もんもん》とした不安がよみがえった。これまでにも彼は、家族との確執についてきこうとし、死んだ夫についてもっと知ろうと努力した。だが、マリアンはそれを拒絶した。無理強いはできない。

アーディスが座席で体をまわして扉のほうを見た。扉があき、五人の屈強な若者が入ってきた。各々が運んできた大皿には、充分な下準備ののちに炙《あぶ》り焼きされた孔雀《くじゃく》が載っていた。テーブルの客たちに感心されながら、彼らは給仕の仕事に取りかかった。

アーディスがわずかに肩の力を抜いた。

スティーヴンは彼女を肘で突いた。「いいね」

「誰かの膝に孔雀が滑り落ちなければいいけど」

本気で心配しているとは思えなかった。ウィルモントの使用人は、そういう不測の事態を招かぬよう充分教育されている。それでも、中の一人がジェラードへの給仕のために高壇に近づいてくるのを、彼女はじっと見守っていた。

「教えてくれないか、アーディス」

「何？」

「エドウィンとマリアンをあんないい席に座らせた理由だ」

ようやく、彼女の注意がこっちに向いた。

「都合がいいから、という理由がほとんどね。マシューのところに行くときに、小さく合図するだけですむもの。それと、エドウィンと一緒なら、知ってる顔同士で落ち着けると思ったの」

「で、君がマシューの世話に立つのとマリアンとどんな関係がある？」

「マリアンも一緒に上に行くからよ。お嬢ちゃんたちとそう約束してるし」

事情は承知しているでしょうとでも言いたげだ。そんな困惑ぶりが伝わったのだろう。

「あら、マリアンに上でのことを聞いていると思っていたのに」

マリアンとは話す機会がないままだった。スティーヴンが首を横に振るのを見て、彼女は続けた。

「ゆうべの事件でマリアンの子供たちはとても怖い思いをしたでしょう。今日も母親が視界から消えるのをいやがってたわ。マリアンは子供たちに、すぐに戻る、遠くにも行かないと約束したの」アーディスはスティーヴンの腕に手を置いた。「それでもあの子たちは納得しなかった。あなたも同じ広間にいると聞くまではね。どうやら一度母親を助けてくれたから、何かあったらまた助けてくれると思ってるみたい。ずいぶん信頼されてるのよ。あなたなら、どんな人より信頼されて当然だと思う」

　孔雀が領主のテーブルに届き、アーディスは再び自分の役目に注意を戻した。

　今のアーディスの言葉は、スティーヴンの心を苦しめた。自分などよりはるかにアーディスに尊敬されていい者は何人もいる。自分は彼女の期待にそえなかったのに、彼女はどうしてもそれを認めない。あの真夜中、ジェラードの残酷な敵に彼女とデイモンがさらわれたのは、私の落ち度なのだ。兄のジェラードはいとしい二人の身柄を私の手に預けたが、私は二人を守れなかった。

　スティーヴンは食事用のナイフを指でもてあそんだ。双子の子供たちの気持ちをくんで、アーディスはマリアンの席を彼の真下に定めていた。彼がマリアンを見守り、いざとなれば守ってやれるように。

　重い信頼だが、そんな信頼はしてほしくなかった。これまで人の期待を何度も裏切ってきた。オードラとリサを悲しませる結果にでもなったら……。

　だからこそ、スティーヴンはキャロリンとの結婚を選んだ。キャロリンが彼に期待するのは一つだけ――たまにベッドに来て子種を授けていくこと。なぜか彼女に欲情しなくなってはいるが。くそっ、そういう期待なら、相手が誰であろうと問題が起こるはずはないと思っていた。

　伯爵がベンチから立ち、ゴブレットを高く掲げてアーディスへの賛辞を大声で唱えた。ほかの客たちも、口笛を吹いたりテーブルを叩《たた》いたりしながら騒々しい歓声をあげた。スティーヴンもゴブレットを掲げ――マリアンを見た。歓喜に満ちた表情だ。

　スティーヴンはどきりとした。まわりの騒ぎが耳に入らなくなり、マリアンのかわいい顔に浮かんだ陽気な笑みのほかには、何も見えなくなった。ゴブレットを掲げた彼女の視線がわずかに動き、スティーヴンの視線と一瞬完全に絡み合った。

雷に打たれたように体がかっと燃えて、全身の感覚がざわめいた。彼女のもたらす喜びは大きい。眺めていても、話していても、抱いても――。

「スティーヴン、冷めないうちに肉を食べたほうがいいわ」

視線を落とすと、木皿に肉の大きな塊が二つ載っていた。アーディスが置いたものだろうが、スティーヴンは気づいてもいなかった。

「ありがとう」ぼそりと言い、余計な考えは晩餐《ばんさん》が終わるまであるべきところに押しこめようとした。

それが容易でないのは、マリアンの笑い声が聞こえて彼女の存在を意識してしまい、話をしている彼女の手振りに目がいってしまうからだった。彼女があれから一度もこちらを見ずに、ただエドウィンと笑顔で話しているのだからなおさらだ。

心の中で何度も悪態をついた。料理に手はつけたものの、胃が重かった。最後に砂糖やシナモンがかかった干し杏《あんず》や干し葡萄《ぶどう》が出ても、ほとんど口にはできなかった。いつもなら喜んで食べるのだが。

アーディスが椅子にもたれて、片手をおなかに置いた。「もう二人分食べなくていいんだってこと、ちゃんと自覚しなおさなきゃ」

「でも、体力を保つためには食べたほうがいい。ここでの君の働きぶりからすれば、三人分食べても、その魅力的な体の線は崩れないよ」

「ありがとう。でも、やっぱり控えることにするわ」アーディスはマリアンの席を見下ろした。「声をかけづらいわね。あんなに楽しそうだもの」

「上に行く時間かい？」

「ええ、そろそろ」

マリアンの邪魔をしても全然かまわないとスティーヴンは思った。彼女はティンフィールドのエドウインやウォリック伯チャールズと、やたら楽しそうに話をしている。

「任せてくれるなら、私が連れていくよ」

「優しいのね」

　自分でもそう思った。そして、次第に苛立《いらだ》ってきた。アーディスはジェラードに何かを言ったが、席を立とうとはしない。だが、それも当然だ。男爵が立たない限り、誰もテーブルを離れはしない。そして、ジェラードはまだ席を立つ段階ではないようだ。杏がまだ残っている。

　マリアンも同じだった。彼女は自分の鉢から肉厚のフルーツをつまむと、その杏のかけらを口に運んで、じっと唇にくわえた。なめているようだ。杏のまわりを舌で濡《ぬ》らしてふやけさせている。

　スティーヴンは目を閉じてひそかに身を震わせた。ジェラードの椅子が動く音を聞いてさえ、苦しみから逃れることはできなかった。

　マリアンは杏を噛《か》んでその甘さを味わった。男爵はすでに椅子を引いて席を立っていた。みなも同じようにしてよいとの合図だ。我ながら欲深いとは思うけれど、あと一時間はおいしい料理や芳醇《ほうじゅん》な葡萄酒や心地よい会話を楽しんでいたい。

　とんでもないことに、彼女の席次はウォリック伯爵より上だった。食事に先立ってアーディスが伯爵に事情を話したが、伯爵夫妻は全然いやな顔をしなかった。とても楽しい人たちだった。そしてエドウインも……。彼の求婚を断るとは、キャロリンはなんてばかなのだろう。食事のあいだの彼は、魅力たっぷりで堂々としていた。

　高壇にいた男爵以外の人たちも席を立ったが、高壇を下りるのではなく、ただ立ち上がっておしゃべりをしている。アーディスが階段に向かうまでは、マリアンも動く必要はない。彼女は鉢に残った最後の杏を口に放《ほう》った。

伯爵夫人が瞳を輝かせて身を乗り出した。「それで、もうすぐスティーヴンとレディ・キャロリンは結婚するのかしら」

マリアンは喉がつまりそうになって、ぐっと唾《つば》をのみこんだ。広間の誰もがキャロリン・ド・グラースへのウィルモント家の敬意に気づいていた。どこでも伯爵夫人と同じ推測をしているだろう。

ばかげた話だが、マリアンはキャロリンやスティーヴンの顔をとても見られず、避ける努力を続けている。だいたいのところはうまくいっていた。

「その話は、まだ何も決まってないのですよ」エドウィンが静かに、落ち着いた口調で答えた。エドウィンにすれば、キャロリンがスティーヴンの家族に受け入れられた様子を見るのは、どんなにかつらいだろう。しかしながら、声を聞く限りは落胆したふうでもなく、マリアンはうれしかった。

スティーヴンがキャロリンを連れて近づいてきた。キャロリンは心配事があるようだ。笑みを浮かべてはいるが、全然楽しそうではない。

スティーヴンが伯爵のほうに軽く頭を下げた。

「チャールズ、今日の狩りではずいぶん鷺《さぎ》をしとめたそうじゃないですか」

満足げに伯爵が答える。「そうとも。ジェラードは歯痒《はがゆ》くてたまらんだろう。きっと、明日はわしを負かすつもりでおるぞ」

「でしょうね。でも私がお二人を負かします」

「挑戦する気かね？」

「当然です」スティーヴンは次にエドウィンを見た。

「前にウィルモントの鷹《たか》小屋がどうのと言っていたな。明日一緒に来ないか？」

「喜んで」エドウィンは答えた。本心だろうとマリアンは思った。マリアンでさえ、高壇の後ろに止まった隼《はやぶさ》の一羽を飛ばす機会があれば、躊躇《ちゅうちょ》はしない。隼はどれもそれぞれに立派だった。

「すばらしい。話がまとまったところで、申し訳ないがレディ・マリアンを借りていきますよ」

マリアンは身を乗り出してスティーヴンのまわりを見た。アーディスと男爵が離れた場所に立って待っている。彼女は立ち上がったが、広間に残るか娘たちのところに戻るかで心は二分していた。もちろん戻るべきだ。しかし、広間を離れるのは想像していたよりずっとつらかった。

「おかげですてきな夜がすごせました」マリアンは伯爵夫妻に言った。「本当に楽しかったですわ」

伯爵が立って、マリアンの手を両手で包んだ。

「こちらこそ。こんなに早く別れるとは残念ですよ」

スティーヴンはくっくっと笑った。「でも伯爵、私も意地悪じゃありませんからね。マリアンを連れていく代わりに、キャロリンを置いていきますよ」

マリアンは身を引いてキャロリンを通した。キャロリンはわずかに笑みを引っこめ、体を寄せてささやいた。「もう子供たちと天幕に戻るの？」

「ええ」

「よかった。あとで話しましょう」

キャロリンは何を気にしているのだろう。何かあったの？　スティーヴンの家族に何か言われて、苛ついてるの？　もしかして、スティーヴンとの結婚を考えなおそうと思うほど重大なこと？

ばかな、とマリアンは自分を笑った。奇跡でも起こらない限り、キャロリンはそこまで悩まない。

スティーヴンがマリアンの肘を支えた。体中に震えが走った。彼はジェラードとアーディスが待っているほうへ、軽くマリアンを押した。

「青い色がとても似合ってるよ」彼が小声で言った。

喜んではいけない。マリアンは彼のお節介に腹を立てていたことを思い出した。

「私がガウンを持ってないのを、お母様に話すことなかったのに」

彼は体を寄せてきた。彼の息が温かく肌をなでる。

「本当に話さないほうがよかったかい？　ずいぶん楽しそうに見えたけどね」

「楽しかったわ。伯爵も奥様もすてきな方だし、エドウィンは一緒にいていつも楽しいし」

「つまり、私は君の好意を取り戻せたのか？」

マリアンはゆうべ彼につらく当たった。今日はずっとぶしつけな態度をとっていた。彼は何も悪くないのに、自分から仲なおりしようとしている。

「あなたに謝るわ、スティーヴン。あとで話せる？」

「たぶん」茶化すような口調だった。

近づいてくる二人を見て、アーディスが微笑《ほほえ》んだ。

「マリアン、私の夫とはまだ会ってなかったわね。ジェラード、こちらはマリアン・ド・レーシーよ」

マリアンは深々とお辞儀をした。起き上がると、男爵の緑の目がじっと自分を観察しているのに気がついた。強い視線だが怖くはない。

「レディ・マリアン、ウィルモントでの滞在が、いくらかでも、道中の出来事の埋め合わせになるのを願っているよ」

男爵もゆうべの災難について知っているのだ。どれだけ話が広がっているのだろう。伯爵は何も言っていなかった。みんなが知っているわけではないようだ。

「寛大なもてなしに感謝いたします、男爵」

「君の娘が、上で私の息子たちといるそうだね」

「りりしいお顔のお子様たちですわ」

ジェラードの口もとがふっと緩んだ。「私もそう思うよ」

アーディスが階段に向かい、マリアンもあとに続いた。スティーヴンとジェラードは後ろからついてくる。今度は階段を上るのも楽だった。残念だが、ガウンやブーツはここで返さなければならない。

アーディスが子供部屋のドアをあけた。子守り娘の弾むような陽気な声が響いてきた。子守り娘は椅子に座って赤ん坊を抱いていた。ほかの子供たちは彼女のまわりの床に座り、各々の木皿から食べ物を口にしながら、彼女の話に耳を傾けている。

ドアのあく音を聞いたのだろう、リサとオードラがマリアンを見つけるや、立ち上がって走ってきた。勢いよくぶつかってきたのはゆうべと同じだが、今日は涙もごめんなさいの言葉もない。ただうれしそうに、ほっとした顔をしている。

オードラが体を離して、スティーヴンに走り寄った。彼がオードラを抱え上げたと思ったら、今度はリサが彼の脚に抱きついた。

スティーヴンは優しい笑顔で彼女たちの愛情に応《こた》えた。マリアンは心が張り裂けそうだった。

私は彼に話をするだけでいい。

スティーヴンは自分の子と認めるだろう。二人を愛してくれるだろう。マリアンと違って、今よりずっといい生活をさせてくれそうだ。娘たちは父親の愛情を得て、父親の富の恩恵を受ける。

しかし、名前はもらえない。スティーヴンが母親と結婚しない限り、二人は私生児であるという苦しみを背負う。双子という事実と重なれば、相当の重荷だ。スティーヴンにマリアンと結婚する意思はない。彼はキャロリンを妻にしたいのだ。その点は、晩餐の席で彼の家族がはっきりと示してくれた。

キャロリン。従姉《いとこ》である彼女には大きな恩義がある。なのに、ゆうべスティーヴンに抱きついたとき、私はなんの迷いもなく彼女を裏切るところだった。自分がどれだけスティーヴンを愛していようと、また、キャロリンにふさわしいのはエドウィンだと信じていようと、彼女が結婚を望んでいる相手と親密になる権利は私にはない。

スティーヴンが子供たちの髪をくしゃくしゃとなでた。「疲れた顔だな。もう天幕に戻るか？」

「一緒に来てくれる？」リサが期待を込めてきいた。

スティーヴンは困った表情で屈《かが》みこんだ。「お母さんのことなら、このウィルモントで心配することは何もない。ゆうべ起きたのは事故で、もう終わったことなんだ。わかるね？」

二つの小さな頭が縦に動いた。

彼は二つの顔を交互に見た。「それでも、天幕まで送ったほうが安心だというなら、そうするか」

「はい」二人はきれいに声をそろえた。

「よし、決まりだ」スティーヴンは立ち上がった。

「マリアン、行こうか？」

マリアンはアーディスと話をするつもりだったが、男爵夫人はすっかり疲れている様子だった。

「レディ・アーディス、お話はまた今度にさせてもらってかまいませんか？」

「もちろん、かまわないわ。明日ではどう？」

「ええ。じゃあ、私たちはこれで。すてきなお食事、ありがとうございました。さ、二人とも？」

彼女がスティーヴンと扉の横で待つあいだ、子供たちは挨拶《あいさつ》とお礼を言ってまわった。アーディスとジェラードに、子守り娘に、そして男の子たちにも。

四人で部屋を出たとき、マリアンはガウンを借りたままだと気がついた。

「ちょっと待って」スティーヴンに言い置いてアーディスの部屋に急いだ。置いていた靴とガウンをしっかり丸めて小脇《わき》に抱える。借りたガウンは明日持ち主に返そう。

スティーヴンは不思議そうに小脇の荷物を見たが、何も言わなかった。彼は先に立って階段を下り、大広間の端を進んだ。何人かがこちらを振り向いたが、別段気にしている様子は見られない。注目されずにすんでほっとしながら、マリアンはスティーヴンと子供たちのあとから扉の外に出た。夏の黄昏《たそがれ》が広がっていた。

この時間は中庭も外庭も静かだった。マリアンはスティーヴンの横に並んだ。子供たちは数歩前を元気よく歩いている。

話すべきことを話すにはいい機会だ。

「昨日は助けてくれてありがとう。もっと早く感謝の気持ちを伝えるべきだったのに、恥知らずよね」

「いや、確か、君は伝えようとしてくれた」

頬が熱くなるのがわかった。「もう一つ感謝しなくちゃ。私の……お礼を受け取らなかったこと」

「言っておくが、私は本当に受け取りたかった。今でもだ」

木製の跳ね橋に響くブーツの足音が、激しい鼓動と重なった。「あなたを、自分たちを変な気にさせるなんて、私は間違ってた。いけないのよ……あんな親密な関係になっては」

「君がそう言いだすだろうと心配してた。私はむしろ、もう一度誘ってほしいと思っていたんだ」

互いに何も拘束がなかったら、彼が愛してくれていたら、二人に未来があると一瞬でも思うなら、すぐにでも彼を誘いたい。

「今度はどっちが誘惑してるの。期待するなら私じゃなくて、キャロリンにしてちょうだい」

言葉が口から出た瞬間、マリアンは悔やんだ。もう天幕に着こうかというとき、彼が答えた。

「まったくだ。悪かったよ、マリアン。これから自分の欲情は正しい方向にねらいを定めるとしよう」

マリアンは彼のねらいが外れるのを願わずにはいられなかった。

キャロリンが天幕に飛びこんできたのは、子供たちを寝かしつけたすぐあとだった。

「あなたは人の気持ちってものを考えないの？」

激高したキャロリンを見て、マリアンは驚いた。慰める必要があるかもしれないとは思っていたが、彼女を怒らせるような真似《まね》をした覚えはない。たとえ何かしていたとしても、故意にやったように言われるのは我慢ならない。

そのとき、キャロリンの体が揺らいだ。葡萄酒を飲みすぎたのだ。おやおや。何を責める気か知らないが、こうなれば穏やかな言い方は期待できまい。

子供たちのほうを見やると、二人とも目を丸くして藁《わら》布団に起き上がっている。「寝てなさい」マリアンは二人に言ってから、キャロリンの横をかすめて天幕から暗い外に出た。天幕から数ヤード離れ、設営地の目印である巨大な松明《たいまつ》の近くで振り返って、キャロリンを待った。すぐに彼女が出てきた。

マリアンは腕組みをした。「何を怒ってるの」

「あなたにはずいぶんよくしてきたのに、この恥知らずの身勝手な振る舞いは何？」

「なんのことを言ってるのか、わからないわ」

「わからない？　ウィルモントに来てから、あなたは人の注目を集めてばかりじゃない。はたから見たら、スティーヴンが結婚したいのは私じゃなくてあなただと思うわよ」

「ばかね。今夜、高壇に座ってたのはどっち？」

キャロリンは冷たく片手を振った。「私がどう扱われてても関係ないわ。家族の部屋に招かれたのは私じゃなくてあなただった。それも二度もよ」

マリアンは、今夜キャロリンが上階に招かれなかったのを残念だとは思えなかった。

「私じゃないわ。子供たちが招かれたのよ」

「でも、あなたは下りてこなかったわよね。てっきりあとで天幕に戻ると思ってた。わたしの食事の前の支度を手伝ってくれるって。それがどう？　私は貴婦人の世話の仕方なんてまるでわからない給仕係の娘をあてがわれたのよ」

「レディ・アーシュラが、手伝いに一人侍女をやったと言っていたわ」

「ええ、クリスティーナね。彼女はうれしそうに話してくれたわ。レディ・アーシュラが彼女のガウンを借りていった。それはあなたに晩餐にふさわしい服を着せるためだとね。私がどれだけ傷ついたかわかる？」

　わからなかった。「見苦しくないガウンを用意してもらうときに、私が断らなかったから？」

「あなたはガウンを借りて夕食への誘いを受けたうえに、ずうずうしくも最高位のテーブルの一番いい席に座って、伯爵と呼ばれる人にまでいやな思いをさせたのよ。もっと下の、身の程をわきまえた席に座るだけの良識はなかったの？」

　落ち着こうと、マリアンは深く息を吸った。キャロリンは葡萄酒で思考が麻痺《まひ》している。それに、苛立っている彼女は、こっちが何を言っても都合のいい解釈をするだけだ。

「どれも男爵の奥様が強く勧めてくださったからよ。高位の席に座ったのもアーディスのためなの。それに、伯爵も怒ってはいらっしゃらなかったわ」

「そうね。伯爵もほかの人たちと同じで、あなたに夢中になってるみたいだった。誓って言うけど、あれ以上、あなたの行儀をほめるレディ・アーシュラの言葉を聞かされたり、ゆうべの災難について男爵からしつこく質問されてたら、私は癇癪《かんしゃく》を起こしてたわ」

　首の後ろの毛がぞわりと逆立った。「質問って、どんな？」

「ああ、どうして四人で川に行ったのかとか、あなたや子供たちが昨日の恐怖から完全に立ちなおってると思うかとか」

「それだけ？」

キャロリンは腕を組んだ。「じっとしてろというスティーヴンの命令を子供たちが守ったと知って、少し驚いてたわ。男爵の真ん中の子が三歳で、言うことをなかなか聞かないそうなの。あの子たちも三歳のときはそんなだったと言っておいたけどね」

マリアンは男爵の興味の持ち方に不安を覚えた。他意のない質問なのか、それとも娘たちについて情報を得ようとしたのか。男爵は疑ってるの？　だとすれば、彼はその疑問をスティーヴンにも話すの？

キャロリンが不機嫌極まりない顔で土を蹴《け》った。

「それと、スティーヴンがあなたたち親子を引き連れて広間中を歩いてたのは何？　おかげで伯爵からあの子たちについていろいろきかれたわよ」

マリアンは暗い気持ちになった。「気づいている人がいるなんて思わなかった」

「伯爵も、ほかの人たちも気づいてたわ。みんなが気づいたのはそれだけじゃない。スティーヴンは広間に戻っても、ずっと高壇で男爵と話してた。私を無視してね。広間から下がるとき、伯爵は私を天幕に送ろうと言ってくれたわ。家の人に、上のベッドを使うよう言ってもらえたらどんなによかったか」

彼女は肩をすくめた。「とにかく、あなたはもうレディ・アーディスと話したんだから、明日は今日みたいに目立った振る舞いはしないわよね」

目立ちたいとは、最初から少しも思っていなかった。キャロリンの態度には腹が立つけれど、彼女の忠告には感謝したい。もう城には戻れない。すでに娘たちを周囲の目にさらしすぎた。男爵の質問に特別の意味はないかもしれないが、だからといって、あえて危険をおかすのはどうだろう。

「心配しないで。もう帰るときまで城に入るつもりはないから。明日からはスティーヴンと彼の家族を独り占めしていいわ」

それを聞いてキャロリンが急に動きを止めた。

「じゃあ、レディ・アーディスはリサの治療法を教えてくれたの？」

マリアンはかぶりを振った。「話す時間が足りなくて。リサのために、あなたが代わりに話してくれないかしら」

「そうね」キャロリンは額をぬぐった。「そしたら、レディ・アーディスに上に招かれるかもしれない」

マリアンはキャロリンの肩に腕をまわして、天幕に背を向けた。「たぶんね」

「あなたはどうして戻りたくないの」

「伯爵が双子に気づいて何か言ったのなら、ほかの人だって同じでしょう。あなたも知ってるように、世間にはとんでもなく残酷な人がいるから」

「あの子たちを心ない非難から守りたいのね」

事はもっと深刻だ。ウィルモントの誰かがあの子たちを私生児だと気づき、父親は誰かと推測しないとも限らない。

13

スティーヴンは隼《はやぶさ》を腕に止まらせて、広間を意気揚々と進み、立ち止まってアーディスを抱擁した。

彼女は微笑《ほほえ》んだ。「狩りはうまくいったようね」

「いったとも。鷹《たか》小屋の女管理人として、君はすばらしい仕事をしてくれた。だが、気をつけろよ。ジェラードとリチャードはひどく機嫌が悪い」

「まあ。エドウィンと伯爵は？」

「満足してるようだ」

スティーヴンは狩りに出ていた残りの一行が広間に入ってくるのを耳で聞きながら、高壇の後ろに行き、手袋をはめた腕から革の足緒を解いて、隼を止まり木に止まらせた。

リチャードは今朝方到着して、狩りに参加していた。三兄弟が同時期にウィルモントにいて、一緒に野外での娯楽にいそしめるのは珍しい。

まったく、ジェラードとリチャードはいい取り合わせだ。どちらも父親に似て大柄で体格がよく、髪は亜麻色。おおむね生真面目《きまじめ》で、妻に対してはとりわけ愛情深い。スティーヴンは近づいてくる二人を見ながら、歩き方までそっくりだと思った。大股で決然とした足取りだ。

リチャードが彼の隼を止まり木に乗せた。「一人で自慢げにするのはもうよせよ」

スティーヴンは笑みが漏れないよう気をつけた。「アーディスに話しただけだ。それも、彼女の鳥をほめただけだよ」

「おれが鷺《さぎ》をしとめ損なったとは、言ってないだろうな」

「言ってない」

「私が野兎《うさぎ》をしとめてないこともか」ジェラードがきく。

「ああ」スティーヴンは兄たちを交互に見た。「なあ、今朝の兄上たちはどうかしてるぞ。兄上たちの気が散っていたのは、隼のせいじゃない。二人して何を話してたんだ？」

リチャードがジェラードを見た。

ジェラードは各々の鷹を止まり木に移しているエドウィンと伯爵のほうを見やった。「あとでな」

どうやら、家族に関する内々の話のようだ。ジェラードの〝あとで〟が今日の午後になるか、二日後になるかは彼の気分次第だ。ゆうべの会話にかかわることだろうか。ジェラードとは、エールの樽《たる》をあけながらあれこれと話をした。ウィルモントの領地のこと、スティーヴンの領地の状態、コーウィンの立場、キャロリンのこと。

エールが底をつきかけたころ、スティーヴンはウイリアムの知恵比べについて話をした。片眉を上げたジェラードに、彼はそれが悪意とは無縁なのだとすばやく説明した。病に伏せった父親が、自分の土地が娘に渡るときのことを考えて、きちんとした者の手に託されるようにしたいと願っているだけだと。それからスティーヴンは話題を変え、マリアンと彼女の娘たちについて話した。

かなりの時間、取りとめもなく話していた。自分がゆうべマリアンに追い払われたも同然だったことを思えば、しゃべりすぎたきらいもある。

スティーヴンは広間を見まわした。彼女の姿はなかった。今朝はまだ顔を見ていない。食事にも来ていなかった。昼にはきっと現れるだろう。

エドウィンが近づいてきて頭を振った。「男爵、スティーヴンからウィルモントの隼を自慢されて疑ってましたが、疑いはすっぽり消えましたよ」

伯爵がエドウィンの背中を叩《たた》いた。「これで、わしがジェラードと仲よくする理由がわかったろう。こういうすばらしい鳥を使わせてもらうためだ」

「もう一つ、私があなたに提示する馬の値段のせいでしょうね」ジェラードがつけ加える。

一同の小さな笑い声に、伯爵も同意した。「それもあるか。いい狩りをしたあとはいい葡萄酒《ぶどう》がほしいな。どうだね、ジェラード？」

「もっともですね」

ほかの者たちが離れていくと、スティーヴンはリチャードに体を寄せた。「私の分も注《つ》いでおいてくれ。先にキャロリンと話してくる」

キャロリンは今朝別れた場所からまったく動いていなかった。彼の母親と並んで座り、まわりを若い娘の一団に囲まれている。娘はほとんどが高貴な家の子女で、アーディスとアーシュラに侍女として仕えていた。〈くすくす集団〉とスティーヴンは呼んでいるが、彼女たちの仕事といえば、せいぜいが座って噂《うわさ》話をしながら糸を紡ぐか、縫い物をするかだ。アーディスの保護のもとで、貴族の家のやりくりの基本を学び、それぞれの父親が縁組みを取り決めるときに備えている。

　みな美しく着飾っていて物腰も上品なのだが、一人としてスティーヴンの注意を長く引きつける娘はいなかった。話していると、スティーヴンはいつの間にか一人で考え事をしている。そういう問題も、マリアンが相手だと一度も起こらなかった。

　マリアンのことは朝からずっと胸の片隅にくすぶっていた。彼女の謝罪。彼女の当惑ぶり。正しい方向に――キャロリンにねらいを定めると言った自分の言葉。今ねらっても矢は失速しそうだと考えて、スティーヴンは内心眉をひそめた。

　侍女たちの中に入っていくのも気が進まず、輪の外で足を止めた。

「キャロリン、ちょっと話せるかな」

　娘たちの注目を浴びながら、キャロリンがベンチから立って彼に近づいてきた。話を聞かれないように、スティーヴンは数歩後ろに下がった。

「狩りの成果はすごかったんですってね。エドウィンはどうだったの？」

「しとめた白鳥について彼にきくといい。細かなところまで嬉々《きき》として話してくれるさ」

　キャロリンの唇が柔らかくほころんだ。「そうでしょうね。彼を誘ってくれてありがとう。狩りをする機会の少ない人だし、あんな立派な方々と出かけることなんか、めったにないわ」

　彼女がエドウィンのために礼を言っても、スティーヴンは驚かなかった。しばらく前から気づいていたが、キャロリンは彼が好きなのだ。ただ、夫としては選択の対象にならないと思っている。

「マリアンはまだ来てないかい？」

　キャロリンの笑みがこわばった。「まだよ。たぶん、来ないと思うわ。それで私を呼んだの？　従妹《いとこ》の話をするために？」

彼女の口調からして、正攻法は避けたほうがいいようだ。「何かあったのかと思ってね。リサの具合が悪いとか」

キャロリンはとたんに表情を和らげた。「ああ、リサなら元気よ」すぐに答え、少しためらってからあとを続けた。「マリアンには、天幕にこもる理由があるのよ」

「たとえば？」

キャロリンは深呼吸をして辺りを見まわし、声を落とした。「双子に注がれるまわりの目を気にしているの。ブランウィックでも、すべての人が双子を受け入れてるわけじゃないわ。彼女は不安なのよ。ここに集まった人は、そばに双子がいたときにブランウィックの人ほど嫌悪の感情を押し隠さないんじゃないかとね」

スティーヴンはマリアンが双子と外庭を歩いていたときの様子を思い出した。親子が通りすぎるや、一人の女が十字を切った。無知な行為ではあるが、彼女はマリアンの後ろでこっそりやっていた。しかし、男爵やそれに準ずる者たちならば、格下の者に対して慎重になる必要は感じないだろう。

スティーヴンは拳《こぶし》を握った。「どこかの無作法者が、マリアンか双子に何か言ったのか？」

「違うわ！　マリアンはそういう可能性を避けたいと思ってるだけ。家族のお祝いを汚すような問題が起こりでもしたら、彼女がかわいそうだわ」

どこかの傲慢《ごうまん》な貴族が勝手に無知を露呈しても、それはマリアンの非ではない。

「マリアンには洗礼式に出てもらう」

キャロリンはかぶりを振った。

スティーヴンには理屈がよく理解できなかった。キャロリンの話もどこかぴんとこない。マリアンは娘たちを守っていても、息苦しい生活はさせていない。人目に出すのが恥ずかしいわけでもないのに、子供を隠すのは妙だ。

「私が話そう。双子の扱いを心配することはないと、わかってもらうよ」

キャロリンは口をすぼめて苛立《いらだ》ちを見せた。「それが賢明だと思う？　私は子供たちやマリアンが心ない言葉で苦しむのを見たくはないわ。それに、彼女はただ、リサの頭痛のことでレディ・アーディスと話をするために来てるのよ。だからあなたの家族や招待客と交流するのにふさわしい服は持ってきてないの。あなたが出席するよう言い張れば、みんなが気まずい思いをするわ」

「だが、ゆうべガウンを借りている」

「私が今朝持ち主に返しました。お願い、スティーヴン。そっとしといてくれるのが一番なのよ」

そこまで言うと、キャロリンは大きく身を翻して侍女たちの中に戻っていった。

スティーヴンは、葡萄酒を楽しんでいる兄たちのほうへ向かった。近づきながら片手を出して、リチャードからゴブレットを受け取った。ほかの者たちが隼の手柄を比べている傍らで、スティーヴンはキャロリンの話を考えた。

こんなのは絶対におかしい。

子供たちを悪い病気持ちか何かのように引きこもらせるのは、間違っている。マリアンは行事に参加すべきだ。ここに出てきて、彼女の作った贈り物を受け取るアーディスから、ほめ言葉をもらうべきだ。どんな服を着ていようと関係ない。

キャロリンには悪いが、とてもそっとしておくわけにはいかない。

スティーヴンはジェラードの重い書き物机の端に腰かけ、最後に兄弟三人が内々の話で集まったときのことを思い出していた。あのときは、ジェラードがスティーヴンとリチャードをウェストミンスターに送り出した。今度ばかりはどこにもやらないでほしかった。ここでの仕事が山ほどあるのだ。

ジェラードがテーブルの後ろの椅子に身を落ち着けた。リチャードが扉を閉めて、残っているただ一つの椅子に腰かけた。

「ほっとするな」ジェラードがため息混じりに言った。「客を呼ぶのはいいが、ここまで多いと」

スティーヴンは小さく笑った。「だったら、どうしてイングランドの半分の貴族を招待した」

「もちろん、残りの半分を苛立たせるためだ」

「だろうな。で、こうして三人集まった理由は?」

「ゆうべ聞いた話について、私の態度をはっきりさせたい」彼は、ちらとリチャードを見てから続けた。「ウィリアム・ド・グラースの知恵比べについて、リチャードにも話した。スティーヴン、我々は気に食わない。侮辱されているも同じだ」

スティーヴンは怒りを抑えた。

「侮辱はされていない。確かにウィリアムは、エドウィンのほうがキャロリンにふさわしいと思っている。だが、自分の死後も領地が荒れないと確信すれば、喜んで私との結婚を認めてくれる」

リチャードが身を乗り出した。「おれの勘違いだったかな、キャロリンは土地を継いだら自分で管理したがってると、おまえに聞いた気がするが」

「そうだが」

「だったら、なぜおまえが試される」

「本当のところ、ウィリアムはエドウィンや私より、むしろキャロリンを試しているんだと思う」スティーヴンは二人にウィリアムの健康状態を話し、領地の視察もできないと説明した。さらに、キャロリンの作った一覧表のこと、自分とエドウィンが彼女の判断を実地に検討していることも話した。「ウィリアムは、キャロリンに土地の管理ができるという確証がほしいんだろう」

「妙な話だな」ジェラードは不満そうだった。

「かもしれない」スティーヴンは矢狭間《はざま》へと歩いた。ここからだと外庭のほとんどが見渡せる。外壁の向こうには、城を囲む多くの天幕の天井部分も見える。中の一つがマリアンのこもっている天幕だ。「ウィリアムは昔からエドウィンを知っている。キャロリンが助けを求めれば、どういう忠告をするかわかっている。だが私のことは知らない。だから、私の知識や洞察力も信用していない。私が思うに、ウィリアムはただ、自分が娘のために正しい選択をしていると確認したいだけなんだ」

「で、おまえは勝つ気でいるんだな」リチャードが言った。

スティーヴンは振り向いた。「負けるとでも?」

「いや。何年か前に我々の領地でやってくれた視察で、おまえの能力は証明済みだ。おまえ自身の領地も健全で、生産性も高い。ただ、その女にそこまでする価値があるのかと思ってな」

「キャロリンは……キャロリンだ。彼女は美しく、強い信念を持っていて、たまに怒りっぽくなる。情愛にあふれた女だとは言わないが、気の荒い女でもない。いい縁組みだと思う。お互いにとって」

「都合がいいわけだ」軽蔑《けいべつ》をにじませてジェラードが言った。ここで食い止めておかないと、次にどんな説教をされるかは目に見えている。

「ああ、とても都合がいいよ。私の望みどおりだ。兄上たちは愛情で結婚した。それはそれで結構。私は別の理由からキャロリンを妻にしたい。余計な説教はやめてくれ、ジェラード」

ジェラードは応援を求めてリチャードを見た。

ありがたいことに、リチャードは肩をすくめた。

「スティーヴンの気は変わらんようだ」

続くジェラードの不機嫌な声は、あきらめというより苛立ちから出たように思えた。

「よし、おまえは知恵比べに勝ってキャロリンをめとる。それで、エドウィンは？　厄介な問題が起こったりしないだろうな」

「それはない。礼儀を知った男だ」

リチャードが立ち上がって伸びをした。「なあ、ジェラード、ここにはイングランドの半分の貴族がいるんだ。アーディスやルシンダをうまく説きつければ、エドウィンの結婚相手を見つけてやれると思わないか？　今日少し話してみて、おれもスティーヴンと同じ印象を持った。少々頑固だが正直者だ」

ジェラードは椅子に背を預けた。「悪くないな。そうだ、ゆうべ見た感じでは、レディ・マリアンが一番脈がありそうな気がしたぞ」

「だめだ！」口に出してから、しまったと思った。兄二人は、じっと厳しい目で彼を見つめている。

「二人は仲がいいが、互いに興味は持ってない」

「残念だな」ジェラードが言った。「ゆうべのおまえの話からして、レディ・マリアンには夫が必要だろう。高貴な婦人がそんなみすぼらしい生活をしているのはよくない」

「それは私もマリアンに言ったが、彼女は伯父の城に住むより、今の小屋での静かで質素な暮らしを望んでいる」

ジェラードが続ける。「それにあのかわいい子供たちだ。絹のガウンとブーツを身につけられる身分でありながら、チュニックにサンダル姿とは実にかわいそうじゃないか。マリアンは結婚すべきだ。子供たちのためにもな」

「求婚は何度かされたが断ったと聞いている。それに、双子の持参金はきっとウィリアムが面倒を見てくれる。あの子たちが結婚……するときには……」

何を言ってるんだ。子供たちは結婚の心配をするような年じゃない。遊んだり、勉強したり、蛙《かえる》を捕ったり。異性を気にするようになる前に、また異性の目が二人に向く前に、もっとすることはある。

ジェラードは笑みを浮かべた。「マリアンはただ、これと思う男に出会ってないだけだろう。快活な女性だとチャールズも言っていた。ほかにも彼女に目をとめた男はいるぞ」

ほかの男？「誰だ」

「ポーティアーズのロバートと、もう一人、ジェフリー・ド・モンゴメリーだ」

二人とも独身で財産もある。夫候補として申し分はない。こうなる可能性があるのは、スティーヴンも最初からわかっていた。なのに、なぜ母上にガウンを貸してくれるよう頼み、マリアンを広間に連れ出して居並ぶ男たちの目にさらしたのか。彼らの賛美や欲望を誘うような真似《まね》をしてしまったのか。

それは、彼自身が美しく装ったマリアンを見たかったからだ。いい食事をして何時間かでも楽しんでほしかったからだ。手近に置いておき、もはやほかの女性には感じられない抑えがたい自分の欲求を満たすために彼女をどこかに連れていくつもりだった。

なぜなら、彼女を愛しているから。

いつからそんな気持ちになったかはわからない。ただ、理屈抜きで愛しているのだと心の奥で感じている。くそっ、あと一歩でキャロリンが手に入るというときに、彼女の従妹と恋に落ちるとは。

厄介な感情はあるが、状況に変化はない。自分のことは熟知している。自分には愛情に基づく結婚よりも、条件から入る結婚のほうがずっとふさわしい。

マリアンは彼の兄たちのような結婚生活を望むだろうが、そういう期待に応《こた》えられるだけのものをスティーヴンは持っていない。どこかで彼女を失望させてしまうだろう。

こういうことは考えるだけ無意味だ。マリアンはどうせスティーヴンを受け入れない。ゆうべも、ほかに目を向けるよう言われたのだ。しかし、マリアン以外の女性の誘いを受ける気にはならない。

「スティーヴン？」

彼はジェラードを見た。「は？」

「ロバートとジェフリーのことだが、二人がマリアンに心を寄せていると、ヒューゴ・ド・レーシーに私から伝えようか？」

「なぜ？」

「それが縁組みを手配するときの慣例だ。女性の父親に話を通すというのがな」

ジェラードらしい。問題があれば――解決する。ただし、兄には真の問題が見えていない。といってスティーヴンも話すわけにはいかなかった。今のところは、兄の行動を阻止することしかできない。

「いつから縁組みの手配なんかするようになった」

ジェラードは頭を傾けた。「いいじゃないか。ロバートとジェフリーがヒューゴに話をするのに、どこか不都合な点でもあるのか？」

いくつかある。スティーヴンにもマリアンにも。

「マリアンは父親と仲違《なかたが》いをしているようなんだ」

「原因に思い当たる節は？」

それなりの想像はあるが、話したくないというマリアンの意思を、スティーヴンはここでも尊重した。

「ない。ただ、もう何年も不和を引きずってる」

「だとしたら、マリアンと話したほうがいいかな。洗礼式が終わってからでも声をかけよう」

スティーヴンは胸苦しさを覚えた。「マリアンは出席するつもりがないそうだ」

「なぜだ」ジェラードがきく。

「さあ」これは本心だった。キャロリンに聞かされた話を考えれば考えるほど、どうもしっくりこない。

「そのことで、マリアンと話をしようと思ってる。出てくるよう説得してみるよ」

ジェラードは優しい口調になった。「手がつきたときは、私のために、というよりアーディスのために来てほしいと頼んでくれ。妻はマリアンが気に入っているし、子供たちとの会話も楽しんでいる。マリアンが来なければ悲しむだろう」

　スティーヴンは視線を矢狭間に移し、離れた天幕を見やりながら、兄はマリアンを助けようとしているのだと心に言い聞かせた。彼女を愛していなければ、ジェラードの努力に喝采《かっさい》を送るところだ。

　しかし、スティーヴンはマリアンを愛していた。そして何度疑念を否定されようと、父娘《おやこ》の不和の根底には自分と彼女との情事があるとみている。

　敬意をもって接したり、高潔ぶるのはそろそろやめるときなのかもしれない。

「マリアンに話すよ。兄上たちの用がないなら、今からでも行ってくる」スティーヴンは扉へと歩きだし、立ち止まった。「ああ、忘れるところだった。デイモンとフィリップをちょっと借りていいかな。オードラとリサに蛙捕りをする約束をした。男の子たちも行きたいんじゃないかと思ってね」

　ジェラードはリチャードを見た。「反論は？」

「ない。夕食までに戻るなら、かまわんさ」

　スティーヴンはうなずき、部屋を出て扉を閉めた。

　ジェラードは手のひらを上向けてリチャードに片手を差し出した。「もらおうか」

　リチャードは革袋から一枚のコインを出して兄の手にぴしゃりと叩きつけた。「わかったよ。スティーヴンはマリアンを愛してる。認めよう。だが、もう一つのほうは？　おれには信じられんがな」

「そう思うか？　まあ、スティーヴンがあの女の子たちをかわいがる様を見るんだな。それから私が間違っているかどうか判断してくれ」

14

「天幕の中、誰かいますか！」

外から聞こえた小さな声に、マリアンはぎくりとした。

「母様、デイモンの声みたいよ」リサが駆け出して、天幕の垂れ布をあけた。

外には二人の少年が立っていた。一人はデイモンだった。少年たちの後ろにはスティーヴンがいて、手に大きな袋をぶらさげている。何かに悩んでいる表情だ。いつもの彼らしくない。

「入っていいかい？」彼がきいた。

できれば断りたいところだが、三人は明らかに何かの用があってここに来ている。

マリアンは後ろに下がった。子供たちは難なくさっと入ったが、スティーヴンは頭を下げてようやく入ってきた。

デイモンが隣にいる黒髪の少年を手で示しながら、娘たちに話しかけた。「この子はフィリップ。叔父上のスティーヴンから聞いたけど、君たち蛙《かえる》捕りが好きなんだろ。フィリップと僕は蛙のいるところを知ってるんだ。一緒に来る？」

娘たちはまた蛙捕りをして大丈夫かと、当然ながら不安そうな顔をしている。一度目は散々だった。しかし、朝からほとんど天幕を出ていないこともあって、二人とも行きたそうだ。それに、早いうちにもう一度水に入らせる必要もあった。でないと、いつまでも恐怖心から逃れられない。

オードラがスティーヴンを見上げた。「蛇はいる？」

フィリップが目を見開いた。「蛇、好きなの？」

オードラは身震いし、リサはマリアンに警戒するような視線をさっと向けてきた。

スティーヴンがフィリップの髪をくしゃくしゃとなでた。「好きじゃないさ。だから、捕るのは蛙だけだ」彼は娘たちに向き合った。「今から行くのは小川だ。大きな川じゃない。水は浅くて君たちの膝にやっと届くくらいだよ。大した流れもない。でも、蛙はたくさんいる」

「一緒に来てくれますか？」尋ねたのはリサだが、期待に満ちた目で訴えるように見つめているのは、二人とも同じだった。

ゆうべと同じように、子供たちはスティーヴンを保護者として信頼している。何かが起こったときに頼れる大人だと思っている。不安を解消するのに母親ではなく別の人を頼っているのが腹立たしいが、不当な怒りは胸に抑えこんだ。この子たちが、大きくて強い、しかも守ってくれると証明済みの男の人に期待を寄せるのは、考えてみれば自然なことだ。

「君たちだけで蛙捕りには行かせられないさ」スティーヴンはそこでにやりとした。「お母さんも連れていこう。ついてくる勇気があればだけどね」

水辺に行くのに勇気はいらなかった。しかし、スティーヴンと一緒にいれば、神経がぴりぴりしてしまう。これはただ子供たちのためだ。もう一度誘いに乗ろう。

「ついていくわ」

スティーヴンはまず子供たちを外に出し、それからマリアンに袋を渡した。「私がクリスティーナから買った。だからこれはもう君のものだ。じゃ、待ってるから」

彼がすぐ出ていったので、マリアンは袋をあけてみても、異議を唱えられなかった。ガウンが一着入っていた。ゆうべ借りた空色のもののほかに、琥珀《こはく》色のガウンが。それからブーツが一足。

買うなんてこと、しなくていいのに。優しい心遣いだけれど、これは……でもブーツは使わせてもらったほうがよさそうだ。

マリアンはキャロリンのフェルトの靴を脱いで、ブーツに履き替えた。歩きにくい靴を履いていても仕方ない。使い道のないガウンは、蛙捕りから戻ったらスティーヴンに返そう。

デイモンとフィリップが先頭になって、木々を払った土地を進み、二人の早足に遅れないようオードラとリサがついていく。気がつくと、昨日から今日までに新しい天幕がまたいくつか張られていた。

子供たちがみんな木立の中に消えていくと、マリアンは下唇を噛《か》んだ。「男の子たちは道がわかってるの？」

「デイモンは私と同じくらい城のまわりの土地をよく知っている。フィリップは覚えている最中だ」

「二人は仲がいいみたいね」

「フィリップはリチャードの被後見人なんだ。彼らは今朝到着した」

つまり、一族みんなが城に集まったのだ。三人の兄弟とそれぞれの大切な家族。明日はみんなが出席して、一族の新参者である赤ん坊のマシューに洗礼が施される。しかし、すべてが順調というわけではない。スティーヴンは何かで悩んでいる。

尋ねるのはよそう。私には関係のない話だ。

マリアンはスティーヴンの家族が好きだった。アーディスは間違いなくすてきな女性の代表だし、スティーヴンの母親も、幾分堅くて冷ややかなところはあるが、優しい笑顔で人を思いやってくれる。城主の男爵でさえ、改まった言動を超えて、親しみやすい公正な人物だと思えた。男の子たちは、みんな表情が朗らかで本当にかわいい。今日来たフィリップという男の子もだ。たぶん、リチャードと彼の奥さんもまた、気持ちのいい人たちなのだろう。

でも、関係ないわ。彼らはスティーヴンの家族。そして、いつかそこの一員になるのはキャロリンであって、私ではない。

　木立の中をくねくねと抜けると、音をたてて流れる小川の、石の河原にたどり着いた。子供たちは早くも裸足《はだし》になって、水際で飛沫《しぶき》を上げている。スティーヴンがマリアンを手招きして丸い巨石に座らせた。彼はマリアンの横に立ち、腕を組んで脚を広げた格好で子供たちを見守っている。

「キャロリンから聞いた。双子が広間にいて問題が起こるといけないから、君は今朝天幕を出なかったそうだね。杞憂《きゆう》だよ、マリアン。双子だからと配慮のない言葉を口にする勇気のある者は誰もいない。ジェラードが聞けば、その言葉をアーディスへの侮辱とみなして、不心得者を追放するだろう」

　マリアンの中ではっと警戒心が働いた。私が避けたいのは、男爵のそういう監視の目や、誰かが何かを言うかもしれない危険性なのだ。

「勝手に押しかけた私や子供たちに、あなたの家族はとてもよくしてくださったわ。私は厄介事を招きたくないの」

「私が誘ったんだから、君は立派な客だ。ジェラードもアーディスも、明日の洗礼式には君に出てほしいと思っている。拒む理由は何もないんだ。双子のことも、服装の件も心配ない。今ごろはアーディスの侍女たちが、子供用のガウンを縫ってるよ」

　出席した全員に、高価な絹のガウンを着て、真っ黒な三つ編みをリボンで結んだあの子たちの姿を見せるの？　スティーヴンが同じ色の髪をした子供たちと仲よくしている様子を、黙って誰かに気づかせるの？　そんなのは、あまりに危険すぎる。

「それに」彼の声がうなるような調子に変わった。「君にとってもいい機会だ。君の……求婚者と会える。ポーティアーズのロバートとジェフリー・ド・

モンゴメリーが、ゆうべ君のことをきいていたらしい。彼らの意向を君の父上に伝えるべきかどうか、私はジェラードにきかれたよ」

マリアンは弾《はじ》かれたように石から立った。激しい動揺と不安とで胃が変になりそうだった。「あなたは、なんて答えたの？」

スティーヴンは冷ややかに目を細めた。「君が家族と仲違《なかたが》いをしていると。だけど、理由は言えなかった。君がいつまでも打ち明けてくれないからね！　いいかげん話してくれてもいいだろう、マリアン。でないと、君が次に出席する祝い事は、君と君が望みもしない男との結婚式になりかねないぞ」

スティーヴン以外なら、みんな私が望んだ男ではない。でも、彼はキャロリンを選ぶんだわ。

「お兄様にはやめるように言って。男爵には関係ない問題よ」

スティーヴンの怒気が弱まり、柔らかい表情になった。「ジェラードには関係ないさ。だが私にはある。君が家族と離れたのは、我々の情事が原因だろう。なのに君は、関係ないと言うばかりだ。君と君の父上とのあいだに何があったんだ」

マリアンは目を閉じ、古傷が誘う新しい涙をこらえた。マーウェイスからブランウィックへ行くとき、彼女はほとんど泣きどおしだった。キャロリンの慰めも耳に届かなかった。出産したときにはひどく不安で、母親が恋しくてたまらなかった。スティーヴンにも未練があって、どうにか事情を知って会いにきてほしいと思っていた。全部、無駄な涙だった。

「私が自分でまいた種よ。私は父に反抗して、深く傷つけた。もう絶対に許してはくれないわ」

スティーヴンはマリアンの肩に両手を置いた。

「君の娘を見ろ。仮にあの二人が何かしでかして、そのせいで愛せなくなるということがあるか？」

オードラとリサはずいぶん楽しげに遊んでいた。

見つけた蛙をジャンプさせようと、フィリップが棒でつつく。蛙が跳ぶたびに、娘たちはきゃあきゃあと騒いでいる。二人を育てるのは最大の喜びであり、最大の負担だった。いらいらして、腹が立って、ときにはよそにやろうかと思ったこともある。でも絶対誰にも渡さない。私が産んだ、私の子供だ。私の生きがいだ。何をされても愛せなくなったりはしない。困った行動に頭を抱えることはあるだろう、でも二人への愛は変わらない。永遠に。

マリアンはスティーヴンの言わんとしていることを理解した。

「父だって、まだ少しは愛してくれてるかもしれないわ。でも、私のしたことは許されないのよ」

スティーヴンは彼女の肩を強くつかんで、深いため息をついた。「私も母に対してそう思っていた。でもね、母上は私が生まれたことをようやく許してくれたようなんだ」

マリアンは片手を彼の手に重ねた。「ただ生まれたという理由で、どうして母親が子供を憎むの？」

「その女性が無理に子を孕《はら》まされて、夫を憎んでいればそうなる」彼は静かに答えた。「父がリチャードを堂々とウィルモントに連れてきて我が子と認めたために、母は自分のベッドから彼を締め出した。父もしばらくは黙認していたらしいが、その後、母の扉のかんぬきを外させて、妻としての義務を怠るなと強く迫った。母上にとって、私は生まれてはいけない子だったんだ」彼は空《むな》しく笑った。「リチャードなんか、天国の椅子が約束されてる。地獄はもう見てきてるからね。母は事あるごとに、おまえは妾腹《しょうふく》の子だ、最低の人間だとリチャードに言い続けた。私のほうはといえば、ほとんど無視だ。まるで存在してないかのような扱いだったよ」

そんな過酷な子供時代が想像できずに、マリアンは頭を振った。自分の娘たちがそんなさげすみを受けずにすんでよかった。それでも、アーシュラが夫を憎んだのは理解できる。だからといって、下の子に冷たい仕打ちをするのは許されないが。

「あなたのお母様は、お父様がリチャードを認めて愕然《がくぜん》としたんでしょう。不貞の証拠をそこまで露骨に見せつけられて、それがずっと目の前にある毎日というのは、受け入れがたかったのよ」

「受け入れがたいんじゃない、受け入れなかった」

「じゃあ、何がお母様の心を溶かしたの？」

「父が死んで何カ月かたったとき、母はウィルモントから、リチャードや幼いデイモンを含めたすべての私生児を追放すると決めた。ジェラードは許さなかった。彼は母上を連れ出してラムジー修道院に預け、どういう事情で私生児が生まれても、子供に責任はない、非があるのは父親だということを理解できるまで、城に戻るのを許さなかった」

　母親にも非はあるわ。マリアンは声に出しそうになって口をすぼめた。子供を宿した責任は、スティーヴンだけではなくてマリアンにもある。彼女は馬小屋で、恥ずかしげもなく熱い関係にひたっていた。スティーヴンへの愛と欲望に夢中になって、結果のことまで考えなかった。あまりに若かった。あまりに無知だった。

「お母様はもうリチャードを悪く言ってないの？」

「ああ。ジェラードが口を慎むよう命じている。今はリチャードの、というよりデイモンのためだな」

　マリアンは彼の手をぎゅっと握った。「あなたのほうは？」

「互いに好意を持てる日が来るのかどうかはわからないが、ある程度平和な関係が築けてるよ。君と君の父上とが仲なおりできる方法はないのか？」

　一つだけある。子供の父親の名を明かすことだ。

マリアンはそれが賢明な選択なのか何度も思い悩んできた。子供たちのためには、そして自分自身のためには、どうするのが一番いいのだろう。

「父は私が告白するのを待ってるの。その日までは、許してはくれないわ」

「告白？　なんの？」

どきりとして、鼓動が激しく打ちだした。マリアンはかぶりを振った。

「マリアン――」

「ほら、子供たちがあんなに下流に行ってしまったわ。追いかけなくちゃ」

動こうとするのをスティーヴンが押しとどめ、長く鋭く口笛を吹いた。男の子二人が動きを止めてこっちを向いた。

「デイモン、戻ってこい」

「でも、蛙が――」

「デイモン！」

男の子たちはそれ以上何も言わず指示に従い、女の子たちも二人のあとを追った。


「離して、スティーヴン」

彼は長々と深いため息をついた。彼の親指がマリアンの鎖骨を揉《も》んだ。「今度は離さない。二度と君を失望させない。マリアン、約束する」

「なんでもないの――」声がうわずった。熱い涙があふれてきて抑えられない。「――なんでも……」

スティーヴンが両腕で、マリアンを温かく力強く包みこんだ。マリアンは彼にもたれた。脚の力が抜けそうだった。彼のチュニックをつかんで体を支え、奥歯を噛み締めて、泣き声を抑えた。

ああ、でももう疲れた。心の中の葛藤《かっとう》に疲れた。これが子供を守る一番の方法だとがむしゃらに信じていることに疲れた。一人でいることに疲れた。

「何事にも方法はある。あやまちは正せる。少なくとも、やってみることはできる。話してくれないか、マリアン。力になりたい」

何年も前のあのときに、彼が愛してくれていたら。

別れるときに彼から優しい言葉があったら。君は特別な存在だと、何かの方法で私に伝えてくれていたら。当時の彼が、あやまちを正そうと思うくらいの関心を私に寄せていたら。あやまちの正体を、彼は知らない。マリアンは若くて自尊心が高かった。

その自尊心はどこに行ったのだろう。今のマリアンはスティーヴンの腕に抱かれて、ずっとこうしていたいと思っている。思いきって真実を伝えて、重荷を半分背負ってもらうの？　マリアンを愛してはいなくても、子供はかわいがってくれている。彼なら娘たちを傷つけたりはしないだろう。

彼がマリアンの頭を両手で包み、顔を上向かせた。

「私に話すんだ」彼はささやいた。その命令口調と瞳に宿る悲しみが、マリアンを突き崩した。

「あなたが去って数カ月が過ぎたころ……もうそれ以上は隠しきれなくて……」マリアンは目を閉じて言葉を探した。

スティーヴンが額に優しく、しっかりとキスをした。「続けて」

「私……言わなかったの……相手の名前……私に子供を授けたのが誰か……」

スティーヴンは眉根を寄せた。「君の夫は――」

「私は一度も結婚してないわ」

「だが……」

彼の体が強張《こわば》ったのがわかった。目の前に困惑した表情がある。彼はオードラとリサのほうを見た。マリアンは彼のチュニックを握り締めて、今までにないほど真剣に祈った。今度もまた誤った選択をしたのではありませんように。

「私の子なんだな」スティーヴンはつぶやいた。「あの子たちが私の子供」

マリアンはうなずくしかなかった。

スティーヴンはマリアンに視線を戻した。「私の子供」今度は声に力があった。

「そうよ」

スティーヴンは体の芯《しん》まで衝撃を受け、快哉《かいさい》を叫ぶべきか悲鳴をあげるべきかわからなかった。

マリアンは結婚していなかった。嘘《うそ》をついていたのだ。

私の子供。

なぜ言ってくれなかったんだ。なぜ使いをよこさなかった。

オードラとリサが私の子供だった。

彼自身の責任ではないが、彼はかつて、別れの言葉一つ残さずマリアンのもとを去っている。ウィルモントに戻ったあと、もしやと少しは心配していた。だが彼女の父親が結婚を求めてくることはなく、何もなかったと安心したのだ。そのあいだマリアンはおなかの子を育てて、一人で苦しんで——これはみんな私のせいだ。

ああ、この私が父親だとは！

これからどうしたらいい。みんなに話すのか？　だめだ、まだできない。気持ちを落ち着けて、鼓動をもとに戻すのが先だ。マリアンにもいくつか確認しておくことがある。

倒れる前に、まずは腰を下ろそう。いや、先にマリアンにキスをするべきだ。しかし、彼女に腹を立てている今は無理だ。話すようにこちらから仕向けていなければ、マリアンはずっと口を閉ざしていただろう。我が子がいると知らないまま、私に人生を送らせるつもりだったのだ。

なんと身勝手な！

スティーヴンはもう一度二人の女の子を見やった。四人の子供たちは、みんなまっすぐに水の中を見つめている。

私はどんな父親になるのか。背負いこんだ責務に、スティーヴンはひるみそうになった。マリアンや子供たちへの責任。いろいろ想像はしていても、まさかこんな話を聞くとは思ってもいなかった。

この私がまともな父親になれるのか。信頼できる夫になれるのか。

マリアンの美しい灰青色の瞳をのぞきこむと、そこには不安と疑念があった。彼女を安心させて、もう失望はさせない、何も心配はいらないと言おう。自分の置かれた状況を理解して、次にどうすべきかがわかったらすぐに。

子供たちだ。あの子たちに話さなければ。抱きしめて、愛していると伝える。いや、マリアンに愛を伝えたほうがいい。まずはそこからだ。

「スティーヴン、座ったら？」

いい考えだ。腰を下ろせば、混乱した頭も落ち着いて、考えがまとまるかもしれない。

マリアンが巨石のほうに誘った。「驚くわよね……」

スティーヴンは石に座ると、両手で顔をこすった。

「マリアン、驚いたどころじゃ……想像もしてなかった……君の父上は縁組みを言ってこなくて……。なぜ君は使いをくれなかった。知らせを聞いていたら、君のところに行っていた！」

「あのときは、名前を伝えても、思い出してもらえるかどうか怪しかったもの！」

腹を立ててはいけない。私が情事の相手だと言いたくなかった理由はいくつか想像がつくし、想像どおりの事実を聞かされる心の準備もできていない。

「君は父上に子供の父親の名前を……私の名前を言わなかった。それから？」

マリアンの視線が、川岸に座るリサに向けられた。リサはフィリップを見て笑っていた。彼はデイモンとオードラに水をかけてはしゃいでいる。

私の娘たち。考えると、スティーヴンはまためまいがした。あの子たちは――心の中で年を計算した――五歳だ。丸一歳若く勘違いしていた。

「父は激怒したわ」マリアンの声が、彼を物思いから引き戻した。「何度も何度も相手の名を言えと迫られたけど、私は言わなかった」彼女は深く息を吸った。「父はふしだらな娘も私生児も家には置かない、私が折れないなら家を追い出すと断言した。そのとき、たまたまキャロリンがマーウェイスにいてね。ブランウィックに来ればと言ってくれて、私はその言葉に飛びついたの。翌朝一緒にマーウェイスを発《た》ったわ。別れは誰にも言わないままよ」

　なるほど、マリアンが従姉《いとこ》の振る舞いを大いに我慢しているのもうなずける。キャロリンを救世主か何かのように思っているのだ。マリアンはどんなにか怯《おび》えて、取り乱していたことだろう。

　未亡人のふりをした理由もわかった。恥辱を逃れて、子供たちをさげすみの視線から守るためだ。

「未亡人のふりは、キャロリンの考えかい？」

「ええ。伯父のウィリアムは事情を知ってるけど、ブランウィックでは、ほかに誰も知らないわ」

　ということは、ウィリアムは姪《めい》をかくまったのだ。少なくとも自分のもとに受け入れた。キャロリンがブランウィックに連れていかなければ、マリアンはどうしていただろう。ヒューゴ・ド・レーシーは身重の娘を追い出していただろうか。実際に追い出されてもおかしくないとマリアンは考えた。でなければ、マーウェイスを去りはしなかったろう。

　話すべき人も、正すべきこともあまりに多い。

　オードラが彼のほうに走ってきた。川遊びでチュニックも三つ編みも濡《ぬ》れている。私の子だ。気づいてはっとするたびに、恐ろしさと喜びの入り混じった震えが体を駆ける。

「母様、リサが首の後ろをさすってるわ」

　マリアンは唇を引き結んだ。「頭痛の前兆よ。リサを天幕に戻さなきゃ」

　スティーヴンは巨石から立って、デイモンとフィリップがリサを見下ろしている場所まで行った。最後の頭痛からまだ三日しかたっていない。

「こんなに頻繁に起こるのか？」

「いつもは違うわ。少なくとも、家に戻るときまでは起こらないと思ってた」

マリアンにとっての家はブランウィックだ。村の小屋のことだ。あそこはすぐにも移らせよう。だが、住まいの手配についてマリアンと話すのは、どういう形にすべきか彼が結論を出してからだ。

リサが草をむしり取って川のほうに放《ほう》り投げた。頬に涙が流れている。彼女はオードラをにらんだ。

「話しちゃだめって言ったのに！　まだ帰らなくていいじゃない！」

「帰るの！」オードラが鋭く言い返した。

「いやよ！　お願い、母様。ちょっと痛いだけなの。もう少し遊んじゃだめ？　天幕には戻りたくない。ここにいたいの！」

マリアンが屈《かが》んで、リサの両頬を軽くぬぐった。

「わかるでしょ、今からまだ痛くなるのよ。早いうちにできることをしておかなくちゃ」

リサはまだ反論したそうだ。マリアンが彼女の唇に人差し指を当てた。

「わかるわよね、リサ。痛みが引いたらまた戻ってこられるわ」

スティーヴンはリサに手を伸ばした。リサは両腕を差し出した。「そうだとも。川も蛙もどこにも行きはしない」

リサが肩にもたれてきた。私の娘。前にも抱いてはいたが、この気持ちは今までとは違う。今までは我が子として抱いていなかった。

マリアンがほかの子たちに靴を履かせ、それからすぐにみんなで木立の中を引き返した。木を払った場所まで出ると、スティーヴンはデイモンを先に急がせた。アーディスにこういう事情でリサを連れていくと知らせるためだ。

デイモンは矢のように駆け出した。フィリップも一緒についていく。

「スティーヴン、アーディスに迷惑をかけることはないわ。彼女は赤ちゃんにも手がかかるし、お客様のお世話もあって——」

「アーディスは気にしないさ。それに、リサの治療について考えがあるのなら、試してもらういい機会じゃないか」

マリアンは気乗りのしない顔だが、もう抵抗はしなかった。子供のことで決定を下されるのに慣れていないのだ。しかし、父親だと認められた時点で、スティーヴンにも口を出す権利はある。権利は大いに主張させてもらうつもりだった。

城の大塔の外階段でアーディスが待っていてくれた。「子供部屋に運んで」彼女はそう言って、先に階段を上がっていく。

大広間は相変わらずどこもかしこも人で込み合っていた。彼はアーディスのあとについて、階段までの最短距離を進んだ。一段目に足を乗せたところで、炉のほうをちらと振り返った。兄二人がマリアンの求婚者の一人、ポーティアーズのロバートと熱心に話しこんでいる。

マリアンから話を聞いた今では、この先どんな求婚者が現れても、ほかを当たるよう伝えてくれと兄たちに胸を張って言える気分だった。

マリアンがスティーヴンの背に手を置いた。「まだやめて。先に二人でもっと話をしなきゃ。お願い、スティーヴン」

スティーヴンは階段を上がりながら、妙に気になった。マリアンに頭の中が読めたはずはない。何をやめさせたつもりなのか。兄たちへの告白？

娘の存在を私がずっと秘密にしておくと思っているのなら、マリアンは考えが甘い。

15

子守り娘が赤ん坊をのぞいた子供たち全員を集めて、ほかのところで遊ぼうと連れていった。アーディスは薬を調合するために出ていった。リサはスティーヴンの膝に座り、背中を彼の胸にもたせかけて目を閉じている。彼の手でリサのこめかみにすりこまれているラベンダーオイルが本当に頭痛を癒《いや》すのかどうかはわからないが、マリアンの見る限り、リサの表情に痛みを我慢している様子はなかった。

マリアンは残った椅子に座って、胸に浮かぶ希望を打ち消した。この二年間、リサには夏白菊も、しもつけ草も、かのこ草も与えてみたが、どれも効果はかんばしくなかった。アーディスはさんざしの実と、柳の樹皮と、ローズマリーを使った調合で試そうとしてくれている。

リサの満足げなため息を聞いて、マリアンは笑みを漏らした。これまでめったに考えなかったが、スティーヴンが父親だと知って、子供たちはどう反応するだろう。黙っていた母親に腹を立てるとは思うけれど、スティーヴンにはすでになついているし、自分たちの生活に喜んで受け入れてくれそうだ。

彼はどれだけ娘たちにかかわるつもりなのだろう。ずっと近くにいてくれて、リサのこめかみにラベンダーオイルを塗ってくれるの？　それとも、ときどき現れて子供たちと遊んでくれるだけ？

何か、二度と閉じることのできない扉をあけてしまった気がする。スティーヴンに子供の存在を知らせたせいで、みんなの人生に取り返しのつかない変化を与えてしまった。中には好ましくない変化もありそうだが、痛みを和らげるためにリサの頭をさすっている彼を見ていると、あながち間違ったことをしたとも思えない。

アーディスが碗《わん》を手にせわしない足取りで入ってきた。「できたわ。まあ、スティーヴン。なだめていてと言ったのに、寝かせちゃったのね」

「ほら、リサ。目をあけてくれないと、私が叱《しか》られる」スティーヴンはからかった。

リサはぱっと目をあけた。アーディスが碗を渡す。

「温かいわよ。のみやすいように蜂蜜《はちみつ》を入れてみたわ。それでも苦いとは思うけど、頭の痛みは追い払ってくれるはずよ」

リサは匂《にお》いをかいで鼻の頭にしわを寄せた。

「のんでごらん」スティーヴンが言う。「痛みが早く引けば、それだけ早く蛙《かえる》捕りに戻れる」

蛙捕りに戻ると聞いても、リサは警戒した表情のままだった。マリアンは椅子から立ってリサから碗を取り、口をつけてみた。おいしくはないが、我慢できない味ではない。

「前にのんでたほうがずっと苦いわよ」

リサは緊張を解いて碗の中身をのみ干した。

アーディスが子守り娘の藁《わら》布団を指差した。「少し横にならせてあげて。治療が成功したかどうかは、一時間ほどでわかるわ」

スティーヴンがリサを上掛けでくるんだ。彼は娘を見つめたまま、少しのあいだその場を離れなかった。マリアンは思い出した。子供たちが赤ん坊で、二人そろってすやすや寝ていた稀《まれ》なひとときなど、こんなきれいな天使みたいな子供をどうやってこの世に送り出せたのだろうと不思議に思いながら、ただ寝顔を見つめていたものだ。我が子と知って、スティーヴンも同じ感動を抱いているの？

アーディスが揺り籠《かご》のマシューをのぞきこんだ。

「私がリサの様子を見にくるころ、この子も泣きだすと思うわ。それまで下にいるわね。あなたはここに残っていたいでしょう?」

マリアンはうなずいた。「娘に何かあるといけませんから。助けていただいて感謝しています、アーディス。とてもお忙しいはずですのに」

いつものように、アーディスの笑顔は優しかった。「気にしないで」彼女は扉に向かった。「スティーヴン? あなたも下りる?」

「もう少しして行くよ」

アーディスが部屋を去り、あとにはマリアンとスティーヴンと、寝ている二人の子供だけが残った。マリアンは藁布団のそばに行って、リサをのぞきこんだ。彼女は横になったとたんに、眠ってしまっている。

「ラベンダーオイルのおかげね」マリアンは小声で言った。心の中では、スティーヴンの優しいマッサージのほうが効いたのだろうと思っていた。

「話がしたいんだろう?」スティーヴンの声は、寝ている子供たちを気遣って小さかった。考えてみれば、二人で話すときは、人に聞かれないように声をひそめてばかりいる。

マリアンは彼に近づき、手の届かない——彼女の手の届かない範囲で立ち止まった。彼の胸で支えてほしい、腕に抱いて癒してほしい。そんな思いは耐えきれないほどだったが、彼の腕の中ではまともに頭が働かない。先の告白がいい例だ。

下の広間では、二人の兄に娘のことを話しにいこうとする彼を引き止めた。うっかりしてまわりに聞こえると大変だと思ったのだ。早合点だった気もする。それでも不安はなくしておきたかった。

「私は自分の娘を誇りに思って——」

スティーヴンがきつくさえぎった。「私たち二人の娘だ」

マリアンは彼の言葉を静かに受け入れた。「考えを変えるには、少し時間がかかりそうだわ。親の責任を分かち合うことには慣れてないから」

彼は唇の端で笑った。「わかるよ。話を聞いてから、私はずっと〝私の子供〟だと思ってる」リサをちらりと見やった。「真実を知ったとき、あの子たちが私をどう見るのか、考えずにはいられないよ」

その点ならば安心させてあげられるとマリアンは思った。「二人ともあなたが大好きになってるわ。父様と呼ぶのにも抵抗はないんじゃないかしら」

「いつ話すんだ？」

「折を見て、かしら」

「今日では？ 今夜とか」

マリアンには、彼の待ちきれない気持ちがわかった。だが、告白は慎重に行うべきだともわかっている。

「さっき言いかけたけど、私は私たちの子供を誇りに思ってるわ。双子だという事実とうまくつき合ってる。双子を受け入れられない人たち、双子を変だとか、不幸な生まれ方をして忌まわしいとか思う人たちにじろじろ見られたり侮辱されても、あの子たちはたいてい無視してる。あなたのことを話せば、二人はもう一つ重荷を背負うわ。つまり……私生児という重荷よ。この事実を知らせるのは、できるだけ少ない人数にとどめておきたいの」

スティーヴンは鋭く目を細めた。「私はオードラとリサを我が子と認めるつもりだ。私に打ち明けたとき、君は私がそうするとわかってたんだろう？」

「話すのは子供たちと、あなたが望むなら家族の何人か。それ以外に話しても仕方ないわ」

「君の家族には？」

「黙ってるつもりよ」

「君の父上にもか？ 今ようやく真実を知ったら、父上は安心するんじゃないのか？」

おそらくは。そして父は無理にでも縁組みを整えようとする。六年前でも同じだったろう。マリアンはそれがいやだった。今でも、六年前も。

「父だから言いたくないの」どうやってスティーヴンにわからせたらいいのか。「あなたはリチャードの話をしてくれたわ。子供時代の彼がどんなに苦しんだかを話してくれた。同じ苦しみを娘たちには経験させたくないの。あなたのお父様はリチャードを公然と認めたけど、それが本当にリチャードのためになった?」

「でも、兄の場合は別だ。母がリチャードを日々苦しめたのは、たとえ相手の女が死んでいても、父とその農民の女との密通を思い出して憎かったからだ。デイモンを見ろ。あいつには不満はない」

「つまり、デイモンは男爵が認めた子だから、彼はエヴァラートが受ける敬意とまったく同じ敬意を誰からも受けると、そう言いたいのね?」

「いや、違う。二人には身分の違いがある」

「そのとおりだわ」

スティーヴンがマリアンをじっと見つめた。要点が充分に伝わったとマリアンが思ったちょうどそのとき、彼が口を開いた。「そういう意味じゃない。エヴァラートは跡継ぎだ。だから違いがある。デイモンはむしろ次男のような扱いだ。デイモンの教育や生計について、ジェラードはマシューと同じように面倒を見るだろう」彼は髪をかき上げた。「というより、それが我々の場合とどう関係するのかわからないね。父もリチャードも子供の母親と結婚できる立場になかった。我々とは違う。私が君と結婚し、子供を我が子と認めたときから、リサもオードラも不名誉とは縁が切れる。そして本来持つべきすべての権利を手にできるんだ」

喜びに一瞬胸が高鳴ったが、気分はすぐに深く沈みこんだ。スティーヴンは結婚を当然と考えただけだ。マリアンはかつて少女の心を一途《いちず》にときめかせて、スティーヴンと結婚したい、愛されたいと思っていた。心の一部ではいまだ彼を求めている。こんなにそばで彼の話を――都合のいい結婚、子供たちのための結婚の話を聞かされるのはつらい。

スティーヴンが愛してくれてさえいたら……。体だけならお互い最初から熱く燃え上がっている。今この瞬間にも、マリアンが唇を押しつければ、彼はキスを返してくれるだろう。ゆうべは彼女をまだ求めているとまで言ったのだ。

　情欲と愛の違いは、ずっと昔に学んだ。

「子供のために喜んであなたと結婚するなら、最初から父に名前を告白できてた。当時の私には父に抵抗する理由が、あなたを縛りつけないという理由があった。今でもその理由は変わってないわ」スティーヴンは、平手で殴られたかのようにたじろいだ。だが、ここで続けなければ、すべてを吐き出せない。「あなたは私に求婚する立場にはないのよ。キャロリンのお父様に結婚の話をしてるんですもの。あなたの都合で彼女を捨てれば、彼女は間違いなく取り返しのつかない汚名を背負うわ」

　スティーヴンはもやから抜け出そうとするかのように、頭を振った。「キャロリンとは婚約していない」

「公式にはね。だけど、あなたの家族はゆうべ彼女を高壇に座らせることで、あなたの意思を公然と示したの。キャロリンが恥をかかされたり、陰口を叩《たた》かれたりするのを私は許さない。敬意を示したあとであなたが見捨てれば、必ずそうなるわ」

　スティーヴンは場所を動いて椅子に座った。腕を太腿に乗せて背を丸め、膝のあいだで組んだ手をじっと見つめている。「もし、キャロリンに迷惑をかけずにすめば、どうなんだ？」

　胃が締めつけられた。あまりにつらかった。マリアンは深呼吸して決意を固め、自尊心をかき集めた。

「それでも、私は断るしかないわ」

「君が父上に抵抗したのと同じ理由からだな」

マリアンはうなずいた。

「その理由を聞かせてもらえないか」

マリアンは目を閉じて、うつむいた。誰にも話さずにきた。でも、スティーヴンは特別だ。その昔マリアンが慕い、今でも愛していながら、手が届かずにいる男性。説明する義理はないかもしれないが、真実を知れば、彼は愚かな考えを捨ててくれるかもしれない。知るなら全部知ってもらったほうがいい。話をするうち、自分の苦しみに光が見えてこないとも限らない。

彼女はもう一つの椅子に座った。

「あなたが去ってから私は……連絡を何週間も待ち続けたわ。あなたが私に何も言わずに去るなんて、二人の関係をそれほど軽く考えていたなんて、信じられなかった」

「それは説明して――」

「わかってる。あのときは、あなたとあなたのお父様が遠くに呼び出されたとは知らなかったの。でもそれは今問題じゃない。正直に言えば当時だってね。欲望を愛と勘違いしていた自分に気づいて、私は初めて目が覚めたわ。若くて世間知らずだったのよ。ごめんなさいね」

スティーヴンが顔を上げた。暗い表情だ。彼は何も言わない。マリアンは喉にこみ上げてきた塊をのみこんだ。泣かずに話すの。頑張るのよ。

「クリスマスが過ぎたころ、妊娠を疑いはじめたわ。両親には、ガウンが着られなくなるまで黙ってた。父は相手の名を知ろうとしたけれど、私は言えなかった。無理にも結婚させられると知っていたから。そのころまでに、私は二つのことに気づいてた。一つは、あなたのお父様が父を簡単にはねつけてもおかしくないということ。あなたは男爵の息子で、私は弱小領主の娘。あなたのお父様は侮辱されたと怒って、私の父を追い払ったんじゃないかしら」

「それはどうだろう」

「ええ、考えすぎかもね。でも、私は二度目の拒絶を聞きたくなかった。あなたのお父様からでも……あなたからでも。もう一つ理解するようになっていたのは、あなたと私では絶対に釣り合わないということ。一緒になってもお互い不幸だったわ」

　スティーヴンが身を乗り出した。「なぜ不幸だとわかる。君は試してみようともしなかった」

「考えてみて、スティーヴン。私たち、まだ十六歳だったのよ。私は私を妻にと言ってくれる騎士が現れるのを夢見てた。家や土地をしっかり守って、私に子供を授けてくれるような人をね。でもあなたは……冒険で頭がいっぱいだった。イタリアに行きたいとか、山に登りたいとか、海を渡りたいとか話してた。一緒になっても、そのうちあなたは平凡な生活に縛りつけようとする私を憎んだでしょう。私は私で、夢を捨てられないほど妻への愛が薄いのかと、あなたを憎んだでしょうね」

　じっと座っているのが苦痛で、マリアンは立って赤ん坊に近づいた。マシューはすぼめた唇をぴくぴくと動かしていた。おなかがすいているのだ。もうすぐ目を覚ますだろう。

　マリアンは厄介な喉の塊をもう一度のみ下した。

「あなたは空の鷹《たか》が、どこに降りるのかを見たいというだけで追いたがってた。今でもそうだわ。だから、あなたはキャロリンを選んだ。彼女ならあなたが何カ月も戻らなくても気にしない。むしろそのほうがいいと思うくらいですもの」勇気を出してスティーヴンの顔を見た。「私はそういう生活では幸せになれない」

　スティーヴンは両手を膝に置いて、ぐいと立ち上がった。背中で手を組んでゆっくりと、考えこんだ様子で近づいてきた。

「マリアン、もしキャロリンが君をブランウィックに連れていかなかったら、君は父上に追い出すと脅されたあとどうしてた？」

不意を突く質問に、マリアンは肩をすくめた。

「私は……たぶん、どこかの町に行って……そうね、住むところを見つけてたと思うわ」

「考えてもみろ、マリアン。たった十六だぞ。貴族の娘が金も持たず、薄汚い場所で、食べ物を恵んでもらって暮らすんだ。それも身重の体で。本当に家を出ていたか？　嘲笑《ちょうしょう》と飢えの中に、子供と一緒に身を投じるのだとわかってたのか？」

考えただけでマリアンは体が震えた。子供たちも成長し、針仕事で生計が立てられるとわかっている今なら、誰にも頼らず暮らして子供たちの面倒も見られるかもしれない。でも、あのころは？

彼はリサのほうを見た。「誤解しないでくれ。私は君に行き場所があって、君と双子の面倒を見てくれる人がいてよかったと思ってる。だがキャロリンの行為は君のためにならなかった。彼女が干渉していなかったら、君は相手の名を隠しても何もいいことはないと思ったんじゃないか？　そして、私の父は君の父上をウィルモントの門から追い出したりはしなかったろう。それにね、マリアン。私は君の名を忘れてはいなかったよ」

マリアンは唇をすぼめた。いろんな考えが頭に渦巻いていた。

〝私は君の名を忘れてはいなかった〟

覚えていても情欲からで、愛していたわけじゃないわ。それに、いつまで覚えていたかしら。

か細い声が聞こえた。もうすぐ赤ん坊が起きる。

スティーヴンが悲しげに微笑《ほほえ》んだ。「思ったより早く起き出しそうだと、アーディスに伝えてこよう。子供たちに真実を話す時が来たら教えてくれ」

「ええ」

彼は扉に向かった。

「スティーヴン」彼は振り向いた。「あなたは私が間違ってたと思ってるようだけど、あなただって、結婚を強制されたらきっとためらってたわ」

「かもしれない。でも、どうにか解決していたという気がして仕方ないよ。一緒に隼《はやぶさ》を追ってたりね。それがそんなに困ったことかな、マリアン？」

三時間後、葡萄《ぶどう》酒のゴブレットをやたら何杯もあけたあと、スティーヴンはジェラードの仕事部屋をせかせかと歩いていた。

「これで悲しい物語は全部話したぞ」彼は兄二人に向かって言った。「マリアンは娘たちとは喜んで会わせるつもりでも、結婚は拒否してる。これほど好きな女でなければ、首を絞めてるところだ。くそっ、どうしてあんなに頑固なんだ。そういう女に道理をわからせるにはどうしたらいい？」

リチャードとジェラードはただ目を見交わすばかりだった。彼の見間違いでなければ、ジェラードは笑いをこらえていた。二人とも何も答えない。

「兄上たちはどっちも頑固な妻を持ってる。どう扱ったらいいか、もう要領をつかんでるだろう。特にジェラードだ。兄上とアーディスは結婚して、ええと、三年近いんじゃないか？　兄上はこれまで私に知恵を貸すのをいやがったことはなかった。どうして、今度は黙ってるんだ」

ジェラードは書き物机の上で腕を組んだ。「これまで、どんな状況にあっても、マリアンに愛していると言おうとしたことはないようだな」

「はっ！　そりゃ、頭では考えたさ。だが、彼女には言えない。言っても絶対に信じてもらえない」

「なぜ」

スティーヴンはゴブレットを無造作に机に置くと、両手をどんと机に置いて身を乗り出し——また身を引いて少しまっすぐに立った。リチャードはどれだけ葡萄酒を飲ませてくれたんだ。

「結婚してほしくて言ってるのだと思われる」

ジェラードは片眉を上げた。「結婚が望みだろう、違うのか？」

「違うもんか！　だがマリアンは、私が愛してると言っても、ただ娘がかわいいからだろうと考える。それは正しいが、私はマリアンも望んでる」スティーヴンはさっと頭を振った。これはまずかった。

「私の言ってる意味がわかるか？」

リチャードが椅子から立って、スティーヴンの肩に手を置いた。「座れ。もう一杯どうだ」

いい考えだ。もう一杯飲めば意識が飛んで、頑固なマリアンや、おもしろがる兄上たちを相手に奮闘せずにすむ。

リチャードが葡萄酒をなみなみと注《つ》いだゴブレットを手渡した。「それで、どうしたいんだ」

スティーヴンはぐいっと葡萄酒を流しこんだ。

「私は酔いつぶれて、〝愛してる〟はジェラードに代理で言ってもらう」

ジェラードは笑みを浮かべてかぶりを振った。

「いい考えとはとても言えん」

「どうして。兄上は男爵だ。岩のごとく堅実で、鷹を……いや、鷲《わし》を遠くまで追ったりはしない。兄上が言えば信じる。私は絶対に信じてもらえない！」

「だったら、信じさせる方法を見つけることだ」

スティーヴンは頭を振った。ずきずきと痛みはじめていた。アーディスに言って、リサに使った薬を分けてもらうか。今日、リサは痛みから解放されて、飛び跳ねながら城から天幕に戻っていった。見ていた彼は、不覚にも涙が出そうだった。

オードラとリサに大好きだとわかってもらうのはそう困難ではないだろう。だが母親のほうは――。

「マリアンは今のところ体を開いてくれるつもりは

ない。それに厩舎《きゆうしや》は人だらけだ」

ジェラードはうめいて頭を垂れた。「任せるぞ、リチャード。私はお手上げだ」

リチャードはジェラードの書き物机に乗った。「干し草の上で転がるのは、女性の好みじゃない」

「彼女は干し草がいいんだ。夢中になってくれる。少なくとも前はそうだった。じゃあ、ベッドでやってみようか」

リチャードはため息をついた。「マリアンはおまえの愛を確認したがってる。肉欲のほうじゃない」

「彼女は私が可能になるただ一人の女だ。愛している証拠なら、それで充分だろう」スティーヴンはテーブルを叩いた。「あのときに気づいて、彼女に言うべきだったんだ。キャロリンにキスをして何も感じなかったときに。くそっ、機を逃した」

ジェラードが顔を上げた。「感じなかった?」

「なんにもだ」

リチャードは身をすくめた。「マリアンとは?」

「冷たい川の中でもできそうだった」

リチャードは信じられないという顔でスティーヴンを凝視し、それから片手を振った。「マリアンには、空の鷲を追うのをやめると伝えることが大事だ。やめたくないなら、彼女なしの生活を考えろ」

「兄上たちのように、身を落ち着けて真面目《まじめ》にか」

「そう悪いものでもないぞ」ジェラードが言う。「家に縛られるわけじゃない。アーディスは、毎年ウィルモントの領地を視察するときについてくる」

リチャードがうなずいた。「ルシンダはケンブリッジに旅するのが大好きだ」

スティーヴンは顔をこすった。問題はもっと根が深い。「たとえ、もっとふつうの生活をすると言ってマリアンを納得させられても、彼女は心の底から私を信用はしない。一度私を愛して、そのために苦しんだんだ。同じ危険はおかさないさ」彼は椅子から立った。「それに、キャロリンについて言ったマリアンの言葉は正しい。二人は従姉妹《いとこ》同士だし、もし、私がキャロリンに恥をかかせれば、マリアンは私を最低のげす野郎だと思うだろう」

しばらくの沈黙ののち、ジェラードが口を開いた。

「知恵比べでエドウィンに負ければいい」

知恵比べに負ける。それは一瞬、完璧《かんぺき》な解決法に思えた。

「だめだ。マリアンに見抜かれる。そうなったら、私は最低のげす野郎なうえに、汚い卑劣漢だ。なんとかして、キャロリンから断ってもらうしかない」

「そうだな、おまえがキャロリンをベッドに引きこんで、それで何も起こらなければ――」

スティーヴンは頭をのけぞらせて笑った。「ジェラード、いくら私が飲みすぎていても、そこまでは酔ってないぞ。キャロリンがマリアンに話すのか？　スティーヴンにこうやって誘われたが、夫の役目は果たしてもらえなかった、と。ありえないね」

リチャードは顎をなでた。「今朝、エドウィンに妻を見つけるという話をしたが、キャロリンの夫を見つける話をすべきだったな。エドウィンはどうだ」

「無理だ。年だからキャロリンははねつけてる」

「いくつだ」

「さあ。髪に少し白いものがまじってるが」

「それは問題じゃない」

「キャロリンは気にしてる。それに、エドウィンは女に土地の管理はできないと考えてるんだ」スティーヴンは顔をしかめた。「今度の知恵比べで、彼女の優秀さは証明されたと思うんだが、エドウィンは認めたがらない」

「キャロリンを勝ち取るためでもか。エドウィンはキャロリンを愛してるのか？」

スティーヴンは長々と息を吐いた。「充分愛していると思う。だが、たとえ彼が頭を柔軟にしても、まだ年の問題がある」ゴブレットの葡萄酒を飲んで、机に戻した。「外で酔いをさましてくる。リサの様子も見てくるかな。マリアンが娘たちに話す気になっているかもしれない」扉に向かった。「聞いてもらって助かったよ。アーディスとルシンダには話していいが、そのほかにはまだ伏せておいてくれ」

「夕食には戻るのか？」ジェラードがきいた。

「ああ。当然だろう。アーディスが猪《いのしし》の炙《あぶ》り焼きを用意してるみたいじゃないか。私の好物だ。アーディスをがっかりさせては悪い」

彼は静かにドアを閉めて部屋を出た。

リチャードはどっかと椅子に座った。「本気だな。あんなに沈んだスティーヴンは見たことがない」

「私はあるぞ。アーディスとデイモンがさらわれたすぐあとだった。スティーヴンとコーウィンと私とで、追跡の計画を立てていた。スティーヴンは肩に包帯を巻き、耳からまだ血を流しながらそこに座っていた。アーディスの期待を裏切ったとひどく落ちこんでいたよ。五人の兵士と素手で戦って、自分も死にかけたというのに。馬に乗るのもやっとの体で我々とここを発《た》って、それでも弱音を吐かなかった。なのに、今日までやつはアーディスの尊敬を、自分にそんな価値はないと受け入れない」扉のほうに手を振った。「で、今度はマリアンを失望させたと、愛される価値がないと思ってる。愛されたくてたまらんくせにだ。鈍くて、頑固で、強情で――」

リチャードは笑った。「まるで兄上だ。それで、我々はどうする」

「どうもしやしない。頼んでこなければな。我々は一度は助けた。今度は自分で解決するべきだ」

「無理だったら？」

「いつも話してるイタリアにでも旅立つだろう。この先何年かは顔を見せなくなる」

16

スティーヴンが見つけたとき、マリアンは天幕の陰で支柱に寄りかかって目を閉じていた。

君を愛してる、マリアン。本当だ。

だが、どうすれば信じてもらえるのか。何をやっても無理なのか？　いや、方法はあるはずだ。

リチャードはマリアンが干し草の上での行為を望んでいないと思っているが、あの川の中で、彼女は確かに欲望を見せていた。体に巻きついた脚の感覚や、キスをした彼女の首筋の感触を、スティーヴンは今でも思い出すことができる――あのあと彼は、余計な高潔さを発揮して好機を棒に振った。同じ間違いは繰り返さない。マリアンがほんのわずかでも身をゆだねるそぶりを見せたら、今度は望むものを、望む場所で、好きなだけ与えよう。彼女がもっととせがむくらいに、充分に満足させてやる。

マリアンは記憶に焼きついた当時のあの熱い感情そのままに彼を求めている。互いの体がどう柔らかく溶け合ったか、体を重ねた喜びがいかに感動的で満足のいくものだったか。それを思い出させてやれば、彼女は折れるのだろうか。それとも、また前のように、ほかに目を向けてと言われてしまうのか。

マリアンのような女が、愛してもいない男に体を差し出せるのか？　いや、無理だ。ということは、彼に受け入れの姿勢を見せてくれれば、すなわちそれは、すでに思いを寄せているという意味なのだ。

スティーヴンは自分の考えが正しいことを祈った。これまでの年月、彼女がほかの男を一人も知らずにいたとは考えにくいが、それでも自分が最初で最後の男だと固く信じたかった。ただ一人の恋人だと。

マリアンが体を許してくれたら、未来にも希望が開ける。もし、だめなら……。

神様、私に正しい判断力をお与えください。

スティーヴンはマリアンに並んで草地に座った。彼女が目をあけた。柔らかな眠気と警戒心とがうかがえる。片手を取ってキスをした。

「やあ、我が娘たちのお母さん。二人は中かい?」

マリアンは手を引っこめて背筋を伸ばした。「いいえ、城から出たときにウォリック伯の奥様に誘われて、あちらの子供たちと遊んでいるわ」

スティーヴンはかなり離れた場所にある、鮮やかな緑色をした巨大な天幕を見やった。「遊ばせてるということは、リサは元気なんだな」

マリアンは満面に笑みを浮かべて瞳を輝かせた。「そうよ。やっと頭痛に即効性のある薬が見つかって、私もどんなにほっとしたか」彼女は首を傾けた。「あなたにも感謝しなくちゃね。薬を調合したのはアーディスだけれど、ウィルモントまで連れてきてくれたのはあなたですもの。ありがとう」

感謝か、悪くない。

「あのときはそれが当然だと思ったんだ。小さな子があんなに苦しんではいけない」もう一度伯爵の天幕を見た。「すぐに戻ってくるのかな?」

彼女の笑みが陰った。「話したいのはわかるけど、もう少し待ってもらえるかしら。あの子たちは伯爵の子供たちと一緒に夕食をとるの。食事が終わるまで、呼び戻したくはないわ」

すばらしい。マリアンを一人にさせるとは、伯爵夫人はなんと気の利く人なんだ。キャロリンは城の中にいる。天幕には藁《わら》布団があるだけ。柔らかく心地のいい藁布団だ。

「何時間かの問題なら別にかまわない。いつまでも先延ばしにされると困るけどね」

「お兄様たちには話したの?」

兄上たちにはかなり余計なことまで話してしまったが、二人とも口の堅さは信用できる。「奥方には話していいが、ほかにはだめだと言ってある。そこは君の希望を尊重するつもりだ」

マリアンは満足し、手をついて後ろに体をそらせた。織りの粗いガウンの布地が胸にぴったりと張りついた。手を伸ばしたいと思った。乳首に触れて固くとがらせたかった。下腹部が目を覚ました。スティーヴンの分身はあっという間にズボンの生地を圧迫し、自由を求め、草の上に身を投げ出した女と一体になるよう、彼を駆り立てた。

「アーディスは私を見下さないかしら。娘たちがそういう……生まれ方をしたと知ったら……」

「アーディスも、ルシンダも見下しやしない。二人とも、結婚するずっと以前に兄上たちと関係を結んでいる。自分たちが我慢していないのに、欲望に屈したからと君を責められるわけがない」

「空《むな》しい慰めね。二人とも身を任せた相手と次には結婚してるわ。でも私は――」マリアンは頬を染め、立ち上がった。「クリスティーナのガウンだけど、彼女に返してほしいの。今取ってくるわ」

スティーヴンはあとに続いて、すぐさま天幕に入った。マリアンが袋を差し出した。

スティーヴンは腕組みをした。「それは君のものだ。着る着ないは自由だが、私は引き取らない」彼は心に誓った。彼女が頑として着続けるこの粗末な農民の服を脱がせることができたら、そのときは盗み取って燃やしてやると。

「私に使い道はないのよ」

「今夜の食事、明日の洗礼式。きみには両方出てもらう」

「キャロリンが怒るわ。今だって、私や子供があなたの時間を奪いすぎていて、あなたの家族に大きな迷惑をかけていると思っているのよ」

「好きに思わせておくといい」

「スティーヴン――」

彼女の両肩をつかんだ。彼女が身を引かないので自信を持った。「もういいんだ、マリアン。私がキャロリンとの結婚を考えられないのは、お互いが知ってる事実だ。キャロリンの意見は関係ない。今大事なのは、君と子供たちだけだ」

マリアンの灰青色の瞳が濡《ぬ》れて光った。彼女に涙は流させない。ここでスティーヴンが言い分を通せば、彼女はもう二度と泣かずにすむ。

「キャロリンは、計画をだいなしにされたと私を憎むわ」

「君が憎まれるいわれはない」

両手を首へと滑らせ、絹のように柔らかい髪を指でなでた。この長い三つ編みを自分の素肌に広げるためなら、優しいくすぐるような感触を味わうためなら何を捨ててもいい。「キャロリンのことはきちんとする。恥や不名誉に苦しませはしない。どうすべきかはまだわからないが、いい方法がきっとある。でも、彼女とのあいだに愛情はないんだ」

「キャロリンはあなたを求めてる」

「彼女が求めるのは、彼女に子供を授けて黙って土地を管理させてくれる夫だ。条件を満たす男はイングランドに私一人じゃない。何があろうと、私はキャロリンとは結婚できない」

今朝は、兄たちにまったく逆の話をしたのではなかったか？　数時間がたって、驚天動地の告白を受けたことで自分の心境がこれほど変わるとは。

マリアンがじっと顔を見つめてきた。どんなに彼女を求めているかわかるだろうか。すべてを正そうとしている決意が彼女に見えるだろうか。

「埋め合わせすべき問題が多いのはわかってる」スティーヴンはささやいた。「時間を、機会をくれないか。君と私は六年を無駄にしてきた。もう一日も無駄にしたくない」

ガウンの袋が落ちる音がして、胸にマリアンの手の温《ぬく》もりを感じた。しかし、強い印象を受けたのは、下唇を噛《か》む彼女の姿だった。下唇を歯に挟んで舌でなだめている。

「翼もない私に飛べと言うのね」

「だったら、私が抱えよう」マリアンの右手を取って手のひらの治りかけの傷に唇を当て、根拠の薄い推測に将来を賭《か》けた。「二日前、川の中で、君は過去を水に流して新しい関係を始めようとしていた。今は本当に考えが変わってしまったのか？」

「確かあのときは、私が正気じゃないとあなたが言ったのよ」

「あれは、私の犯したもっとも愚かなあやまちの一つだった。枝につかまりながら、君は何を考えて、そのあとあんなに大胆になったんだ？」

マリアンは、枝を握る手が滑ったときに頭をめぐった考えを、ほとんどすべて思い出していた。あのときの誓い。今スティーヴンが求めているように、思いきってやってみようと一人誓った決意。

実のところ、本当に踏み出したいと思っていた。体も次を求めていた。すでに膝の力が抜けて、女の密《ひそ》やかな部分が熱く湿っている。

キャロリンに恥をかかせない方法を見つけるというけれど、私は彼に期待していいの？ 鷲《わし》は本当に止まり木に止まるの？ 私は飛べるの？ 地面すれすれに？ でも、今やってみなければ、二度と好機は訪れないかもしれない。

マリアンは唇をすぼめて息を吸った。「最初はもう死ぬんだと思ったわ。でも、じっと枝につかまっていると、あなたが助けにきてくれるという確信がどんどん強くなった。私は神と自分自身に誓ったの。もし生き延びたら、子供のことをあなたに話そう。あなた……いえ、私たちはもう一度やりなおせると言おうって。まずは、私があなたを望んでいるとわかってもらうところから始めようと決めたの」

　スティーヴンがもう一度手のひらにキスをした。そのキスが腕から背中へ震えを走らせることを、彼は知っているのだろうか。

「そうか。私は君がほしくて、川の中でも抱けると思ったくらいだ。本当はそうすべきだった」

　でも、腹立たしいことに彼は拒否した。マリアンはかっとなって、混乱して、また意地を張るようになったのだ。「じゃあ、礼をしてくれるのはうれしいという、あのふざけた言葉はなんだったの？」

「ふざけてはいなかった。少し良識がなかったが。口を閉ざしているべきだったよ。口を滑らせすぎると、私はどうも困った問題を引き起こすようだ」

　そういえば、彼について、たまにずれた言動があるとアーディスが言っていた。彼女のあの見方は正しいのかもしれない。

「悪気じゃないのにね」マリアンはささやいた。

「そうとも限らない」彼の腕が下りてマリアンを包んだ。両手をマリアンの腰の後ろで組んで、しっかりと彼女を引き寄せる。「私がここに来たのは、ただ君を誘惑するためだ。高潔でも立派でもない」

　彼の意思を証明するものは、すでにマリアンも感じていた。硬くなって出番を待っている。彼女の知っている、彼女の愛したスティーヴン――好機を逃さず、いつでもどこでもその気になる。干し草の上でも、川でも、今度は天幕の中でも。

　いけないことだが、マリアンも受け入れる準備はできていた。

　スティーヴンの唇が下りてきた。飢えたように執《しつ》拗《よう》なキスを仕掛けてくる。マリアンは温かい唇の動きに興奮した。キスはその先の大いなる喜びを約束していた。

　ようやく体を離した彼が、声を震わせて言った。

「入り口の垂れ布を縛ってくるよ」

マリアンは急いでガウンの締め紐《ひも》を解き、ブーツを脱ぎ捨てた。スティーヴンが戻ってくるころには、もうシュミーズ一枚の姿で立っていた。

スティーヴンはマリアンに近づきながら、チュニックを脱いで脇《わき》に放《ほう》った。続いてシャツも。彼が両手を伸ばしてきたとき、マリアンは片手で待ったをかけた。

「その前に、私を突いてくれるものを見せて」

スティーヴンは立ち止まった。同じ言葉を別のとき、別の場所で聞いた覚えがあった。男女の営みに関してマリアンは常に大胆で、初めての経験――スティーヴンが彼女の純潔を奪い、彼自身も童貞を失った、あの最初のときからしてそうだった。

「覚えてるだろう」

「少年のあなたはね。大人のあなたを見たいの」

六年前、スティーヴンの指はズボンの締め紐でまごついた。次に目にするものをマリアンが気に入るのか、怯《おび》えてあとずさるのか不安だった。今手が震えるのは、次にどうなるかわかっているからだ。スティーヴンはズボンを充分に下ろし、竿《さお》とその下の袋をじっくりと彼女に観察させた。

「そうね、見事な成長ぶりだわ」彼女は顔を上げた。かつての問いかける表情と違って、今は彼をからかっている。「わかってる？　どこに使うか？」

スティーヴンもさすがに今は自信たっぷりに答えた。「もちろん、わかってるさ」

「じゃあ、やってみせて」

彼はかぶりを振った。「先に君を見たい」

マリアンはにこやかに承諾し、シュミーズを頭から抜いた。もう少女の体ではなかった。胸は大きくなって、その頂の色も濃い。腰も前より丸みを帯びて、さらに均整の取れた体になっている。おなかはわずかに丸くなり、いくつか白く細い線が走っていた。彼の子供を産んだその体は、少女のうぶな体に劣らず、触れたい、自分のものにしたいという気持ちをスティーヴンの中にかき立てた。

「いいよ。すばらしい。髪を解いて」

スティーヴンはマリアンを見ながらブーツとズボンを脱いだ。マリアンは三つ編みをほどくと頭を振った。髪はとても長く、彼がこれから突き入ろうとする場所の茂みと混ざり合うほどだった。

マリアンが藁布団に膝をついた。「今度は干し草じゃないけど」

スティーヴンも手前で膝をつく。「大丈夫さ」

体が重なった。肌と肌。男と女。年月も不安も意識から薄れていき、探り合う手に弱められ、繰り返すキスの中で燃え落ちた。首筋にすり寄るとマリアンは声を漏らした。手と口で乳房を愛撫《あいぶ》すると、彼に体を預けてきた。鋭く息をのむ声がしたのは、彼の指が熱く潤んだ場所をなで上げたときだった。

マリアンが彼のものを両手で包んだ。送りこまれる刺激にスティーヴンは理性を失いかけ、ついには仕方なく体を引いた。彼女は藁布団に仰向けになって、脚を開いた。

茂みは女の露で光っていた。スティーヴンは身を乗り出し、親指で潤みを取って、彼女の芯《しん》のまわりに塗り広げた。彼女は弓なりに背をそらせて呼吸を荒く乱した。

「スティーヴン、お願い」

「まだだ、マリアン」

「来て」

「楽しませてくれないか。私は昔から君が乱れるのを見るのが好きだったんだ」

「キスして」

スティーヴンは求めに応じたが、唇をつけたのは彼女の期待とは別の場所だった。マリアンは背筋をそらせて長く切れ切れにあえぎ、次には苦しげな声を発して藁布団にくずおれた。とろんとした目はすぐに閉じられた。胸の上から乳房にかけての肌に赤みが広がり、広がった髪のヴェールからは、両の乳首が大きく立ち上がっている。

　スティーヴンはマリアンに覆いかぶさると、苦しいほどに高ぶったものを、喜びに息づいているその場所に滑りこませた。彼女の脚がスティーヴンを抱えこんできつく引き寄せる。スティーヴンは両手をついて体を起こし、彼女のリズムに合わせて腰を動かした。深く力強く動き、一方では意志の力を総動員して自制をかけた。努力は報われ、スティーヴンは再びマリアンを高みにいざなうことができた。

　彼は深く何度も突いた。精を放つ一歩手前で体を引く準備に入る。六年前には知らなかったやり方だ。マリアンがその動きに気づき、彼をしっかり抱えて離すまいとした。

「全部ほしいの、スティーヴン。ずっと一緒にいても、いなくても関係ないから」

　ずっと一緒にいるさ。永遠にだ。マリアンが起こりうる結果を覚悟の上で、決意の証《あかし》がほしいというのなら、わかった、体を離すのはよそう。

　スティーヴンはもう一度突き、放出への切迫した要求と、愛を証明したいという深い衝動に身を任せた。訪れた歓喜は激しく、長く、彼の分身はマリアンの柔らかい鞘《さや》の中で打ち震えた。彼女は体に熱い精が注ぎこまれるのを感じたはずだ。与えられるべきものすべてが与えられたとわかったはずだ。

　マリアンは目を閉じてため息をついた。「そうよ。とてもいい気持ち」

　スティーヴンは肘をついて上体を落とし、彼女の顔中に優しいキスを繰り返して、最後に唇を重ねた。何度もキスをし、彼女を味わい、舌同士を軽く剣のように絡ませていると、火照った体も次第に落ち着いてきた。そろそろ体を離して、彼女に楽な呼吸をさせてやろう。

マリアンは彼の動きを追って横向きに転がってきた。汗ばんだ体を離すのを、彼同様にいやがっている。スティーヴンは上掛けを引き上げて二人をくるみ、互いの体温と情事の残り香を閉じこめた。

満ち足りた気分で目を閉じ、マリアンを引き寄せた。こうしたままでいられるのはうれしかった。起きなければならないのは、例えばこの世の終わりか、天幕がつぶれたときか。もしくは、キャロリンが戻ったとき――それこそ世の終わりだろう。スティーヴンは殺されかねない。悪くすれば、マリアンに怒りの矛先が向けられてしまう。

スティーヴンはマリアンをそっと揺すった。目があいたところで、顔にかかった髪を払ってやった。

マリアンが彼の顎をなでた。「大人のあなたは気に入ったわ」

スティーヴンは彼女の額にキスをした。「大人の君はとんでもなくすごかったよ。私を干上がらせたな、マリアン。もう復活しないかもしれない」

「一時間もすればまた元気になるわ。それとも、年だから弱くなったの？」

「私は大丈夫だ。それに、まだ若い」

冗談に表情をほころばせた彼女は、スティーヴンを引き寄せてもう一度キスをした。軽く、優しく触れる唇。ひどく刺激的だった。マリアンはまもなく妖艶《ようえん》に体をすり寄せてきたが、どうやら一時間もいらないようだとスティーヴンは気がついた。

「また子供ができていると思うかい？」

「そうだったらいや？　あなたは体を離そうとしたわね」

「それはただ、何もかも解決してすっきりするまで待ちたいだろうと思ったからだ。危険をおかすほど君に信頼されているわけだから、いやじゃないさ……ただ、私がしようとした行為を、君がどうやって知ったのか、不思議だよ」

「ああ、そのこと。出産を経験して、私はどういう仕組みになっているのか、ちゃんと知っておこうと思ったの。年寄りの女の薬師《くすし》から、いくつか方法を教わったわ。どうやれば男の人を受け入れても……子ができないか。あなたの方法も含めてね」

てっきり、マリアンはずっと禁欲しているものと思っていた。本当に愛する男だけをベッドに誘うと信じこんでいた。彼女が求婚を断ったのは知っているが、求婚以外の誘いはどうだったのだろう。

「その方法は効果があるようだな」

「ええ、とても」

からかっている。たぶん。事実だとしても、ほかの男の話は聞きたくなかった。スティーヴン自身が過去の女の話を聞かせたくないように。

しかしながら、マリアンが彼以外のどんな男にズボンを下ろせと命じてその男の一物を点検したのか、考えずにはいられない。

藁布団で仰向けになって、目の上に腕を載せた。いいじゃないか。自分は点検に合格して、それを使って充分に喜ばせてやれたのだ。今はそれで充分だ。

彼のおなかの上にマリアンが爪を滑らせた。震えが走り、下腹部がざわめいた。

「キャロリンのこと、どうするの?」

マリアンの隣に裸で横たわりながらキャロリンの話をするのは、なぜか負い目を感じた。おそらくは、ウェストミンスターでキャロリンとベッドに入った経験があるからだろう。スティーヴンは話題にしないが、キャロリンのほうは? マリアンと二人で比べ合ったりでもしたら……震えが走った。震えたのはむしろ、マリアンの手が彼の太腿の内側に入ってきたせいだった。

「キャロリンには別の相手を探すと、ジェラードが言ってくれている」

「エドウィンはどう?」

「年を取りすぎてるし、頭も固すぎる」

「そんなに年じゃないわ。まだ元気いっぱいよ」

スティーヴンは腕をのけてマリアンの顔を見た。

彼女は別の場所を――彼の持ち物を見つめていた。本当に、純粋に男女の交わりが好きなのだ。エドウィンにもズボンを下ろすように言ったのか?

「どうしてわかるんだ」

「まだ三十六歳よ。白髪は経験の深さを物語るもので、弱さの印じゃないわ」彼女はようやく視線を合わせた。「あなたがそんな年になったとき、私は新しい相手を見つけなきゃならないの?」硬くなった竿の下側を、マリアンの手がなでた。「その年のあなたはまだ元気かしら? もう弱ってる?」

三十六という年齢が、とたんにそれほど年寄りではなく思えてきた。もっと上の年で子をなした者もいる。ウォリック伯もその一人だ。

「よぼよぼになっても元気でいるぞ」

「三十過ぎまでくらい?」マリアンは竿を手で包み、絞り、親指でひとしずくの液を先端に広げた。

「もっとあとまでだ」

「そう聞いてうれしい。それにね、キャロリンはエドウィンを愛してるの。彼女はエドウィンが変化を嫌うのを理由にして――」マリアンは唇をすぼめた。

キャロリンがエドウィンを? まさか! だが、マリアンはそう信じてる。根拠があるのか?

「理由にして、どうした?」

マリアンは鋭く目を細めた。「今から話すことはどちらにも、決して、一言も漏らさないと誓って」

興味をそそられたスティーヴンは、両肘で体を支えて起き上がった。「誓うよ」

マリアンは深呼吸を一つして、下唇を噛んだ。

「キャロリンが二人の夫を亡くしたのは知ってるわね」彼はうなずいた。「どちらもかなり年が上で、ウィリアムくらいの年齢だったわ。今の彼女は年上の男性との結婚に不安を抱いてる。前の夫がどちらもベッドの上で、夫の権利を行使したあとに死んでるからよ。エドウィンも、結婚すれば自分が殺してしまうかもしれないと思って、彼女は不安なの」

　スティーヴンは最初大笑いしてしまった。だが、マリアンの表情を見て、笑いはすっと引いた。

「エドウィンと行為に及べば、彼を殺してしまうと思ってるのか？」

　マリアンはうなずいた。

「つまり、エドウィンはキャロリンをベッドに誘って、そこでただ生き延びればいい。それで彼女は安心すると、君はそう言ってるのか？」

　マリアンは唇の端をぴくりと動かした。「まあ、もう少し行動的にはなりたいでしょうけどね。問題はキャロリンがエドウィンを受け入れたがらないことよ。本気で彼の身を心配しているの」

　スティーヴンはまた横になり、頭の下で腕を組んだ。エドウィンにキャロリンを誘わせることができれば、その問題は解決する。いや、その前に、土地を自分で管理したいというキャロリンの思いの強さをしっかり理解させておくべきだろう。

　マリアンの手が下に動いて、彼の袋の下に入りこんだ。彼女の愛撫が始まると、エドウィンもキャロリンも意識の彼方《かなた》へと追いやられてしまった。

　マリアンは彼が屈服してもまったくかまわない気でいる。またすぐにもほしいと思っているのだから当然だ。そして彼女は、望みの叶《かな》う方向に着実に成果をあげてきていた。飽くことを知らない娘だ。

　ああ、彼女の手の愛撫にかかれば、男は恍惚《こうこつ》の果てにまで追い立てられそうだ。スティーヴンはぎりぎりのところまで好きにさせておいた。

「マリアン、君はもうすぐその竿を磨いてくれる気でいるようだな」

マリアンは笑った。「言葉が悪いわ」

「わかってる。だが、この前君がそう言ってから、私はやってもらえないかとずっと思っていた」

彼女はするりとスティーヴンの上に乗って、彼を中に受け入れた。スティーヴンは彼女の腰を抱えて背を弓なりにした。マリアンが上体を起こして腰を落とす。いっぱいに満たされた彼女は声にならない声をあげ、スティーヴンは深々と刺し貫いた感覚に、低く声を漏らした。

マリアンは頭をのけぞらせてほんのわずか腰を上げ、また沈んだ。それを何度も、何度も繰り返す。自分がそう長く耐えられそうにないと思ったスティーヴンは、親指を彼女の感じやすい芯に押し当てた。ここぞと気合いを入れて、円を描くように何度もゆっくりと愛撫する。彼女を高みへと駆り立て、鞘に熱を送りこみ続けた結果、マリアンの体は彼を包んで柔らかく溶けていった。

マリアンの快感の波が彼を奥へと引きこみ、これ以上ない親密な方法で彼を刺激した。スティーヴンは歓《よろこ》びと快感に溺《おぼ》れ、愛に、マリアンに溺れた。地面が揺れて雷鳴がとどろいた気がした。

しばらくすると、自分の上に大きくくずおれているマリアンを見ながら、スティーヴンはようやく呼吸が落ち着いてきた。そこで初めて、地震と雷鳴はある意味現実だったのだと理解した。馬が、何頭もの馬が天幕の横を駆けたのに違いない。

「マリアン、起きよう。服を着るんだ」

「起きないとだめ？」

「貪欲《どんよく》な娘さんだ。さあ、その美しいお尻をどけてくれないか」

きつく聞こえていたらなだめるつもりで、スティーヴンは彼女の片方の頬を優しくなでた。

マリアンは不満げに横に降りた。「あなたは服を着て。私は上掛けをかぶって寝ているわ」

「時間がない」立ち上がり、服を見つけて身につけた。「もうすぐ夕食の時間だ」

「おなかはすいてないわ」

「食べないと体力がもたないぞ。着つけと髪を整えさせるのに、クリスティーナをよこすよ。だから、起きて準備していてくれ」服を着おえたスティーヴンは、袋を取り、中から二着のガウンを引き出した。青いほうのガウンは藁布団に放って、琥珀《こはく》色のガウンを振り広げた。「私はこっちがいい」

マリアンが小さな笑い声をたてた。そちらを見やると、彼女は片肘で体を支えて横になっていた。体のまわりに美しい髪が流れている。彼女は優しく微笑《ほほえ》んだ。「わかりました、旦那《だんな》様」

スティーヴンはその口調が気に入った。琥珀色のガウンを青いガウンの上に放ると、着古した農民ふうの服を拾って袋に押しこめた。

「何してるの？」

天幕の垂れ布を固定させていた紐を解いた。「この服は燃やすよ。じゃあ、夕食のときに」

スティーヴンは甲高い抗議の叫びを背に、天幕を逃げた。

袋を肩に担いで城へと向かうあいだにも、頭の中ではエドウィンに話をする方法が固まりはじめていた。話がすめば、あとはエドウィンとキャロリンを静かな場所で、裸で、二人きりにさせるだけだ。私の私室がいいだろう。もしくは天幕か。

まずはジェラードに言って、ポーティアーズのロバートとジェフリー・ド・モンゴメリーに別の相手を探すよう伝えてもらおう。レディ・マリアンはウイルモントのスティーヴンの妻になる女だ。彼がレディ・キャロリンから自由になり次第そうなる。

というより、キャロリンから捨てられ次第か。自分の将来が三十六歳の男の寝所での才能にかかっているとは、まったくもって奇妙な話だ。

17

マリアンは、あなたに着るものの指図は受けないとスティーヴンにわからせるため、食事には青いほうのガウンを着ていった。彼女はスティーヴンの子供の母親であり、恋人にも戻ったが、妻ではないし、命令に従う義務はない。そうなればいいとは思うけれど、確実なところは何もないのだ。

ベンチで隣の席なのだから、彼には左に身を寄せて小声で注意すれば事足りる。だが、ふとした表情や身ぶりから、マリアンはどんな午後をすごしていたのかとキャロリンに警戒されるのが怖かった。

明日の洗礼式のあとに盛大な祝宴が予定されていることもあって、今日アーディスが夕食に供したのは簡素な料理だった。パンで作られた皿には茶色のおいしい肉汁のかかった鹿《しか》肉の煮込みが入っている。肉が分厚く、しっかりと味つけされているため、不満に感じる者はいないようだ。

高壇に座る栄誉は、アーディスの兄であるコーウィンと、彼の妻になる予定のジュディス・キャンモアに与えられた。ジュディスは、コーウィンが謀反人の一団から救出したという王室の女性だ。二人は王権への忠誠が称《たた》えられ、王により結婚の許しを与えられた。サクソン人の騎士と王室の女性。前例のない組み合わせではあるけれど、高壇の二人はどんな夫婦にも劣らず、幸せそうな表情だ。

伯爵夫妻が再び最高位のテーブルの上座に戻り、そのあとは順にリチャードと妻のルシンダ、スティーヴンとキャロリン、それから――マリアンにはどういう意図からかわからないが――彼女とエドウィンという席次になっている。

本来なら、最後の二人ははるか末席に座って当然だった。どちらも城主の家族や伯爵と同じテーブルに座れるような高い身分ではない。左隣にはスティーヴン、向かいにはエドウィンとキャロリンがいる。マリアンはどうにも落ち着かなかった。

椅子のすれる音がして男爵が席を立った。マリアンは自分の食事用ナイフを片づけた。皿に料理がたっぷり残っているが罪悪感はない。パンの皿はのちに給仕係の娘たちが集めて城門へと運んでいく。どこかの農民がおいしい食事を喜んでくれるだろう。

キャロリンが身を乗り出した。「マリアン、今晩は私、天幕には戻らないわ。次に会うのはたぶん明日、洗礼式のときね」

ずいぶん奇妙な話だ。「どうして？」

キャロリンの笑顔は、どう見ても自慢げだった。

「レディ・アーシュラが家族だけの集まりに誘ってくださったの。みんなでコーウィンの幸運をお祝いするみたいよ。アーシュラの話だと、みんな遅くまで寝ないようだから、私も今夜は城に残るわ」

エドウィンが少し青くなった。気持ちはわかる。嫉妬《しっと》を感じて、同時にはねつけられた気分なのだ。スティーヴンとキャロリンが並んでいるのを見るたびに、二人の結婚が話題になるたびに、彼は同じ思いを味わっている。

それがわかるのは、マリアンも同じ気持ちでいるからだった。例えば今も、将来の妻としてスティーヴンと一緒に集まりに参加するのが自分だったらいいのにと思う。もちろん、彼がキャロリンへの責任から解放されないうちは無理な話だ。

スティーヴンが体を寄せてきた。「いや、マリアン、実は君と子供たちも招待されてる。少ししたらアーディスから話があるよ」

うれしくてどきりとした。

キャロリンが狼狽《ろうばい》した様子を見せた。「話はないと思うわ。そのお話は、私がマリアンに代わってお断りしたの」スティーヴンの非難の視線を受けて、彼女は説明した。「私の従妹《いとこ》だからという理由で、マリアンは過分に親切にしてもらってる。私があなたのお母様に、お気遣いはもう無用ですとお話ししたの。お母様は私の意向をアーディスに伝えると約束してくださったわ。それに、マリアンはすぐ子供たちを迎えにいかなければならないのよ」

スティーヴンは首を傾けてキャロリンを観察した。

「代理で決断を下すのがずいぶんうまくなったな。特別な権限でも持ってるつもりかと思われるぞ」

キャロリンはしょげた。「私はただオードラとリサのことを考えただけよ。あの子たちはいつも寝るのが早いから、ちゃんと寝てないと明日の洗礼式でいい子にできなくなるわ」

それは確かだった。睡眠をきっちりとっていないと、かわいい天使は悪魔に変わる。とはいえ、どうするか決めるのは私で、キャロリンではない。

マリアンははっとした。スティーヴンの以前のほのめかしがはっきりと理解できた。私はキャロリンに完全な支配を許すほど、弱気になっていたの？

たぶんそうだ。キャロリンにブランウィックに来たらどうかと言われたときから——スティーヴンはそれを親切ではなく干渉だと示唆したが——マリアンはあらゆる場面で彼女のやり方に諾々と従ってきた。最初は未亡人のふりをすることだった。些細《ささい》なことでも、例えば、子供の行儀が悪いと責められても、マリアンは常に彼女の望みを優先している。

心の中で顔をしかめた。キャロリンがここまで横暴に見えるのは、何も彼女のせいばかりではない。マリアンは疑いもせずに彼女に従ってきた。毎日の食事さえも世話になっている従姉《いとこ》を相手に、あまり言い争いはしたくなかった。

「マリアン、君の意見は？」スティーヴンがきいた。

「君は招待されていて、来てくれるならみんな歓迎する。子供たちも来ていいんだ」

　彼が弁護してくれて、家族の集まりに出てほしい気持ちが表情からわかったので、断るのも楽になった。彼の家族はもう子供たちがスティーヴンの娘だと知っている。洗礼式ではまた違った目で娘たちを見るだろう。オードラとリサにはすっきりした顔で式に出席して、お行儀よくしていてほしい。クリスティーナが天幕に持ってきてくれたかわいいガウンを着て、小さな天使のままでいてほしい。

「ありがとう、スティーヴン。でも、食事が終わったら迎えにいくと子供たちに約束してあるの。今日はずっと遊んでたから疲れが出るわ。早く寝かせることにします」

「それでいいのか？」

「ええ。オードラの一番ひどいときを知ってるわよね。あんな癇癪《かんしゃく》を起こされたくないでしょう？」

「ああ、あれはごめんだ」スティーヴンは軽く笑い、それからエドウィンのほうを見た。「昼に話をしようと思ったんだが、コーウィンが来たんであとまわしになった。今少し時間があるかい？」

　マリアンは赤面しそうになるのを懸命にこらえた。コーウィンの到着前にスティーヴンが何に時間を取られていたのか、彼女は知っている。彼に馬乗りになって歓喜の波に溺《おぼ》れていたあのとき、天幕の横を巨大な一団が地鳴りを響かせて通った。それがコーウィンとジュディスと護衛兵たちだったのだ。

「かまわんが」エドウィンは静かに答えた。

　スティーヴンがベンチを離れた。「ではご婦人方、お先に」

　続くエドウィンは、この世の重荷をずっしりと両肩に背負いこんだような立ち上がり方だった。慰めたいとは思うけれど、かける言葉がなかった。

　キャロリンが今までエドウィンがいた席にさっと

移った。「あなたが分別よく賛成してくれてよかったわ。子供たちが二人そろって不機嫌になったら、どんな騒ぎを起こすか想像もつかないものね」

正論だから反駁《はんばく》はできない。「でも、私と子供への招待を断ったのは、勝手だったと思うわ」

「私はよかれと思ってそうしただけよ」キャロリンは言った。本気でそう信じているようだ。

もっと言い返そうと思ったが、このとき、伯爵夫妻が立ち上がって天幕に帰る準備を始めた。一緒に戻ったほうがいいだろう。娘たちを引き取って寝かしつけよう。

「藁《わら》布団をこっちに持ってこさせましょうか？」

キャロリンはかぶりを振った。「いらないわ」奇妙な笑みが口もとに浮かんだ。「スティーヴンが彼の私室を使っていいと言ってくれたのよ。大きなベッドで寝るのは気持ちいいでしょうね。一緒にベッドを使おうという意味かもしれないわ」

やめてと叫びたかったが、みぞおちを殴られたような衝撃で、マリアンは息もできなかった。

スティーヴンはそんなことしない。できないはずよ。午後にあんなに優しく私を抱いてくれた。また一からもう一度始めようとあんなに二人で話したじゃない。

スティーヴンが部屋を提供しても、ベッドを共にするつもりだとは限らない。キャロリンが期待しているだけで、現実には起こらないだろう。

少し落ち着いたマリアンは、キャロリンをしげしげと見た。「キャロリン、あなたはエドウィンを愛してるのよね。愛してる人がいながら、どうして別の人とベッドを共にできるの？」

キャロリンは肩をすくめた。「まわりを見て。ここにいるどれだけの女性が、愛していた人ではなく、親の選んだ夫に従って跡継ぎを産んだのかしら。別に珍しい話じゃないわ」

「でも、あなたは自分で選べるのよ。どうして愛している男性と結婚して、跡継ぎを産まないの」

ふっとキャロリンの瞳が陰った。「知ってるくせに。それに、スティーヴンとベッドを共にするのはつらくはないわ。とってもたくましいもの」

そう、キャロリンは彼を知っている。前に素直に話してくれて――いいえ、あれは自慢だった。ウェストミンスターでの逢引《あいびき》がどんなにすてきだったか聞かされたのだ。あれから先も関係があったの？

その不快な想像を、マリアンははっきりと画《え》が浮かぶ前に打ち消した。スティーヴンとキャロリンが情を交わした事実はこの先も記憶に残るだろうが、そこに拘泥しても仕方ない。それに、ブランウィックでスティーヴンとベッドを共にしていれば、キャロリンはきっと何か言っているはず。つまり、あの一度きりなのだ。スティーヴンとマリアンが王宮の寝室で再会する前だった。もう何カ月も前だ。

マリアンはベンチから立った。情を交わしてまた去っていくなんてことを、スティーヴンが二度とするはずはない。

伯爵夫人が近づいてきた。「用意はできた？」

優しく話しかける夫人に、マリアンは無理に笑顔を作った。「はい」

「よかった。チャールズが早く帰りたがってね」

マリアンは伯爵夫妻について城を出ながらも、勝手にふくらむ想像を抑えこむのに懸命だった。

スティーヴンは二人が失った年月の埋め合わせをしたいと思っている。過去を忘れてやりなおしたがっている。懇願する彼の言葉の中に、愛しているの言葉を聞いてさえいたら。そしたら、こういうつまらない疑いを振り払うのもずっと簡単だったのに。

スティーヴンは二つの大きな杯を樽《たる》のエールにくぐらせて、一つをエドウィンに手渡し、そこから広間の隅の暗い場所へと移った。エドウィンはいぶかしげに彼を見たが、何も言ってはこなかった。人目がないのを確認したところで、彼は計画をやり抜く決意を新たにした。自分の将来がエドウィンの協力に、キャロリンの降伏にかかっている。

「今晩は何か予定があるかい？」

エドウィンはエールの杯を掲げた。「これを何杯かやるさ。あとは、アーマンドにさいころ賭博《とばく》を教えてもらおうか。おまえの兵士たちはブランウィックでずいぶん賭事《かけごと》にふけっていたようだし、こっちでも一度、二度やるんじゃないか？」

スティーヴンは笑みを浮かべた。「大いにありえるな。ハーランなど、自分のさいころなしではどこにも行かないほどだ。だがね、実は別の提案がある。もっと君が……楽しめる提案だ」

エドウィンの口の端がくいと上がったが、おもしろがっている様子はまるでない。「もう給仕係の娘二人から誘いを受けたよ。おまえの〝楽しみ〟に心ひかれるとは思わん」

知恵比べで何度も言葉を戦わせているうち、スティーヴンはエドウィンに好感を持ち、尊敬するようになっていた。態度は尊大だが、その実、善良な男だ。理解し合っていると固く信じたうえでなお、スティーヴンは彼につっかからずにはいられなかった。

「君はうまいのか？」

エドウィンは片眉を上げた。「おまえに話す義理はないが、私もそれなりに経験を積んだ。腕を磨いた月日はおまえより長いんだぞ」

「ここで競争しようというんじゃないさ、エドウィン。ただ、私の考えている女性は口説くのが容易じゃないと言ってるんだ。やれると思うか？」

エドウィンはぐうっとエールを流しこんだ。「興味があればやれようが、あいにく興味はない。それに、寝床を共にする女を探すのに助けがいるだろうと言いたげなおまえも気に食わない」

「給仕の娘に決めるつもりなら、助けは不要だろう。だが、私は柔らかいベッドととびきりの女を用意できる。とても美しい人だ。朝になったら君は、ゆうべは苛《いら》ついて悪かったと私に謝るよ」

「興味はない」

「相手がキャロリンでも?」

エドウィンは肝をつぶしたようだった。次には鋭い目つきになり、声に怒気を含ませた。「若くて生意気だとは知っていたが、そんな残酷な男とは思わなかったぞ」

彼はきびすを返した。スティーヴンは彼の肩をつかんだ。

「私はそんなことでからかったりしない。君がまだキャロリンをあきらめてなければ、私は喜んで彼女を渡す。あとは君がベッドを共にするようキャロリンを説得するだけだ」

エドウィンが振り返り、スティーヴンは手を離した。

「なぜだ。いきなり求婚を取り下げたがるとは信じられん。ほかの女に気が向いたというなら別だがな。おまえはそんなに移り気なやつなのか?」

エドウィンがキャロリンのために腹を立てる事態は予測しておくべきだった。心変わりの理由をここまで正確に言い当てられたことで、スティーヴンはかなり動揺してしまった。

「かもしれない。だが、君が考えているほどじゃない。女に惚《ほ》れたとき、ものにする努力以外に、男は何をすべきなのか。君がここまでキャロリンに一途《いちず》なのを私は理解できなかったが、今はわかる」

「それでキャロリンを私に渡してしまえば、自分の責任は消滅すると考えたのか? 悪いやつだ」

スティーヴンはひそかにため息をついた。悪いやつかもしれないが、正しいことをやっている。

「君には、土地の経営についてキャロリンにも意見を言わせると約束してもらう必要がある。さあ、正直に答えてくれ。我々の知恵比べだが、あれは単にキャロリンが自分の仕事をよくわかっていると証明しただけだった。そう思わないか？」

「思う」いかにも渋々といった口調なので、スティーヴンは危うくふき出しそうになった。声は抑えても、顔がにやつくのはどうしようもない。

「それで？」

　エドウィンは片手をさっと上げた。「そこに同意しても、まだ年齢というばかげた障害があるぞ。私はキャロリンより何歳か上なだけだが、彼女は白くなっていくこの髪しか見ない。うちは男が若白髪になる家系なんだ。白髪に特別な意味はない」

「彼女の夫二人の死亡理由は知ってるか？」

「心の臓だと聞いているが」

「キャロリンのベッドで、夫の権利を行使したあとに死んだということは？」

　エドウィンは少し考えてから言った。「いや、聞いてなかった。おまえは誰から聞いたんだ」

「マリアンだ。彼女はキャロリンから聞いた。絶対に一言も漏らすなと言われたんだが、今回は言うべきだと思う。だが君も黙っててくれよ。信頼を裏切ったとマリアンに知れたら、私はおしまいだ」

　エドウィンがようやく笑顔を見せた。「おまえの心を奪ったのはマリアンだな？」

　体も魂も奪ってくれた。「ああ」

「彼女と結婚すれば、子供まで全部引き受けるんだぞ。おまえが大層大事にしている自由も、キャロリンを選んだ場合より多く失うだろう。母も子もちゃんと守ってやれるのか？」

　スティーヴンは初めて双子と会った日のことを思い返した。小屋のあの石垣で見かけたとき、この子たちが成長した折には、父親は目が離せないだろうと思ったものだ。ところが父親は自分だった。当の父親のような悪者から二人を守る義務を負っているのだ。ヒューゴ・ド・レーシーに同情を覚えてもおかしくないくらいだ。ただヒューゴは、家を追い出すと娘を脅した。自分がオードラとリサにああいう仕打ちができるとはとても思えない。

マリアンは？ すべてがうまくいけば、たぶん、失った年月の埋め合わせをしてやれる。楽しみを取り戻す術《すべ》を教えてもやれる。彼女は捨てられたも同然でスティーヴンと別れた。そこから耐えてきたさまざまな苦労を思えば、マリアンは楽しんで当然なのだ。キャロリンの干渉さえなければ、マリアンは折れて父親に真実を告白していたろうに。

その場合、自分はいい夫になっただろうか。それとも、マリアンの言ったように、無理に結婚させられるのを嫌って、彼女を惨めにさせただろうか。過去は過去だ。新しくやりなおそう。

「家族みんながいい人生を送れるようにするつもりだ。だが、その前にキャロリンが苦しんだり恥をかいたりしないようにしたい。私が彼女を拒否するのでなく、彼女から私を解放してほしいんだ」

「その計画には欠点があるな。キャロリンが私をベッドに入れるとは思えん」

「君には自分で気づいていない有利な点がある。キャロリンは君を愛しているんだとマリアンが教えてくれた。君をベッドに入れないのは、前の夫のように死なせたくないからだ。興味がないからじゃない、ただ心配なんだ」

「私の心臓は問題ない。ほかのどの場所もだ」

「だろうな。さあ、キャロリンを説得してくれ」

エドウィンは杯のエールをまわした。「柔らかいベッドと言ったな？」

スティーヴンは初戦の勝利に快哉《かいさい》を叫ぶところだった。だが、戦いはまだこれからだ。

「キャロリンは今晩家族の集まりに顔を出す。終わったら、私が彼女を部屋に連れていって、かんぬきをかけないでおくように言う。それから私は君を迎えにいく。君が部屋に入るころには、彼女はもう服を脱いでベッドに横になってるはずだ」

「はっ！　おまえを待ってるところに私が入っていくのか。彼女は不満だろう」

「口説くのは容易じゃないと、先に言わなかったか？」

「スティーヴン、私は無理強いはしたくない」

「その気にさせるんだ」スティーヴンはマリアンとの最後のひとときを思い出した。「例えば、話をする代わりにズボンを下げて、彼女に使うことになるものを見せるとか。君のしっかりした心音をじっくり聞かせるとか。彼女が我慢できると思うか？」

エドウィンは片眉を上げた。「キャロリンの話をしてるんだぞ」

「一人の男を愛している女の話でもある。私は君をどこに迎えにいけばいい？」

エドウィンは炉のほうを顎で示した。「あそこの藁布団で寝ている」

「じゃあ、寝床を交換だ。ベッドを有効に使ってくれよ、エドウィン。あとはなんとか今晩を生き延びてくれ」

数時間後、スティーヴンは自分の部屋の扉の外にいて、エドウィンがかんぬきをかける音を聞いた。はっきり耳に届いた会話は、あなたがどうしてというキャロリンの驚いた声だけだった。

二人は話をしているが、厚い樫《かし》の扉に阻まれてぼそぼそとしか聞こえない。こうして廊下に突っ立っていても意味はない。エドウィンの藁布団で少し眠ろう。すぐに朝になる。朝になれば答えはわかる。

そう思っても、脚が動かなかった。

廊下の向こうを見た。扉はどこも閉まっている。みんなベッドに入ったのだ。彼の役目は終わった。あとはエドウィンが成功するか、失敗するかと悶々《もんもん》と待ち続けるのみ。

耳を扉に当てた。まだ話をしている。早くベッドに行け、エドウィン！

壁に寄りかかってふと考えてみた。こっそり門を出てマリアンのところに行こうか。心そそられる考えだがすぐに打ち消した。城壁の外をうろつくには時間が遅い。マリアンも子供たちも寝ているだろう。広間に下りて、藁布団で手足を伸ばすのが最善だ。

もう一度扉に耳をつけた。何も聞こえない。キャロリンは叫ばなかった。エドウィンは怒って部屋を飛び出さなかった。いい具合だ。

脚を無理やり動かして廊下を進む。足音でみっともない行動がばれないように、静かに歩いた。といっても、もしエドウィンとキャロリンがスティーヴンの期待するような、納得のいく激しい行為の最中ならば、二人の耳には聞こえはしないだろう。

階段をそっと下りて、見つけた藁布団に体を横たえた。エドウィンをうらやましいと思った。彼は今夜を生き延びて、キャロリンに健康と体力を証明しさえすればいいのだ。エドウィンはキャロリンを愛している。彼女にそれを伝えて、命を落とさずにいれば、それだけで彼女はエドウィンを信じる。

しかし、マリアンの場合は別だ。どれだけ体を重ねようと、どれだけ満足させようと、彼女への愛は証明されない。六年前、スティーヴンは情交を楽しんだのちにマリアンを残して去った。彼女は子を宿し、一人、なんの支えもなしに取り残された。彼女は営みのよさを理解している。欲望と愛の違いを知っている。言葉は所詮《しょせん》、言葉だとわかっている。

ならば、どうやって愛を証明すればいいのか。彼女の望む、堅実で信頼できる夫になるよう努力したいこの気持ちをどうわからせたらいいんだ。

放《ほう》っておいた六年間はどうすれば消し去れるのか。完全な信頼は一生得られないかもしれない。オードラとリサのよき父親になれば、少しはわかってもらえるだろうか。明日は忘れずに娘たちへの権利を主張して、二人に何が必要かを考えていこう。小さな絹のガウン。石造りの城。食卓に載る肉。蛙《かえる》捕り。二人が本来持っている権利——そこには、母親の家族を知る権利も含まれている。

マリアンの父親とも事をはっきりさせておく必要がある。彼女も両親や妹たちに会いたいだろう。マリアンと家族との溝を修復すれば、夫としての責任を真剣に考えている証拠になるはずだ。

だが、それで愛が証明されたり、信用を得られたりするだろうか。

なんとか両方実現させたい。六年かかろうと一生かかろうとかまわない。ただ方法さえわかれば……。

18

外庭は天国の匂《にお》いがした。

マリアンはオードラとリサを連れて、穴の掘られた巨大な肉焼き場の横を通った。焼き串《ぐし》に刺さった牛肉や鹿《しか》肉や豚肉が、肩幅の広い若者たちの手でゆっくりとまわされている。焼窯からはたくさんのパンの匂いが漂ってくる。大釜《おおがま》にはスープが煮立っていて、玉ねぎの匂いを発散させていた。

娘たちはこれほど大きな集まりの準備をしているところを見るのは初めてだった。マリアンは二人がぽかんと周囲に見とれても黙って許し、彼女たちの際限のない質問に答え、それでも、足だけは休ませずに大塔のほうへと歩き続けた。

娘たちは睡眠も充分で、今朝はパンとチーズの軽い食事をとっていた。二人とも意識して行儀よくしてくれそうだ。寝ていないのはマリアンのほうで、広間で待つ未知の出来事に自分が対処できるのかどうか、まったく自信がなかった。

ゆうべは寝返りばかり打っていた。不誠実なスティーヴンへの怒りと、疑惑を抱いてしまう罪悪感のあいだで気持ちが揺れた。

外階段のそばまで来ると、マリアンは子供たちの手を離した。二人は階段を駆け上がり、マリアンは裾《すそ》を踏んで転ばないよう琥珀《こはく》色のガウンを両手で持ち上げて、もう少しゆっくりと進んだ。

招待客のほとんどはすでに広間に集まっていた。それぞれ最上級の服装でめかしこんでいる。スティーヴンがくれた琥珀色のガウンは、マリアンの身分にはちょうどよかった。彼女は多くの招待客より格下だが、織りの粗い服を着てせわしなく動いている給仕の娘よりはまだ上だ。自分の古いガウンを思い出すと、苦々しい気持ちになった。スティーヴンが言葉どおり燃やしてくれてますように。

「起こしに行こうかと思ってたところだ」スティーヴンの低い声がしたかと思うと、肩に手が置かれて、隣に彼が姿を見せた。

彼がすぐに現れたこと、到着を待っていてくれたことはマリアンの慰めになった。「外庭でぐずぐずしすぎたのね」

オードラが両腕で大げさにかきまわすしぐさをした。「女の人がスープを作ってたの！」

スティーヴンはおもしろそうに眉を上げた。「そうかい？」

「うん」リサが答える。「それと、牛がぐる、ぐる、ぐるってまわってた」

「二人ともたっぷり寝て準備万端だな。君はどうだい、マリアン？」

元気だと答えてすませたほうがいい。「少し寝返りを打ってたわ」

彼は低く笑った。「私もだ。冷たい石の床の藁《わら》布団で寝るのはしばらくぶりだったから」彼が身を寄せてきて、温かい息が耳をくすぐった。「君が寝つかれずにいると知ってたら、天幕に行きたいという気持ちに素直に従ってたよ」

たったそれだけの言葉が、何時間か熟睡してもこうはならないと思うほどマリアンを元気にした。

「私はどうぞと迎えてたかもしれないわ」

彼の手が強く肩をつかんだ。「うれしいよ」彼は手を外し、今度は子供たちに視線を移した。二人を見つめる目には誇りがあった。こういう彼の態度そのものに、娘たちへの愛情がはっきりと表れている。

話している三人を見ていると涙が出そうで、マリアンはキャロリンの姿を捜した。だが、彼女はどうしたのかときくのは、スティーヴンと娘たちの話が終わるまで待った。

スティーヴンは家族の居室に続く階段のほうを一《いち》瞥《べつ》した。「エドウィンが夜を生き延びただけじゃなくて、今朝も彼が元気な事をキャロリンが裏づけようとしてるんじゃないかな」

彼の言わんとしている事柄がわかって、マリアンは口をあんぐりとあけた。「エドウィンとキャロリンが？ 冗談でしょう！」

スティーヴンはかぶりを振った。「本当さ。早く部屋を出てくれないと、邪魔しにいくはめになる。私も着替えがあるし……ああ、来たようだ」

キャロリンの笑顔が部屋をぱっと明るくした。

「信じられないわ。私がこれまでずっとキャロリンを説得して……わかるでしょ……何カ月もよ」

「実を言えば、私がエドウィンを有利な立場に置いてやった。相手の不安を知れば、対処もできる」

マリアンはかっとなった。「彼に話したのね」

「もっと早くに誰かが言うべきだった。秘密が二人を引き離していただけだ。ほら、見てごらん」

反論はできなかった。エドウィンの曲げた腕に手をかけたキャロリンは、あふれんばかりの幸せな表情をしている。エドウィンが前より背が高くて、以前より自信にあふれて見えるのは、私の気のせい？

「チュニックを着替えてくるよ」スティーヴンが言った。「すぐに戻ってくる」

マリアンはみぞおちに手を当てた。動悸《どうき》が激しく、肋骨《ろっこつ》にひびが入るのではと思うほどだった。エドウインがキャロリンのベッドに行って、彼女を降伏させたのだ。彼は一番ほしかったものも要求したの？

スティーヴンはもう自由なの？

「さあ、二人とも。キャロリンとエドウィンに挨《あい》拶《さつ》なさい。きれいな格好を見てもらいましょう」

新しいガウンを喜んでいる子供たちに、それ以上のあと押しはいらなかった。二人とも歩き方まで静かになり、お辞儀もかわいくできた。キャロリンが着ているのは昨日と同じガウンで、今は少ししわが寄っているようだ。その彼女が子供たちの姿に感嘆の声をあげる傍らで、エドウィンはマリアンの手を取って軽くキスをした。キャロリンの挨拶はもっと大仰だった。抱擁を受けながらも、マリアンは話を聞くのが待ちきれなくてこうきいた。

「これは、私が思っているとおりなのかしら」

キャロリンは頬を染めて体を離した。「私もそうなの。あとで話しましょう。二人だけで」

二人きりになれる機会が訪れる前に、好奇心でどうにかなってしまいそうだ。しかし、今の言葉からして、急いで着替えに出る気はないらしい。もはやキャロリンはスティーヴンの家族の目を、というよりこの場合はほかの誰の目も、気にしていないように見えた。いつものキャロリンとは大違いだ。

スティーヴンが階段を下りてきた。頭から足先まで黒で統一し、ブランウィックに来たときと同様、どこから見ても高貴な貴族だった。緋色《ひいろ》のシャツが、絹のチュニックの襟ぐりと両袖《そで》から見えている。縁に沿って使った銀糸が、夜空の星さながらに光っている。漆黒の髪が乱れないよう、頭には銀の飾り輪をつけている。とても立派だった。運命が優しく微《ほほ》笑《え》んでくれたのなら、彼はもう私のものだ。

「ジェラードとアーディスはもう下りてくる」スティーヴンは片手を差し出した。「行こうか」

私を前に連れていく気なのだ。家族に交じって、彼の隣に立たせるつもりだ。そうやってイングランドの上流貴族に、すでに彼らが想像している内容とは正反対のことを伝えようとしている。マリアンはどきどきしながら自分の手を差し出した。

オードラが階段を指差した。「見て、母様！　赤ちゃんが母様の作った毛布にくるんであるわ」

スティーヴンがマリアンの手をぎゅっと握った。

「今朝アーディスとジェラードに渡したんだ。文句なしに気に入ってくれるのはわかってた」

アーディスは毛布の一部を腕から垂らしていた。マリアンは上等な毛織りの生地の上でじゃれ合う子ライオンを見ながら、激しい感情に圧倒される思いだった。何もかもが一気に、同じ場所でいい方向に向かうなんて――私の夢が叶《かな》うなんて。

すんなりいきすぎる。解決が早すぎる。それがどうしようもなく怖かった。

スティーヴンは、儀式と祝宴のあいだ中、マリアンと娘たちをずっと自分のそばに置いていた。それから、彼はマリアンをコーウィンとジュディスに紹介し、さらにこういう集まりで男爵の弟の立場に要求されるように、家族や招待客のあいだをまわって歩いた。彼の結婚相手について、広間の誰かが彼の真意を誤解しているとすれば、それは愚鈍というものだ。花嫁候補を急に変えてひどいやつだと思うなら、エドウィンと腕を絡ませたキャロリンに目を向けて、彼女の楽しげな目の輝きを見ればいい。それだけで、彼女が悲しんでいないとわかるはずだ。

娘たちについては、彼自身が何度も抱えて抱き締めてみせ、まわりのみんなが、彼と同じ漆黒の髪とオリーブ色の肌に気づくよう誘導した。しつこく残る疑いを一掃するため、昼下がりに子守り娘がジェラードとリチャードの子供を昼寝に連れて上がるときには、双子の娘たちも一緒に連れていかせた。

マリアンは誰にでも礼儀正しかった。笑顔は温かく、物腰は優しい。そんな笑顔の下にかすかな不安があると感じているのは、瞳の奥に何かしっくりこないものを見ているのは、彼だけだろうか。

エドウィンとキャロリンの口から、ブランウィックに戻り次第結婚するつもりだと内々に聞かされてさえ、マリアンの不安は消えないようだった。

部屋にさっと連れて上がり、マリアンと二人で昼寝ができたらどんなにいいだろうか。それが無理なため、スティーヴンはゆうべエドウィンと話をした広間の一番隅に彼女を誘うだけにした。

マリアンは手首の辺りで目をこすった。「こういうお祝いの集まりが、体も心もくたくたにしてしまうってことを忘れてたわ。あなたが紹介してくれた人の名前も、全部は覚えられないでしょうね」

そういう問題なのか？　疲れているだけなのか？

「向こうが君を覚えてる。大事なのはそっちだ」

「次……は、もっと頑張るわ」彼女は静かに微笑んだ。「キャロリンとエドウィンは幸せそうね。あの二人がどうやってあなたの部屋で過ごすことになったのか、私にも話してもらうわよ」

スティーヴンはうなずいた。「そう大変でもなかった。エドウィンを説得して思いきった行動を取らせる必要はあったけどね。秘密を勝手に話したこと、悪かったよ」

「今回は許してあげます。キャロリンの不安が正しい相手に伝わったから、ちゃんと対処ができたの。私に知恵と、そう、勇気があったら、私からエドウィンに教えてあげられたのに」

「君はキャロリンに誠実だっただけさ。だが私に無理強いは効かない。我々二人のあいだに立ちはだかる問題だったのだから、なおさらだ」

「我々二人」彼女は柔らかく敬虔《けいけん》な口調で、その言葉を発した。「奇妙な感じがしない？　これだけ年月がたってからまた恋人同士になっているなんて」

「いや、恋人以上と言っていいだろうね」

　マリアンがにっこりと笑った。「双子の両親」

　二人のかわいい娘は上の部屋で寝ていて、まだ彼が父親だとは知らない。もうすぐ彼女たちは目を覚ます。そうしたらこの腕に抱いて、父親だと名乗ろう。どんな反応をされるのかと思うと、期待がふくらむと同時に不安が募った。

「前のようにすぐ結果に恵まれるなら、また両親になりそうだぞ」

「そうね。私たちがけ……結婚したら、その目標を追求できるわ」

　彼女のためらいを感じた。話し始めてこれで二度目だ。どちらも将来について話したときだった。なぜそれほど将来に不安を持つんだ。この広間でマリアン一人が、私の人生における彼女の立場についてまだ確信が持てずにいるのか？

　そうなのか？　言葉が聞きたいのか？　それで彼女の瞳から不安の影が消えるなら、喜んで言おう。

「結婚したら、その目標の追求が充分とわかるまで、君をベッドに縛りつけておくかもしれないな」

　マリアンは軽く笑った。「拘束は必要ありません。夫としてのあなたの献身に耐えるのは、本当に私の喜びだもの」

スティーヴンはマリアンを抱き寄せた。このままウィルモントの礼拝堂の戸口に立ち、誓いの言葉を述べてしまいたい。しかし、それではマリアンがかわいそうだ。彼女は高貴な生まれの花嫁にふさわしく、にぎやかな興奮の中で人々の注目を浴びるべきだ。贈り物があって、祝宴が開かれて、友人や招待客から口々に祝いの言葉をかけられる。彼女のまわりには家族が集っている。マリアンときちんとした式を挙げるには、彼女の父親の祝福が必要だ。

マーウェイスに行ってヒューゴ・ド・レーシーに会おう。だが、このことはまだ口にはしない。今日はめでたい日なのだ。マリアンには父親との話し合いがどんな緊張したものになるかと心配するよりも、今日は笑顔でいてほしい。さあ、マリアンを喜ばせるために、これからどうするか。

「子供たちは起きてるかな?」

「ええ、あれだけ興奮してたんですもの。少しでも寝てたなら、そっちのほうが驚きだわ」

「だったら話しにいこう。私の辛抱ももう限界だ」

マリアンはうなずいた。彼女の手を取って、家族の居室に続く階段へと向かう。膝が震えはじめていなければ、こんなに脈が激しくなければ、階段を駆け上がっていただろう。

彼が父親だと知って、あの子たちは喜ぶだろうか。がっかりするだろうか。それともどうでもいい顔をするのか。もし、二人に嫌われでもしたら……。

スティーヴンは階段を上りきったところで、足を止めた。「拒絶されたらどうしたらいい?」

マリアンの微笑みは彼の気持ちを楽にした。「拒絶はされるわ。びっくりするでしょうし、あなたのことを秘密にしていた私に腹を立てるかもしれない。でも幸いなことに、小さな子供というのは愛している人を簡単に許してくれるものよ」

確かにそうだ。二人の幼さは彼に有利に働く。小さかったころ、母親に無視されながらも許そうとしていた自分を思い出すといい。一言でも優しい言葉があれば、彼に何かの価値を見つけて時間と愛情を注いでくれさえしたら、彼はすぐに母を許していた。希望を捨てたのは、今のあの子たちの年よりずっと大きくなってからだ。

「どっちが話す?」

マリアンはため息をついた。「私から。それが一番だと思う。それと、できれば誰にも聞かれないところで話したいわ。天幕がいいかしら?」

「私の部屋のほうが近い。そこに連れていこう」

子供部屋までの数歩を進んで扉を開けると、子供たちの騒々しい声が耳に飛びこんできた。娘たちは起きていたばかりでなく、彼の甥《おい》たちと遊んでいる最中だった。二人が顔を上げ、にっこりして駆け寄ってきたときには、スティーヴンの不安も影をひそめた。うまくいく。うまくいくはずだ。

「よく眠れた?」マリアンの陽気な声には、幾分無理が感じられた。子供たちは気づいていないようだ。

「寝てたわ――少しだけ」オードラが答える。

「それで充分よ。さ、いらっしゃい」マリアンは扉へと二人を導いた。「スティーヴンと母様とで、二人にちょっと話があるの」

スティーヴンが先に立って彼の部屋へと移動した。彼が扉を閉めると、マリアンは子供たちをベッドに乗せて、自分は二人の真ん中に座った。

リサが狼《おおかみ》の毛皮をなでた。「すごく柔らかい。ここはあなたのお部屋ですか?」

「そうだよ」スティーヴンは、マリアンの頬がかすかに赤らんだのに気がついた。彼のベッドに座っているからか? それとも、彼が想像したのと同じように、毛皮に素肌で触れたらどんなに柔らかくてぞくぞくするかと考えたからか?

今晩だ、マリアン。スティーヴンは心の中で決めた。今夜彼女はこのベッドですごす。毛皮の上で身をよじり、言葉で誓う以外のあらゆる意味で、彼の妻になってもらう。

　マリアンは心を落ち着けるように一呼吸してから、子供たちに腕をまわした。「お話があるのよ。あなたたちにとってはいいお話だと思うわ」

　彼女はスティーヴンを見上げた。これで求めてきた安らぎが彼女に見つかるといいのだが、とスティーヴンは思った。彼女が今からしようとしていることを思えば、その勇気と冷静さには本当に感服する。

「聞いたらびっくりすると思うのよ」マリアンは続けた。「本当はね、話そうとは思ってなかったわ。でも……ううん、ずうっと前に、母様はとても大変な間違いをしたの。それで、あなたたちから当然の権利と……父様を奪ってしまった」

　リサが眉根にしわを寄せた。「とうぜんのけんり？」

「身分に応じて与えられる特別な権利とか、財産のことよ。二人とも貴族の家柄に生まれたことは知ってるわね？」

「父様が貴族だったから？」

「母様もよ」

「父様はすごい貴族だったの？」オードラの言葉を聞いてスティーヴンは思った。マリアンは父親についてどう話していたのだろう。これまでにも知りたがるこの子たちに聞かれたことがあったはずだ。

　マリアンはためらい、そして微笑もうとした。

「王国の中で一番位の高い家柄の一つよ」彼女は両方の子供をぎゅっと抱いた。「その父様に、会ってもらうときが来たわ」

　鼓動が乱れた。

「でも、父様は死んだのよ！　みんなそう言ってるもん！」リサが反論した。

　マリアンの表情がくもった。「ごめんなさいね。

あなたたちにはそう思わせてしまったけど、父様は本当は元気で、これからみんなのところにちゃんと戻ってくるの」

　マリアンが彼を見上げ、自分たちで確認してごらんと、子供たちに無言で教えている。時が止まったようだった。目を見交わす子供たちは、無言の会話をして共通の結論に至ったかに見えた。スティーヴンは自分が息を止めていたことに気がついた。

　オードラがベッドから滑り下りた。ゆっくりと彼に近づき、彼の手が届かない場所で立ち止まった。

「あなたが私たちの父様ですか？」

　喉もとの塊に邪魔されながら、やっとのことで答えた。「そうだよ」

　オードラの目が潤んだ。「私たちが何か悪いことをしたから、いなくなったの？」

　心が激しく痛んだ。「ああ、違うんだ」オードラをさっと抱き寄せたが、反応はなかった。彼女は身を硬くして、そして離れていった。

　あせるんじゃない。彼女には時間が必要だ。

「君たちは悪くない。お母さんが――」いや、マリアンを責めてはいけない。責任は彼にもある。「私がだらしなかったんだ。でも今は変わったよ。お母さんと私とは結婚もできる。みんなで、四人で新しい生活を始めよう」

　オードラの表情が、よく見慣れたものに変わった。彼を非難しようとするときのマリアンの表情だ。

「おうちはすごく小さいわ」

　娘の怒りの気配に、スティーヴンは動揺した。驚きや当惑なら予測していた。できたら喜んでほしいと思っていた。今のところは、事実を受け入れてもらうだけで我慢しよう。

「私はたくさんの地所を持っているから、そこから住む家を探せる。どこが一番気に入るか、みんなで地所をまわってもいい」

「そうかもね」

　スティーヴンはベッドに移ってマリアンの隣に座り、膝の上にオードラを横向きに座らせた。「しばらくはただの友だち同士ということにしようか。君たちが父親のいる生活に慣れるまでね」

　リサがマリアンの膝に上った。「でもお父さんなんだから、父様って呼ばなくちゃだめでしょう?」

　かわいいリサ、ありがとう!

　スティーヴンは、彼女の顎の下を軽くなでた。

「呼んでもいいと思うときが来たら、そのときは呼ばなくちゃだめだ。私はきっと光栄に思うよ」

　マリアンの笑顔が、それでいいのよと彼に伝えていた。いいか悪いかを証明できるのは時間だけだろう。今自分たちにはその時間がある。四人が互いをもっと知り合うための、家族になるための時間が。

　扉が叩《たた》かれた。「スティーヴン様?」

　アーマンドだ。できれば追い返したかったが、叩き方も声も、無視できないほど緊迫している。

「入れ!」

　扉があいてアーマンドが入ってきた。「スティーヴン様、トルゲイトから使いが到着しました」

　トルゲイトはスティーヴンの領地の一つで、イングランド南部にある国王気に入りのニュー・フォレストに接して土地が広がっている。家令は火急の用件でなければウィルモントに使いを出さない。

「問題が起きたのか?」

「山賊です」

　スティーヴンの態度の変化には考えさせられるものがあった。

　今スティーヴンは脇《わき》に兄二人を従えて外庭に立ち、使いの話に熱心に耳を傾けている。使いは丸二日近くほとんど睡眠をとらず、食べ物を一切口にせずにスティーヴンに会おうと走ったらしい。彼がいない場合でも、男爵に助けてもらえるとわかっていたようだ。先に全部お話ししたいと使いが体への気遣いを断ると、スティーヴンは彼に話をさせた。

腕を組み、脚を広げて立っている様子は、権力のある大領主の風格だった。今は領地の農奴のために怒りをあらわにしている。こういう一面をマリアンは初めて見た。つまり、上に立って指揮するだけでなく、その地位から恐ろしい悪を正す力があると使いに尊敬され、実際に信頼を寄せられている姿だ。

使いの口からは、畑に火を放たれたこと、群れの羊が無残に殺され、また追い散らされたこと、一人の小作人が山賊の邪悪な意図から娘を守ろうとして命を落としたことが次々と語られた。

スティーヴンが鋭く質問を発した。「人数は？」

「推測ですが、五人かと」

「はっきりしないのか？」

「はい、山賊は夕暮れどきに二人か三人で襲撃します。一度に全員が現れることはありません」

「それで、どうなった」

使いは、山賊を捕まえようとしたが失敗したと話した。一人の山賊はひどい怪我《けが》を負ったが、それが致命傷になったかどうかはわからないという。

スティーヴンはジェラードを見やった。「兄上の許しがもらえるなら、アーマンドとハーランを連れていきたい」

ジェラードはうなずき、夕方前の空にある太陽の方向を見上げた。「いつ発《た》つつもりだ」

「鎖帷子《かたびら》に着替えて、馬の準備ができ次第に」

それからあとの会話はマリアンの耳に入らなかった。スティーヴンが一人で山賊を追いかけようとしている。すぐにもウィルモントを発とうとしている。その事実と向き合うので精いっぱいだった。

行かないで。今はだめ！

怪我をするか、殺されるかもしれない。再会して互いを知ったばかりなのに。子供たちに父親の存在を教えたばかりなのに。娘たちはスティーヴンの甥と一緒に子供部屋に残してきた。二人ともスティーヴンの出発を知ったら動揺するだろう。

大塔の外階段へときびきび歩くスティーヴンを、マリアンは追いかけた。ほとんど走るように急いで彼に追いついた。

「スティーヴン、待って。話があるの」

彼は歩調を緩めて手を差し出した。「一緒に来て着替えを手伝ってくれ。話はそこでできる」

マリアンは彼の手を握って口を閉ざした。部屋に入り、マリアンが扉を閉めると、スティーヴンは大きな衣装箱の上に屈《かが》んだ。きらきら光る円錐《えんすい》形の兜《かぶと》を取り出してベッドに放《ほう》る。兜は狼の毛皮の上に柔らかく着地した。

マリアンはまじまじと兜を見つめた。持っているとはわかっていたが、身につけるところは一度も見たことがない。スティーヴンがまた箱の上に屈んだ。鉄の触れ合う特徴的な音に、マリアンはぞくりと身を震わせた。彼の手が重い鎖帷子を引き出した。

手の震えを抑えてどうにか声を発した。「トルゲイトへ行くのは考えなおしてほしいの」

「無理だな。使いの話を聞いただろう」

「ええ。山賊は捕まえて罰するべきよ。でも、あなたが行く必要はないわ」

スティーヴンは鎖帷子をベッドに広げ、手で全体をなでながら、破れや鉄輪の緩みがないかを確かめた。「ほかに誰が行くんだ。私は領主なんだぞ」

農奴は領主に忠誠を誓って、代わりに領主から保護の約束を得ている。しかし、だからといって、領主が剣をふるうべきだという結論にはならない。

「アーマンドとハーランにウィルモントの兵士を率いていかせたら？　あなたは行くことない」

スティーヴンがゆっくり顔を上げた。今の言葉に殴りつけられたとでも言いたげに、じっとマリアンを見つめている。

彼は行きたいのだ。旅への期待、追跡の興奮が彼に大声で呼びかけている。マリアンや子供たちを残していく胸の痛みは、これに比べればささやき声程度だろう。

「これは私の義務なんだ」スティーヴンは鎖帷子に視線を落とした。「私は領地に細かく気を配るほうじゃないが、問題が起きれば必ず対処する。領地の住人は私にそれを期待している。私自身も、それが当然だと思っている」

言っている意味はわかる。でも、今はもっと優先させるべきことがあるわ。

「オードラとリサへの義務はどうなるの。二人の要求は大事じゃないの？　今出発するのは、君たちは大事な存在じゃないと二人に言うのと同じよ」

「それは違う！」

「まだ五歳なの。義務だと言って理解できる年じゃないわ。わかるのは、一番いてほしいときに捨てられたという事実だけよ」

スティーヴンが部屋を横切って彼女の前に立ち、温かく力強い手を彼女の両肩に置いた。「だったら、私から二人に説明する。ほかの領主が家族と農奴の両方に義務を果たしているように、私も必ず戻ってきて二人への義務を果たすと言おう」彼はマリアンの首から頬へと手を動かし、彼女の顔を上向かせた。「だが、本当は子供たちの問題じゃないんだろう？　その不安そうな声、心配そうな顔。私に向けられていると思っていいのか？」

不安は大きく、口にするのも怖いくらいだった。こみ上げてくる涙をこらえて目を閉じた。「行ってほしくない！」もう私を捨てないで！　「私が……さみしいから」

スティーヴンの両腕がマリアンを抱き寄せた。マリアンは彼のチュニックにしがみつき、絹に包まれた強靱《きょうじん》な男のくらくらする匂いを吸いこんだ。根拠のない不安だと理性がささやく一方で、心は彼のいない六年間のさみしい日々を思い出している。

「マリアン、私なら大丈夫だ。山賊どもにこの体は指一本触れさせない」

マリアンは、耳たぶが大きく欠けた彼の耳を優しくなでた。「剣は？　短剣を使われたら？」

「大いに用心して、五体満足で戻ってくると約束するよ」

善意が力及ばないときもある。マリアンが心配しても、彼の決意はびくともしない。しかしながら、これ以上言葉を費やしても、子供の泣き言に聞こえるだけだ。マリアンは涙をぬぐった。

「どれだけかかるの？」

「領地とそこに住む者たちの安全が確保できるまでだ」彼はマリアンのこめかみにキスをした。唇の温かさを感じ、彼の息遣いで髪が揺れた。「鎖帷子を着るのを手伝ってくれ。早く発てば、それだけ早く戻ってこられる」

スティーヴンが絹のチュニックと麻のシャツを頭から抜いた。マリアンは肩の傷に触れるつもりではなかった。なめらかな胸に体を押しつけてキスをねだるつもりもなかった。もちろん、自分が彼のベッドの柔らかな狼の毛皮の上に体を投げ出して、彼にガウンの締め紐《ひも》を急いで解いてもらおうなどとは、まったく考えてもいなかった。

「時間がない」スティーヴンが言った。彼のキスと優しい愛撫《あいぶ》が、マリアンを熱い欲望と意識に霞《かすみ》がかかったような快感の渦へと引きこんでいく。

「お別れの言葉の代わりよ。ちゃんとお別れをしてちょうだい」

「君が相手なら手を抜きたくてもできないさ」

言葉どおり、彼はそのたくましい体で、マリアンをすばやく完璧《かんぺき》に満たした。マリアンの体もいつもと変わらず反応し、彼に必死にしがみついて、激情がその高みへと到達する至福の瞬間を追い求めた。マリアンは苦しみと歓喜の混ざり合った声をあげて果て、スティーヴンもそれからすぐに力を吸い取られたような至福の声を漏らした。

彼が喉もとに鼻をすり寄せる。「私がいないあいだは自由にこの部屋を使ってくれ。君がここで、私のベッドを温めていると思うと、私もうれしい」ウィルモントで何週間も暮らすの？　スティーヴンの部屋で、さみしさに身もだえしながら、ほかにすることも、考えることもないままですごすの？　それではどうにかなってしまうわ。

「キャロリンとエドウィンが明日ブランウィックに戻るそうだから、私も娘たちと戻ります」

「あの小屋へか？」

明らかな反対をマリアンはしりぞけた。「別の場所を見つけてもらうまでは、あそこが我が家よ」

スティーヴンは汗で湿った髪をマリアンの額から払った。優しい手つきに、気遣わしげな表情。「私のために、せめて城で暮らしてくれ」

「あなたがそう望むなら」城で暮らす気はなかったが、今スティーヴンと言い争いたくはなかった。

すてきな恋人から戦士へと変貌《へんぼう》する彼を見ていると、根深い不安がまた胸を締めつけた。愛する人が怪我をするか、もっとひどい事態になるかもしれない。しかし、マリアンの一番の不安は、さっき垣間見た、行きたいという彼の強い願望だった。

一度私から離れたら、自分が何を手放そうとしているか考える時間があったら、スティーヴンは心変わりするだろうか。大事に思う自由の前では、彼の善意もかき消されてしまうの？

鷲《わし》の翼は彼を私のもとに連れ帰ってくれるの？　手の届かない彼方《かなた》へ連れ去ってしまうの？

19

マリアンはよく知ってると思っていた伯父の顔をしげしげと見た。ブランウィックのウィリアム。彼はマリアンの母の姉と結婚したのだが、母のエディス・ド・レーシーとはよく連絡を取り合っているという。クリスマスの挨拶《あいさつ》程度ではなく、もっと頻繁に詳しい情報を交換しているようだ。その彼が今、驚愕《きょうがく》の事実をマリアンに告げた。

「知ってたの?」質問するのも精いっぱいだった。

「そうかもしれないと推測していた」ウィリアムは枕《まくら》の上で体を動かした。「ようやく問題が解決すると知れば、おまえの両親はきっと安心する」

マリアンはベッドの隅に腰を下ろした。脚がふらついて、立っていられそうにない。

ブランウィックに着いたのがつい一時間前だった。キャロリンとエドウィンがウィリアムに結婚の意思を告げ、ウィリアムはすぐに承認した。子供たちは幼い目で見た旅の様子やウィルモントでの毎日をウィリアムに語って聞かせた。彼がご馳走《ちそう》を取りに子供たちを厨房《ちゅうぼう》へやり、キャロリンとエドウィンが結婚式の計画を立てるために離れていくと、マリアンはほかの出来事すべてを彼に話した。

伯父はスティーヴンが父親なのは知っていたと……推測していたという。こんな衝撃が待っているとは想像もしていなかった。

ようやく口がきけるようになって、マリアンは言った。「どうやってわかったんですか」

「おまえの母親がスティーヴンを疑いはじめたころ、ヒューゴは父親に反抗するおまえに対して、すでに追い出すと脅していた。するとおまえは大胆にもマーウェイスを出て、さらに父親の怒りを買った。彼に言われたよ。そっちに行ったのなら、性根がまともになるまで帰さんでいいとな」伯父は小さく笑った。「そして双子が予想どおりの時期に生まれた。しかもきれいな黒髪だ。エディスは迎えに来たがったが、道理に外れた娘を追いかけるのを、ヒューゴが許さんかった。それでおまえはここに残そうと。別の男と結婚するか、折れて子供の父親の名前を言うまでわしが面倒を見ようという話になった」

マリアンは驚くばかりだった。「伯父様たちは、使者を通じてそういうことを全部話し合ってたんですか？　私に気づかれずにどうやって？」

「おまえはあのころ、ほかのことで頭がいっぱいじゃったろう。子を産む前は正しい食事と睡眠。産んだあとは、赤ん坊の世話。ほかにはほとんど目を向けず、気にもとめとらんかった」

悲しみにひたったあと、確かにマリアンは母親としての役目に没頭した。父親がいなくても子供に不自由はさせまいと心に決めていた。

「疑っていたのに父がウィルモントに行かなかったなんて、驚きです」

「おまえがスティーヴンを名指しせん限り、疑いだけでウィルモント男爵のような権力者と話をしても無駄とわかっていたのだ。もしスティーヴンが否定してくれれば、ヒューゴはそれきり何もできん」ウィリアムは片手を振った。「もう終わったことだ。おまえとスティーヴンが結婚すれば、すぐにすべて丸くおさまろう。式はいつになるんだ？」

マリアンは肩をすくめ、スティーヴンがトルゲイトに行ったいきさつを話した。「彼は問題が解決したら戻ってきます」

ウィルモントからブランウィックまでの二日間で、マリアンはスティーヴンが心配でたまらない自分をどうにか落ち着かせた。トルゲイトから山賊を追い払ったあとに、彼が一羽か二羽の鷲《わし》を追いかけるつもりかどうかはわからない。けれど、最後には戻ってきてくれる。娘たちのためだけにでも。

マリアンは話題を変えたくて、ウィリアムの膝を叩《たた》いた。

「最近、具合はどうですか？」

「いくらかいいぞ。実は、若い者がそろってウィルモントに行ってしまったんで、わしは何か別の楽しみを見つける必要に迫られた。それでアイヴォに籠《かご》を作らせたんだ。二日前にそれを二頭の馬につなげて、外庭をまわってみた。外で動くのはいい気分だ」彼は言葉を切って、にっこりと笑った。「アイヴォに言って、もう一度馬につなげさせてくれんか。子供らと一緒にひとまわりしてくるとしよう」

子供たちが喜ぶだろうと思いながらマリアンは立ち上がり、そこであと一つ大事な質問があることを思い出した。

「キャロリンがウェストミンスターから戻ったとき、ウィルモントのスティーヴンと結婚したいと聞かされて、伯父様はどんなにか驚いたでしょうね。子供の父親ではないかと疑っている相手なのに、結婚を許すつもりだったんですか？」

彼はためらったのちに口を開いた。「城に入れることからして長いこと悩んだ。その結果、彼が来れば二つのことが起こると考えたのだ。まず、キャロリンにはエドウィンを別の男と比べる機会が与えられる。娘がエドウィンを好きなのはわかっていた。スティーヴンとおまえにとっては仲なおりの機会になる。三人が三人とも分別を取り戻せるかもしれんのだから、やってみずにはいられなかった」

別の男と比べる機会。

「じゃあ、スティーヴンが来る前から知恵比べを言いだすつもりで？」

「いや、あれは思いつきだ。我ながらいい時間稼ぎを思いついたものだ。男のほうに何か仕事をさせて、おまえと娘には、脇《わき》で彼らの資質を観察させようと考えた。あの知恵比べで我々みんな、わずかなりと学ぶところがあったんじゃないかな？」

エドウィンは、キャロリンの能力を評価することを学んだ。彼がキャロリンに能力を自由に生かす場を与えてこそ、二人は幸せになれる――ベッドでのエドウィンの健康状態に劣らず重要な点だ。

マリアンは、違う角度からスティーヴンを見た。彼には誠実さも判断能力もある。ちゃんとした夫、愛情深い父親になる素質を持っているのだとわかった。たまにずれた言動があっても、いつも善意からの行動なのだと知った。

ウィリアムは何を学んだの？　スティーヴンは？　といっても結局すべてが好転した今、いえ、スティーヴンが私たち母子を迎えにきてすべてが好転するだろう今は、それはあまり重要ではない。

「そうですね。じゃ、アイヴォに馬をつなぐよう伝えてきます」

マリアンはブランウィックの家令を捜して歩きながら心に誓った。伯父にはこれから数週間、子供たちと多くの時間をすごさせてやろう。そのころにはスティーヴンが戻ってきて、自分たち母子はどこかしら彼の選んだ場所に移ることになるのだから。

でも、どこに移るの？　スティーヴンの領地は王国中に散らばっていて、折々に訪れなければならない地所が数多くある。見まわりは義務であり、そのため彼はしばしばマリアンのそばを離れることとなる。加えてすべての騎士には年に四十日、大領主への奉仕の義務が課せられている。

マリアンがどれだけつらいかは問題ではない。スティーヴンは年中家にいるわけにはいかないのだ。裕福な地位にある夫は誰しもそうだが、ただ家にこもっていては、領主として信頼を得られない。

それに、スティーヴンには自由を尊ぶ精神がある。あまりきつく縛りつけようとすれば、好きだと公言した彼の本質そのものを押しつぶしてしまう。

　スティーヴンとの結婚により、娘たちは父親の名前によって保護される。マリアンは求めていた安定を得ることができる。やはりスティーヴンのいない生活より、スティーヴンと一緒に暮らしたい。ほかの未来が考えられないほどに、彼を愛している。自分の中で、変えるべきところは変える。スティーヴンにも変わってもらうところはある。

　結婚生活とはそうして始まるものじゃないの？

　すでに三人の山賊が道の脇の木にぶら下がっていた。トルゲイトの領主は断じて蛮行を許さないのだという、卑劣な悪事を企てるほかの輩《やから》へ向けた一種の警告だった。四人目の山賊は馬に乗っていた。立派さからしてやはり盗んだ馬だろう。両手を縛られ、首に縄をかけられて、視線は宙をさまよわせているが、決して仲間のほうは見ない。

　スティーヴンがこれほど厳しい処罰を命じるのは初めてだったが、この連中に対しては、ここまで厳しくしても良心のとがめは感じなかった。死よりも軽い処罰ですませれば、連中は次の領地に移って略奪や人殺しや強姦《ごうかん》を繰り返すだけだ。

　まわりに集まり、各々の山賊が成敗されるたびに歓声をあげている人垣の中から、少女から大人になろうかという年ごろの一人の女性が進み出た。スティーヴンは彼女のはしばみ色の瞳を見つめた。そこに若者らしい喜びの色はなく、見えるのはただ、深く抱えこんだ苦しみだけ。ネティを見るたびに、スティーヴンはオードラやリサがいつか遭遇するかもしれない不名誉を想像してしまい、怒りはさらに増幅した。ネティはこの最後の一人を処罰させてほしいと願い出ていた。拒否する理由はなかった。

「本当にやりたいのか、ネティ？」

「はい、旦那《だんな》様」彼女は静かに答え、これから絞首刑になる男の顔を見上げた。「私の父を殺し、私を襲った男です。気持ちは変わりません」目を冷たく細めた。「終わったら男の馬をいただけますか」

ぎらつく怒りと常識外れな要求から、これなら試練を乗り越えられるとスティーヴンは希望を持った。

「馬はおまえのものだ」ネティに柳の鞭《むち》を渡して後ろに下がった。「思い切り叩いて馬を走らせろ」

ネティはうなずき、鞭をしっかと握った。力いっぱい振り下ろして馬の尻を叩く。人垣から歓声があがって、馬はもとの主人の下から飛び出した。綱がぴんと張った。山賊の首が絞まった。ネティは鞭を落とすと、腕を広げた母親のもとに駆けていった。

これで義務は果たした。ほぼすべて。ただ、今夜ここに残ることを承知したのが悔やまれた。自分のために用意された宴を仕切る予定になっている。しかし、トルゲイトの良民は感謝の意を表したいと、山賊の捕獲と死を祝いたいと思っているのだ。ならば、彼らの好きにさせてやろう。あと数時間くらいは我慢できる。それから、朝の光とともに出発だ。

マリアンと離れてからまだわずか一週間だが、スティーヴンには永遠にも感じる時間だった。

人垣が散りはじめ、スティーヴンは彼を待つアーマンドとハーランのほうに向かった。

「悪くない数日でしたな」ハーランが言った。「あなたの追跡術は本当にすばらしい」

アーマンドが両手を揉《も》んだ。「こんなに早く戻るとは誰も思ってませんよ。どうしますか、スティーヴン様？ 途中でロンドンに寄るのもいいですね」

以前なら一も二もなく同意していた。スティーヴンは町が好きだった。ウェストミンスター・ホールでの華々しい娯楽から、波止場に響く行商人の声まで。通りをぶらつくだけでも胸が躍る。

「私はよそう」彼の言葉は仲間の二人を驚かせた。「おまえたちは好きにしていいが、私はブランウィックへ行く」

　村の端にひっそりと建つ小屋へ、マリアンのもとへ戻る。城で暮らしてほしいと言ってはあるが、素直に従ったとは思えない。彼女は頑固だ。それでもスティーヴンは彼女を愛している。どこに行くよりもマリアンと一緒にいたかった。

　ハーランが白い髭《ひげ》で覆われた顎をさすった。「ブランウィックですか。あの若いエドウィンが、賭事《かけごと》に使えるコインをまだ一、二枚持ってるかもしれませんな」

　若いエドウィン？　まあ、ハーランから見ればほとんどが年下だからな。年齢というのは、要はそれぞれの見方の問題なのだとスティーヴンは思った。

　アーマンドの目が楽しげに光った。「あのかわいい女中は、私が去ってきっとさみしがってるぞ」

おかしくなってスティーヴンは首を横に振った。「どっちも私についてくる義務はない。役目はここで終わりだ。ウィルモントに戻ってかまわない」

　ハーランがかぶりを振った。「一人では行かせませんぞ。男爵が心配されるのはご存知でしょうが」

　ジェラードの心配は、海が一個の凍った池に変わる日まで続きそうだ。しかし、今は兄の心配がよく理解できた。というのも、今は彼自身にもまた、心配する対象があるからだった。

「わかった。一緒に行こう」スティーヴンは肩越しに山賊をちらと振り返った。「アーマンド、ネティのもとに馬が渡ったか確認しておけ。ハーラン、山賊どもは三日間だけ吊《つ》るしておくと家令に伝えるんだ。それ以上は引き延ばすな。ぶら下がった死体を見るのは気持ちのいいものじゃない」

　スティーヴンは北に視線を向けた。北では次の仕事が待っている――彼は変わったのだとマリアンに証明しなければ。信頼して、愛してくれて大丈夫なのだと。今度はとても数日では解決しないだろう。

蹄《ひづめ》の音や馬具の触れ合う騒々しい音が、乗り手たちがまだ小屋のはるか遠くにいるうちから聞こえてきた。マリアンは一部分だけ刺繍《ししゅう》のおわったテーブルかけを脇に置くと扉に向かった。ばかね。スティーヴンがこんなに早く帰ってくるはずないのに。そう思ってもやはり期待してしまう。

戸口を通ったマリアンに、アーマンドとハーランがさっと手を上げて挨拶した。二人は速度を落とさずに通り過ぎていく。スティーヴンが石垣のところで仰々しく馬を止めた。迎えに来てくれたんだわ。やっと戻ってきた。マリアンは慎みをも忘れたような歓声をあげ、小さな庭を門の外まで走り抜けると、彼が馬から降りるなりその胸に飛びこんだ。

彼はマリアンを抱き上げてくるりとまわった。地面に下ろされ、キスをされると、体の力が抜けて息が苦しくなってきた。道の真ん中ではしたないと思っても、とてもやめてと言う気にはならない。

スティーヴンに心地よくもたれながら、彼の心音をじっと聞いた。強く抱かれているとほっとする。

「会えてうれしいわ」

彼は小さく笑った。「また戻ってきたいから、もう一度どこかに出かけるかな」

激しかった動悸《どうき》が落ち着いてきた。からかわれただけなのだと今はわかる。けれど、ほんの数日前なら、同じ冗談でマリアンは腹を立てるか取り乱すかしていただろう。これで案外、彼のいい妻になってあげられるかもしれない。

スティーヴンがさらに強く彼女を抱いた。「ああ、マリアン。どんなに君が、子供たちが恋しかったか。二人はここにいるのか？」

「城でウィリアムと一緒よ。あなたが戻るまで、できるだけ伯父様とすごさせたいと思ったの。これから迎えにいきましょうか？」

「まだいいよ。先に話をしよう」

マリアンは最悪の知らせを受け止める心の準備をした。離れているあいだに、彼は結婚の決意が早計だったと悔やんだのかもしれない。彼を一人にするんじゃなかったとマリアンは思った。衝動的な決心を後悔する時間を与えるべきじゃなかった。

彼女は深く息を吸い、スティーヴンのこととなると先走った想像をしてしまう自分を叱《しか》った。六年前にできた悪い癖だ。もう抜け出さなければ。

「トルゲイトではどうだったの？」

「山賊は捕まえて処罰した。子供たちは私が急にウイルモントを去った理由を納得してくれたかい？」

その話なら安心させてあげられる。「あの子たちは母親が完璧《かんぺき》でないと知って、むしろそっちのほうにひどく動揺したわ。あれから何度か、大人も間違いを犯すことがあるという話を三人でしたのよ」

スティーヴンは彼女の額にキスをした。「君は完璧だよ」

マリアンは情けない自分への腹立ちを抑えることができなかった。「笑っちゃうくらい全然だめ。私に完璧さを求めないで。私もあなたに完璧を求めないよう、なんとか頑張ってみるわ」

彼は微笑《ほほえ》んだ。「わかった。君を一人にして出かけたことも許してもらえたのかな？」

「あなたを独り占めしようとした私がわがままだったの。あなたには私や娘たちに対してだけでなく、もっと別の責任もあるわ。いろんな義務があって、離れて暮らすときもあるとわかってる。いやだと思っても、あなたを責めないように努力するわ」

スティーヴンの指が彼女の顎に移った。彼は当惑した表情だ。「責任？　マリアン、君はそんなんじゃない。君は私の生きがいだ。愛してる、マリアン。

自分が君にふさわしい男だと証明するためなら、私はなんだってするよ」

　膝から力が抜けた。息ができない。彼自身はまだ気づいていないだろうが、彼は今マリアンに最高の贈り物を、心という贈り物をしてくれたのだ。望んではいたけれど、期待はしていなかった。何が起こっても、私はこの贈り物を大事にする。胸に抱き締めてなくさないようにする。

「愛してるわ、スティーヴン。何があっても――」

　言いかけた言葉を新たなキスがさえぎった。スティーヴンの両手が、独占欲もあらわに、彼女をその気にさせようと体の上をうごめく。誘われるまでもなかった。マリアンの体は、愛してるの素直な言葉に続くキスの魔力で火がつき、キスだけでは足りないと訴える彼の体を感じて、震えはじめた。

　唇が離れるころには、すでに彼のチュニックを引き裂いてズボンを下ろしたい気持ちになっていた。はしたない。まだ外よ。小屋なら誰もいないけど。

　苦しげな息をしながら、スティーヴンがきいた。

「私は一体何をして、君に認められたんだ？」

「私のところに戻ってきてくれた」

　彼は混乱したふうだ。「それだけか？」

　マリアンは考えようとした。「私を愛して、いつも私のところに戻ってきて。私があなたに望むのはそれだけだわ」

　スティーヴンの口もとが楽しげにゆがんだ。彼はマリアンのお尻を抱えて、自分のズボンのふくらみに押しつけた。「それだけ？」

「私をもっと幸せにするための行為でしたら、何でもありがたくお受けします」

　スティーヴンは城の方向を一瞥《いちべつ》した。「もうアーマンドとハーランが城に着いているだろう。みんな私がここにいると知っている。娘たちもだ。時間があると思うかい？」

マリアンは彼の首にしっかりと抱きついた。「充分あるわ」

彼はマリアンを腕に抱え上げた。「これからどこに住むか、君の父上からどうやって結婚の許しをもらうか、一緒に真剣に考えないとだめだな」

話を聞いたら父は私と同じくらいびっくりするのではないだろうか？「そのうちにね。まずは、夫としての義務を果たすのが先よ」

スティーヴンはマリアンをテーブルに下ろした。マリアンは肘を支えにして体を倒し、魅惑的だと思う笑みを彼に投げかけた。

彼の鼻の下に汗が噴き出した。彼はズボンの締め紐《ひも》を手探りで解いている。「私はまだいとしい君の夫じゃないんだがな」

いとしい君。その言葉は何度聞いても聞き飽きないだろう。「私の心の中ではもう夫だわ。ずっとそうだったんだと思う」ほんの少しずつ、マリアンは琥珀《こはく》色の絹のスカートを引き上げた。「まだ恋人同士と思いたいのなら、もちろんそれでもいいわ」

「私はいやだ。君の誓いを聞いて、君を私だけのものに、私の妻にするのが待ちきれない。そうなれば、私が何をしようと、君は私とベッドを共にすることになる。人生を共にすることになる」

ええ、喜んで。私もそう望んでいるのよ。「だったら、あなたの永遠の誓いを聞かせて。そして私にそれを信じさせて」

スティーヴンはゆっくりと、最後まで入ってきた。「君と私は、ずっと一緒だ。生涯離れない」

マリアンは彼を受け入れた。鞘《さや》が剣をのみこむように、しっかりと、柄《つか》もとまで。また一つになれた。今度は永遠に離れないわ。

スティーヴンは彼女を高みへと、天の上へと送りこんだ。ここまで私を連れてこられるのは彼だけだ。二人で上りつめながら、マリアンは思った。

とっておきの、ときめきを。
ハーレクイン

作者の横顔

シャーリー・アントン　事務員や役員秘書などの仕事をしていたが、コーヒーブレイクに長い時間がとれること、パンティストッキングを身につける必要がないことからフルタイムの作家を夢見るようになった。最初の数年は創作と歴史を学びながら出版社を探し、1996年最初の作品がハーレクイン社に採用される。その後の作品についても契約が成立、念願のロマンス作家の道に。機会さえあれば夫婦で愛車ハーレーに乗って取材旅行に出かけ、独立戦争の戦場など数々の歴史の舞台を訪ねるという。夫とともに米ウィスコンシン州南西部に住む。すでに二人の子供たちは独立し、孫も二人いる。

天駆ける騎士

2003年8月5日発行

著　者　シャーリー・アントン
訳　者　小長光弘美（こながみつ　ひろみ）

発行人　浅井伸宏
発行所　株式会社ハーレクイン
東京都千代田区内神田1-14-6
電話 03-3292-8091（営業）
03-3292-8457（読者サービス係）

印刷・製本　凸版印刷株式会社
東京都板橋区志村1-11-1

ISBN4-596-32165-5 C0297

シルエット・ディザイア1000号記念

好評発売中

純白のウエディング

ダイアナ・パーマー作

おかげさまで、シルエット・ディザイアは1000号を迎えました。記念号としてお届けするのは、シルエット・シリーズを代表する超人気作家ダイアナ・パーマーの作品です。作家からのメッセージと特別装丁もあわせてお楽しみください。

＊

幼いころに両親を失った天涯孤独のナタリーは、十七歳のとき、甘い口づけを交わした隣家の長兄マックに純潔をささげることを夢見つづけていた。あれから五年。きたる日に胸をときめかせる彼女に、マックは冷たく言い渡した。「うぶな君は情事には向いていない。僕は結婚はしない主義なんだ」

ハーレクイン・ロマンスとハーレクイン・イマージュが9月からますますパワーアップ！

創刊以来皆さまにご愛読いただいているハーレクイン・ロマンスとハーレクイン・イマージュが、9月からますます充実。2つのシリーズ間で人気作家の移動を行います。愛の激しさはロマンスで、心癒される恋はイマージュでお楽しみいただけます。読みたい気分にあわせて作品を選ぶ楽しさが広がりました。

ハーレクイン・ロマンスからハーレクイン・イマージュへ

キャロル・モーティマーは一足早く、7月から9月までの3部作「魅惑の独身貴族」でハーレクイン・イマージュに登場。10月以降も12月まで毎月作品をお届けします！

その他、ジェシカ・スティール（9月）、ジェシカ・ハート（9・10月）、リズ・フィールディング（11月）、アン・ウィール（11月）、マーガレット・ウェイ（12月）などの人気作家がハーレクイン・イマージュに移動します。

ハーレクイン・イマージュからハーレクイン・ロマンスへ

人気作家エマ・ダーシー、ミランダ・リーが9月にハーレクイン・ロマンスに登場します！

その他、キャシー・ウィリアムズ（8・9・10月）、シャロン・ケンドリック（10月）、スーザン・ネーピア、アマンダ・ブラウニングなどの人気作家がハーレクイン・ロマンスに移動します。